EM OUTROLUGAR

EM OUTROLUGAR
Gabrielle Zevin

Tradução
SONIA COUTINHO

Título original
ELSEWHERE

Copyright © 2005 *by* Gabrielle Zevin

Todos os direitos reservados.
Nenhuma parte desta obra pode ser reproduzida,
sem a permissão escrita do editor.

Excertos de *Tuck Everlasting* de Natalie Babbitt
Copyright © 1975 *by* Natalie Babbitt. Reproduzido com a autorização
da Farrar, Straus e Giroux, LLC.

Direitos para a língua portuguesa reservados
com exclusividade para o Brasil à
EDITORA ROCCO LTDA.
Av. Presidente Wilson, 231 – 8º andar
20030-021 – Rio de Janeiro, RJ
Tel.: (21) 3525-2000 – Fax: (21) 3525-2001
rocco@rocco.com.br
www.rocco.com.br

Printed in Brazil/Impresso no Brasil

preparação de originais
SOPHIA PACANOWSKI

CIP-Brasil. Catalogação-na-fonte.
Sindicato Nacional dos Editores de Livros, RJ.

Z61e
  Zevin, Gabrielle
     Em Outrolugar/Gabrielle Zevin; tradução de Sonia
  Coutinho. – Primeira edição. – Rio de Janeiro:
  Rocco Jovens Leitores, 2009.
     Tradução de: Elsewhere
     ISBN 978-85-61384-59-3
     1. Vida eterna. 2. Morte 3. Literatura infanto-juvenil.
  I. Coutinho, Sonia, 1939-. II. Título.

08-5422   CDD – 028.5   CDU – 087.5

O texto deste livro obedece às normas
do Acordo Ortográfico da Língua Portuguesa.

Para HCC

Sumário

Prólogo: No fim   9

Parte I: O *Nilo*
No mar   17
Curtis Jest   23
Em memória de Elizabeth Marie Hall   34

Parte II: O Livro dos Mortos
Bem-vindo a Outrolugar   53
Uma longa viagem de carro para casa   64
Despertar   75
Um círculo e uma linha   86
Últimas palavras   103
Roteiro turístico   112
O táxi da sorte   137
O grande mergulho   149
Sadie   160
O Poço   169
Um pedaço de linha   185
Owen Welles dá um mergulho   190
Dia de Ação de Graças   198

Um mistério	208
Liz apaixonada	219
Chegadas	230
A Cláusula da Saída Furtiva	252
Para a Terra	264
No fundo do oceano, no território entre Outrolugar e a Terra	275
Recuperação	278

Parte III: Terras Antigas

O tempo passa	291
Dois casamentos	293
A mudança	314
Amadou	319
Infância	323
Nascimento	327
O que Liz pensa	331
Epílogo: No início	333

Prólogo: No fim

"O fim chegou rapidamente e não houve nenhuma dor." O pai sussurra essa frase algumas vezes para a mãe. Outras vezes, é a mãe quem sussurra a frase para o pai. Do alto da escada, Lucy ouve tudo e não diz nada.

Por causa de Lizzie, Lucy quer acreditar que o fim foi rápido e indolor: um fim rápido é um bom fim. Mas ela não pode deixar de perguntar a si mesma: Como é que eles sabem? Sem dúvida, o momento da colisão deve ter sido doloroso, raciocina Lucy. E se este momento não tiver sido nada rápido?

Ela vagueia pelo quarto de Lizzie, examinando tudo, melancolicamente. A vida inteira de uma adolescente é uma coleção de bugigangas: um sutiã turquesa atirado em cima de um monitor de computador, uma cama desfeita, um aquário cheio de minhocas, um balão gigante vazio, do último Dia dos Namorados, um letreiro dizendo "Não Entre" na maçaneta da porta, um par de ingressos não usados para uma apresentação da banda Machine debaixo da cama. No fim, o que significa tudo isso, afinal? E o que importa? Será que uma pessoa é apenas uma pilha de lixo?

A única coisa a fazer, quando Lucy se sente dessa maneira, é se enfiar em algum lugar. Enfiar-se até se esquecer de tudo e de todos. Enfiar-se por baixo do tapete cor-de-rosa. Enfiar-se até alcançar o teto do andar de baixo. Enfiar-se até não chegar mais a lugar algum. Enfiar-se, enfiar-se, enfiar-se sem parar.

Lucy conseguiu, afinal, uma boa escavação purificadora, quando Alvy (o irmão de sete anos) a retira do tapete e a instala em seu colo.

– Não se preocupe – diz Alvy. – Embora você fosse de Lizzie, alguém sempre a alimentará, dará banho e levará para o parque. Agora você pode até dormir em *meu* quarto.

Sentada, empertigada, no colo pequeno demais de Alvy, Lucy imagina que Lizzie simplesmente está fora, na universidade. Lizzie tinha quase 16 anos e isso aconteceria, de qualquer jeito, dentro de dois anos. Os livros de capa lustrosa já haviam começado a se empilhar no chão do quarto de dormir de Lizzie. De vez em quando, Lucy urinava em cima de um deles ou mordia o canto de outro; mas, mesmo fazendo isso, sabia que era inevitável. Um dia, Lizzie iria embora e não era permitido ter cachorros nos dormitórios da universidade.

– Onde você acha que ela está? – pergunta Alvy.

Lucy inclina a cabeça para um lado.

– Será que ela – faz uma pausa – está lá em cima?

Pelo que Lucy sabe, a única coisa que há lá em cima é o sótão.

– Bem – diz Alvy, projetando desafiadoramente seu queixo em direção ao céu –, eu acredito que ela *está* lá em cima. E acredito que há anjos lá, harpas e montões de nuvens gordas, pijamas de seda brancos e tudo o mais.

Até parece que é verdade, pensa Lucy. Ela não acredita em céu para cachorros. Acredita que uma pug como ela dá sua voltinha pelo mundo, uma vez – e, depois, acabou-se. Deseja tornar a ver Lizzie, algum dia, mas não tem muita esperança de que isso aconteça. Mesmo se houver alguma coisa depois do fim, quem sabe se lá existe comida de cachorro, soneca, água fresca, colos macios ou sequer cães? E, o pior de tudo, esse lugar não é *aqui*!

Lucy geme, cheia de pesar, mas (é preciso que se diga) principalmente de fome. Quando uma família perde sua única filha, as horas de alimentação de uma pug podem tornar-se irregulares. Lucy amaldiçoa seu estômago traiçoeiro: que tipo de fera ela é, para sentir fome quando sua melhor amiga está morta?

– Gostaria que você pudesse falar – diz Alvy. – Aposto que está pensando alguma coisa interessante.

– E eu gostaria que você pudesse escutar – late Lucy, mas Alvy não a entende.

No dia seguinte, a mãe leva Lucy para o parque dos cachorros. É a primeira vez que alguém se lembra de levar Lucy para caminhar, depois do fim.

Durante o percurso até lá, Lucy pode farejar por toda parte em torno delas a tristeza da mãe. Tenta determinar o que o cheiro lhe lembra. Chuva? Salsa? Uísque? Livros velhos? Meias de lã? Bananas, decide Lucy.

No parque, Lucy fica apenas deitada num banco, sentindo-se desamparada, deprimida e (será que nunca terminará?) com um pouquinho de fome. Uma poodle toy chamada Coco pergunta a Lucy o que há de errado e, com um suspiro, Lucy lhe conta. Como a poodle é uma conhecida fofoqueira, a notícia se espalha rapidamente pelo parque dos cachorros.

Bandit, um all-american caolho que, em círculos menos refinados, seria chamado de vira-lata, dá seus pêsames. E pergunta a Lucy:

– Vão pôr você na rua?

– Não – responde Lucy –, continuarei morando com a mesma família.

– Então, não vejo o que há de tão ruim nisso – diz Bandit.

– Ela tinha apenas 15 anos.

– E daí? *Nós* só temos dez, 15 anos de vida ativa, e você não nos vê chorando por causa disso.

– Mas ela não era um cachorro – late Lucy. – Era um ser humano, meu ser humano, e foi atropelada por um carro.

– E daí? *Nós* somos atropelados por carros o tempo todo. Alegre-se, minha pequena pug. Você se preocupa demais. É por isso que tem tantas rugas.

Lucy já ouvira essa piada muitas vezes e pensa, um tanto cruelmente – porque Bandit não é mau sujeito –, que nunca em sua vida viu nenhum vira-lata com um verdadeiro senso de humor.

– Meu conselho é que você procure outro bípede. Se tivesse minha experiência, saberia que, de qualquer jeito, eles são todos muito parecidos. Quando falta comida, vou embora.

Depois de dizer isso, Bandit deixa Lucy para aderir a uma brincadeira com discos de plástico para pegar com a boca.

Lucy suspira e sente muita pena de si mesma. Espia os outros cachorros brincando no parque para cães.

– Vejam só como eles cheiram o traseiro uns dos outros, vão atrás de bolas e correm em círculos! E como parecem inocentes!

– Na ordem natural das coisas, não é certo que um cachorro sobreviva a seu dono! – uiva Lucy. – Ninguém entende, a menos que aconteça consigo mesmo. E, além disso, ninguém parece se importar. – Lucy sacode sua pequena cabeça redonda. – Dá mesmo um desânimo completo. Não sinto vontade nem de cachear minha cauda.

– O fim de uma vida só interessa aos amigos, à família e às outras pessoas que conhecíamos. – A pug choraminga, muito infeliz. – Para todas as demais pessoas, é apenas outro fim.

Parte I: O *Nilo*

No mar

Elizabeth Hall acorda numa cama estranha, num quarto estranho, com a estranha sensação de que seus lençóis estão tentando sufocá-la.

Liz (Elizabeth para os professores, Lizzie em casa, a não ser quando está encrencada, e simplesmente Liz, em todas as outras partes do mundo) senta-se na cama, batendo a cabeça num imprevisto beliche superior. De cima, uma voz que ela não conhece protesta:

– Mas que inferno!

Liz espia o beliche superior, no qual uma menina que nunca viu está dormindo ou, pelo menos, tenta dormir. A garota adormecida, mais ou menos de sua idade, usa uma camisola branca e tem o cabelo comprido e escuro, penteado em tranças minuciosamente enfeitadas com contas. Liz acha que ela parece uma rainha.

– Por favor – pergunta Liz –, por acaso sabe onde estamos?

A menina boceja e esfrega os olhos, para se livrar do sono. Seu olhar vai de Liz para o teto, o chão, a janela e, depois, novamente para Liz. Ela toca em suas tranças e suspira.

– Num navio – responde, abafando outro bocejo.
– Como assim "num navio"?
– Há água, muita, muita água. Dê uma olhada pela janela – responde ela e torna a se enrolar nas roupas de cama. – Claro, você poderia ter pensado em fazer isso sem me acordar.
– Desculpe – sussurra Liz.

Liz olha através da viga paralela à sua cama. Sem a menor dúvida, o que ela vê são centenas de milhas da escuridão da madrugada e mar em todas as direções, coberto por uma grossa camada de nevoeiro. Apertando os olhos, Liz consegue ver, com dificuldade, um passeio de tábuas. Distingue ali as formas de seus pais e de seu irmãozinho, Alvy. Fantasmagórico e se tornando menor a cada segundo, seu pai chora e sua mãe o abraça. Apesar da aparente distância, Alvy parece olhar para Liz e acenar. Dez segundos depois, o nevoeiro engole inteiramente sua família.

Liz torna a se deitar. Embora se sinta extraordinariamente acordada, ela sabe, por vários motivos, que está sonhando: primeiro, não é possível que esteja num navio, quando deveria estar terminando o último ano na escola secundária; segundo, se isso são férias, seus pais e Alvy, infelizmente, deveriam estar com ela; e, terceiro, só em sonhos a pessoa pode ver coisas que não deveria, como sua família num passeio de tábuas a centenas de milhas de distância. Ao chegar exatamente ao quarto motivo, Liz decide levantar-se. Que desperdício, ela pensa, passar nossos sonhos dormindo.

Sem querer perturbar mais a garota adormecida, Liz atravessa o quarto na ponta dos pés, em direção à escrivaninha. O sinal revelador de que se encontra de fato no mar vem da mobília: está aparafusada no piso. Embora o quarto não lhe pareça desagradável, Liz acha que ele dá uma impressão de solidão e tristeza, como se muitas pessoas tivessem passado por ele, mas nenhuma tivesse decidido ficar.

Liz abre as gavetas da escrivaninha, para ver se estão vazias. E estão: não há nem mesmo uma Bíblia. Embora tente não fazer nenhum barulho, não consegue segurar direito a última gaveta e ela se fecha com uma pancada. Isso tem o infeliz resultado de acordar novamente a menina adormecida.

– Tem gente dormindo aqui! – berra a garota.

– Desculpe. Eu estava apenas dando uma olhada nas gavetas. Caso você tivesse alguma dúvida a respeito, esclareço que estão vazias – desculpa-se Liz e se senta no beliche inferior. – Sabe, gosto do seu cabelo.

A menina apalpa as tranças.

– Obrigada.

– Como é seu nome? – pergunta Liz.

– Thandiwe Washington, mas me chamam de Thandi.

– Meu nome é Liz.

Thandi boceja.

– Você tem 16 anos?
– Vou fazer em agosto – responde Liz.
– Fiz 16 em janeiro. – Thandi olha para o beliche de Liz. – Liz – ela diz, transformando a única sílaba do nome de Liz em duas, com um sotaque levemente sulista, *Li-iz* –, você se importa se eu lhe fizer uma pergunta pessoal?
– Pode fazer.
– Escute – Thandi faz uma pausa –, será que você é uma skinhead ou algo parecido?
– Uma skinhead? Não, claro que não. – Liz ergue uma única sobrancelha. – Por que você pergunta isso?
– Ora, porque você não tem cabelo. – Thandi aponta para a cabeça de Liz, que está completamente careca, coberta apenas por fios muito louros rentes ao couro cabeludo.

Liz acaricia a cabeça com a mão, apreciando sua estranha maciez. O cabelo que há nela dá a mesma sensação das penas de um pinto recém-nascido. Levanta-se da cama e olha para seu reflexo no espelho. Liz vê uma mocinha esguia, aparentando uns 16 anos, a pele muito clara e olhos azul-esverdeados. A mocinha, de fato, não tem cabelo algum.

– Isso é estranho – diz Liz.

Na vida real, Liz tem o cabelo louro, liso e comprido, que embaraça com facilidade.

– Você não sabia? – pergunta Thandi.

Liz reflete sobre a pergunta de Thandi. Nas profundezas de sua mente, lembra-se de si mesma deitada numa maca, no meio de uma sala brilhantemente iluminada,

enquanto seu pai raspa sua cabeça. Não. Liz lembra-se de que não foi seu pai. Ela pensou que fosse seu pai porque era um homem mais ou menos da idade dele. Liz lembra-se claramente de que chorou e ouviu sua mãe dizer:
— Não se preocupe, Lizzie, ele tornará a crescer todo.
Não, isso também não está correto. Liz não tinha chorado; fora sua mãe quem chorara. Por um instante, Liz tenta lembrar se esse episódio aconteceu de fato. Decide que não quer pensar mais sobre ele, então pergunta a Thandi:
— Você quer ver o que mais há no barco?
— Por que não? Agora já estou acordada.
Thandi desce do beliche.
— Será que não há um chapéu aqui, em algum lugar? — pergunta Liz.
Mesmo num sonho, Liz não está lá muito disposta a ser a garota careca estranha. Abre o armário e olha debaixo da cama: tudo vazio, como a escrivaninha.
— Não se preocupe com seu cabelo, Liz — diz Thandi, gentilmente.
— Não me preocupo. Só acho esquisito — diz Liz.
— É, também tenho coisas estranhas. — Thandi levanta sua cobertura de tranças, como se fosse uma cortina de teatro. — Veja só — ela diz, mostrando um ferimento pequeno, mas profundo, ainda vermelho, na base do crânio.
Embora o ferimento tenha apenas poucos centímetros de diâmetro, Liz percebe que deve ter sido causado por um impacto extremamente sério.

— Meu Deus, Thandi, espero que não esteja doendo.

— No começo, doía; doía pra caramba, mas agora não dói mais. — Thandi baixa o cabelo. — Na verdade, acho que está melhorando.

— Como isso aconteceu?

— Não me lembro — diz Thandi, esfregando o alto da cabeça, como se pudesse estimular a memória com as mãos. — Talvez tenha acontecido há muito tempo, mas também pode ter sido ontem, entende o que quero dizer?

Liz faz um sinal afirmativo com a cabeça. Embora não veja nenhum sentido nas palavras de Thandi, não acha que adiante discutir com os tipos malucos de pessoas que a gente encontra num sonho.

— Podemos ir — diz Liz.

Ao sair, Thandi lança um olhar apressado para si mesma, no espelho.

— Acha que tem importância o fato de que nós duas estamos com roupas de dormir? — pergunta.

Liz olha para a camisola branca de Thandi. A própria Liz está usando um pijama branco, do tipo masculino.

— Por que teria importância? — pergunta Liz, pensando que é muito pior ser careca do que estar vestida de forma inadequada. — Além disso, Thandi, o que mais a gente usa quando está sonhando?

Liz põe a mão na maçaneta da porta. Alguém, em alguma parte, disse a Liz, certa vez, que ela não devia nunca, em quaisquer circunstâncias, abrir uma porta num sonho. Como Liz não consegue lembrar que pessoa foi, ou o motivo para todas as portas precisarem ficar fechadas, decide ignorar o conselho.

Curtis Jest

Liz e Thandi descobrem-se num corredor com centenas de portas exatamente iguais àquela que acabaram de fechar.

– Como acha que poderemos encontrá-la novamente? – pergunta Thandi.

– Duvido que seja preciso – responde Liz. – Provavelmente, acordarei antes disso, não acha?

– Bem, para o caso de não acordar, o número de nosso quarto é 130.002 – diz Thandi.

Liz aponta para um letreiro pintado à mão, no fim do corredor.

ATENÇÃO
TODOS OS PASSAGEIROS DO SS *NILO*!
A SALA DE REFEIÇÕES LOCALIZA-SE
TRÊS ANDARES ACIMA
NO CONVÉS LIDO

– Está com fome? – pergunta Thandi.
– Morta de fome.

Liz fica surpresa com sua própria resposta. Não consegue lembrar-se de ter sentido fome num sonho alguma vez.

A coisa mais notável da sala de refeições do navio são as pessoas: todas velhas. Poucas têm a idade dos pais dela, mas, na maioria, são ainda mais velhas. O padrão é o cabelo grisalho ou a falta de cabelo, manchas marrons e pele despencando. É, de longe, a maior quantidade de pessoas velhas que Liz já viu reunidas num único lugar, mesmo levando em conta as visitas à sua avó, em Boca. Liz examina a sala de refeições.

– Será que estamos no lugar errado? – pergunta.

Thandi dá de ombros.

– Estou pasma, mas vêm nesta direção.

E três mulheres seguem mesmo em linha reta na direção de Thandi e Liz. Lembram a Liz as feiticeiras de *Macbeth*, peça que leu recentemente, no curso de estudos avançados de inglês do décimo ano.

– Olá, queridas – diz uma mulher que parece uma pigmeia e tem um sotaque de Nova York. – Sou Doris, esta é Myrna e esta é Florence. – Na ponta dos pés, Doris estende a mão para dar palmadinhas na cabeça pelada de Liz. – Meu Deus, vejam só como ela é nova.

Liz sorri cortesmente, mas dá um passo para trás, a fim de desencorajar novas palmadinhas.

– Quantos anos você tem? – Doris, a pigmeia, aperta os olhos para ver Liz, acima dela. – Doze?

– Tenho 15 – corrige-a Liz. – Quase 16. Pareço mais velha com cabelo.

A mulher chamada Florence diz num tom esganiçado:

– Que aconteceu com vocês, meninas?

Ela tem a voz rouca e arranhada de quem fumou durante a vida inteira.

– Que quer dizer com "aconteceu"? – pergunta Liz.

– Levei um tiro na cabeça, senhora – diz espontaneamente Thandi.

– Fale alto – diz Myrna, que tem um bigode penugento, parecendo uma lagarta. – Não ouço mais tão bem.

– LEVEI UM TIRO NA CABEÇA.

Liz vira-se para Thandi.

– Pensei que você tivesse dito que não se lembrava de como surgiu o buraco em sua cabeça.

Thandi se desculpa:

– *Acabei* de me lembrar.

– Tiro na cabeça! – diz Florence, com sua voz rouca. – Ah, isso é duro.

– Ora, não é nada especial. Acontece com bastante regularidade no lugar de onde venho – diz Thandi.

– O QUÊ? – pergunta Myrna, com o bigode. – Diga em direção ao meu ouvido esquerdo, é o bom.

– EU DISSE QUE NÃO É NADA ESPECIAL – grita Thandi.

– Quem sabe você não deve ir ao centro de cura? – sugere Florence. – Existe um, no convés Portofino. Myrna já esteve lá duas vezes.

Thandi faz que não com a cabeça.

– Acho que o ferimento está sarando muito bem por conta própria.

Liz não entende absolutamente essa conversa. Seu estômago faz um barulho repentino.

– Com licença – ela diz.

Doris, a pigmeia, faz um aceno com a mão em direção à fila do bufê.

– Vocês, meninas, devem pegar alguma coisa para comer. Lembrem-se, é preciso chegar aqui cedo, para conseguir as coisas boas.

Para o café-da-manhã, Liz escolhe panquecas e pudim de tapioca. Thandi pega sushi, trufas e feijões cozidos. Liz examina com curiosidade a escolha que Thandi fez da comida.

– Sem dúvida, é uma combinação interessante – diz Liz.

– Em minha terra, nunca conseguimos nem metade das coisas que eles têm nesse bufê – diz Thandi –, e estou planejando experimentar tudo, antes de chegarmos lá.

– Thandi, onde você acha que fica esse "lá"? – pergunta Liz, em tom casual.

Thandi reflete um momento sobre a pergunta de Liz.

– Estamos num navio – diz Thandi –, e os navios têm de ir para algum lugar.

As meninas conseguem uma mesa perto de uma janela saliente, ligeiramente afastadas dos outros comensais. Liz bate um recorde de rapidez no consumo de suas panquecas. Ela se sente como se não comesse há semanas.

Raspando o fundo de sua taça de pudim, Liz olha para Thandi.

– Pois é, nunca conheci alguém que tivesse levado um tiro na cabeça.

– Será que podemos conversar sobre isso depois que eu terminar de comer? – pergunta Thandi.

– Desculpe – diz Liz. – Eu estava apenas puxando assunto.

Liz olha atentamente através da janela. O nevoeiro levantou e a água está mais clara do que qualquer outra que ela já tivesse visto. É estranho, pensa Liz, como o céu se parece com o mar. Um mar, ela pensa, é mais como um céu encharcado e um céu é mais como um mar espremido. Liz pergunta a si mesma para onde vai o navio, se acordará antes da chegada dele e que significado sua mãe encontrará para esse sonho. Sua mãe é psicóloga infantil e sabe dessas coisas. O devaneio de Liz é interrompido por uma voz de homem:

– Vocês me dão licença para me sentar aqui? – ele pergunta, com um sotaque inglês. – Parece que as senhoras são as únicas pessoas com menos de 18 anos neste lugar.

– Claro que não. Já terminamos aqui, de qualquer... – A voz de Liz vai sumindo, quando ela olha o homem pela primeira vez.

Ele tem mais ou menos trinta anos e olhos azuis cintilantes que combinam com seu cabelo eriçado, azul. Liz, como a maioria das pessoas de sua idade, reconheceria aqueles olhos em qualquer lugar.

– Você é Curtis Jest, não é?

O homem com o cabelo azul sorri.

– Eu era, acho. – Curtis estende a mão. – E quem pode ser você?

– Sou Liz, e esta é Thandi, e, honestamente, não consigo acreditar que estou encontrando você. A Machine é nada menos que minha banda favorita no mundo inteiro! – diz Liz, cheia de entusiasmo.

Curtis espalha sal em suas batatas fritas e sorri.

– Meu Deus, mas que elogio – ele diz –, porque o mundo é um lugar muito grande. Pessoalmente, sempre preferi The Clash, Liz.

– Este é o sonho mais legal que já tive – diz Liz, satisfeita por seu subconsciente ter introduzido Curtis Jest no sonho.

Curtis inclina a cabeça para um lado.

– Sonho, você diz?

Thandi sussurra para Curtis:

– Ela não sabe ainda. Eu mesma acabei de descobrir.

– Interessante – diz Curtis. Ele vira-se para Liz. – Onde pensa que está Lizzie?

Liz pigarreia. Seus pais a chamam de Lizzie. Imediatamente, e sem nenhum motivo aparente, sente uma falta desesperada deles.

Curtis olha para ela, preocupado.

– Você está bem?

– Não, eu... – Liz torna a levar a conversa para terreno sólido. – Quando sai o novo álbum?

Curtis come uma batata frita. E depois outra.

– Nunca – ele diz.

– A banda se separou?

Liz sempre lera boatos de uma possível separação da Machine, mas jamais se haviam concretizado.

– É uma maneira de explicar a situação – responde Curtis.

– Que aconteceu? – pergunta Liz.

– Fui embora.

– Mas por quê? Vocês eram tão fantásticos. – Para seu aniversário, ela tinha ingressos para o show deles, em Boston. – Não entendo.

Curtis empurra para cima a manga esquerda do casaco de seu pijama branco, revelando a parte interna de seu antebraço. Profundas cicatrizes, manchas roxas e outros ferimentos iam de seu cotovelo até o pulso. Havia um pequeno buraco na dobra entre o antebraço e o bíceps de Curtis. O buraco está completamente negro. Liz pensa que o braço dele parece morto.

– Porque eu era um tolo, Lizzie, minha querida – diz Curtis.

– Liz? – diz Thandi.

Liz apenas olha fixamente, muda, para o braço de Curtis.

– Liz, você está bem? – pergunta Thandi.

– Estou... – começa Liz.

Ela detesta olhar para o braço podre, mas também não consegue deixar de olhar para ele.

– Meu Deus, quer esconder esse braço? – Thandi ordena a Curtis. – Você a está deixando enjoada. Honestamente, Liz, não é pior do que o buraco em minha cabeça.

– Buraco em sua cabeça? – pergunta Curtis. – Posso vê-lo?

– Claro.

Lisonjeada, Thandi se esquece inteiramente de Liz e começa a levantar as tranças.

O pensamento de ver o buraco e o braço ao mesmo tempo é pesado demais para Liz.

– Com licença – ela diz.

Liz corre para fora e chega ao convés principal do navio. Por toda parte, em torno dela, pessoas mais velhas, usando vários estilos de pijamas brancos, jogam amarelinha. Ela se inclina sobre a balaustrada do navio e olha para a água. A água está distante demais para que veja seu reflexo nela, mas, inclinando-se bastante por cima da balaustrada, pode ver mais ou menos sua sombra na superfície do mar – uma vaga e pequena coisa escura, no meio de uma vastidão de azul.

Estou sonhando, ela pensa; a qualquer momento, meu despertador vai tocar e acordarei.

Acorde, acorde, acorde, deseja para si mesma. Liz se belisca no braço, com toda a força que tem.

– Ui – ela diz.

Dá bofetadas em si mesma, no rosto. Nada. E, depois, torna a se esbofetear. Ainda nada. Fecha os olhos com o máximo de força que pode e depois os abre, de repente, esperando encontrar a si mesma de volta em sua própria cama, na Carroll Drive, em Medford, Massachusetts.

Liz começa a entrar em pânico. Lágrimas se formam em seus olhos; ela as limpa furiosamente com a mão.

Tenho 15 anos, uma pessoa madura, com uma carteira de motorista provisória, faltando três meses para conseguir uma definitiva, pensa. Estou velha demais para ter pesadelos. Fecha os olhos com força e grita:

– MAMÃE! MAMÃE! ESTOU TENDO UM PESADELO!

Liz espera que sua mãe a acorde.

A qualquer momento.

A qualquer momento, a mãe de Liz deveria chegar ao lado de sua cama com um copo d'água reconfortante.

A qualquer momento.

Liz abre um dos olhos. Ainda está no convés principal do navio, onde as pessoas começam a olhá-la fixamente.

– Mocinha – diz um velho com uns óculos com aros de chifre e jeito de professor substituto –, você está tumultuando o ambiente.

Liz se senta junto à balaustrada e enterra a cabeça nas mãos. Respira fundo e ordena a si mesma que se acalme. Decide que a melhor estratégia será tentar lembrar-se de quantos detalhes do sonho for possível, de modo a poder contar à sua mãe, de manhã, tudo o que sonhou.

Mas como o sonho começou? Liz revolve a mente, tentando lembrar. É estranho tentar lembrar um sonho enquanto a pessoa ainda está sonhando. Ah, sim! Liz se lembra, agora.

O sonho começou em sua casa, na Carroll Drive.

Ela seguia em sua bicicleta para a Cambridgeside Galleria. Deveria encontrar-se lá com sua melhor amiga, Zooey, que precisava comprar um vestido para o baile dos estudantes. (A própria Liz ainda não fora convidada.) Liz consegue lembrar-se de ter chegado ao cruzamento junto do shopping, em frente ao bicicletário do outro lado da rua. Vindo ela não sabia de onde, um táxi aproximou-se velozmente dela.

Pode lembrar-se da sensação de voar pelo ar, que pareceu durar uma eternidade. Pode lembrar-se de que se sentiu imprudente, feliz e condenada, tudo ao mesmo tempo. Pode lembrar-se de ter pensado: estou acima da gravidade.

Liz suspira. Olhando objetivamente para aquilo, supõe que morreu no sonho. Liz indaga a si mesma o que significa morrer em seus sonhos, e resolve perguntar isso à sua mãe, pela manhã. Imediatamente, imagina se dormir novamente será a solução. Talvez, se conseguir simplesmente dormir, da próxima vez em que acordar tudo terá voltado ao normal. Sente-se grata a Thandi, por tê-la feito decorar o número da cabine delas.

Enquanto Liz caminha rapidamente de volta, atravessando o convés, nota um salva-vidas do SS *Nilo*. Liz sorri por causa do nome do navio. Na semana anterior, estivera estudando o Egito antigo, na classe de história mundial da sra. Early. Embora a lição fosse bastante divertida (guerra, praga, peste bubônica, assassinatos), Liz considerou toda a coisa das pirâmides uma verdadeira perda de tempo e de recursos. Na opinião de Liz, uma pirâmide era realmente a mesma coisa que um esquife de pinho ou uma caixa de aveia Quaker, porque, quando o faraó chegasse a desfrutar sua pirâmide, ele já estaria morto de qualquer jeito. Liz pensou que os egípcios deviam ter morado nas pirâmides e ser enterrados em suas cabanas (ou onde quer que morasse o antigo povo egípcio).

No fim do curso, a sra. Early leu um poema sobre o Egito, que começava assim: "Conheci um viajante de uma terra antiga." Por algum motivo, o verso provocava calafrios em Liz, do tipo agradável, e ela não parava de repeti-lo para si mesma, o dia inteiro: "Conheci um viajante de uma terra antiga; conheci um viajante de uma terra antiga." Liz supõe que a lição da sra. Early é motivo para estar sonhando com um navio chamado SS *Nilo*.

Em memória de Elizabeth Marie Hall

Noite após noite, Liz vai dormir e nunca acorda em Medford; o tempo passa, mas ela não sabe quanto. Embora tenham feito uma busca completa no navio, nem ela nem Thandi conseguiram desencavar um único calendário, uma televisão, um telefone, um computador ou mesmo um rádio. A única coisa que Liz sabe com certeza é que não está mais careca – alguns centímetros de cabelo cobrem agora toda a sua cabeça. Quanto tempo, pergunta a si mesma, o cabelo demora para crescer? Quando tempo um sonho precisa demorar, até se tornar simplesmente vida?

Liz está deitada em sua cama, olhando fixamente para o beliche de cima, quando nota o som dos soluços de Thandi.

– Thandi – pergunta Liz, esticando o pescoço para cima –, você está bem?

O choro de Thandi se torna mais forte. Finalmente, ela consegue falar.

– Estou com s-s-s-s-saudade do meu namorado.

Liz entrega a Thandi um lenço de papel. Embora o *Nilo* não tenha dispositivos eletrônicos modernos, os lenços de papel estão por toda parte.

– Qual é o nome dele?

– Reginald Christopher Doral Monmount Harris III – diz Thandi –, mas eu o chamo de Magrinho, embora ele seja tudo, menos isso. Você tem um namorado, Liz?

Liz demora um instante refletindo sobre essa pergunta. Sua vida romântica tem sido tristemente carente até o momento. Quando estava no segundo ano, Raphael Annuncio levou para ela, no Dia dos Namorados, uma caixa com doces em forma de coração, tendo coisas escritas em cada um deles. Embora parecesse um gesto promissor, na manhã seguinte Raphael pediu-lhe para devolver os doces. Era tarde demais: ela já comera todos os corações, menos um (VC É 1 DOCE).

Depois, no oitavo ano, ela inventou que tinha um namorado, a fim de parecer mais experiente diante das garotas populares da escola. Liz declarou que conhecera Steve Detroit (foi como ela o chamou!) quando visitava sua prima em Andover. Steve Detroit pode ter sido um menino inventado, mas Liz o transformou num verdadeiro patife. Ele enganava Liz, chamava-a de gorda, obrigava-a a fazer o dever de casa dele e até lhe tomava emprestados dez dólares e depois não pagava.

No verão anterior ao nono ano, Liz conheceu um rapaz no acampamento. Era um supervisor de grupos de estudantes chamado Josh, que uma vez segurou seu cotovelo, sem mais nem menos, junto de uma fogueira, movimento que Liz achou inexplicavelmente delicioso e surpreendente. Ao voltar para casa, ela lhe escreveu uma carta apaixonada, mas ele, infelizmente, não respondeu. Mais tarde, Liz perguntou a si mesma se Josh chegara mesmo a perceber que segurava seu cotovelo. Quem sabe ele, simplesmente, não pensara que o cotovelo dela era parte do braço da cadeira?

Até o momento, seu relacionamento mais sério fora com Edward, um corredor de *cross-country*. Eles estavam na mesma classe de matemática. Liz terminara o relacionamento em janeiro, antes do início da primavera. Não aguentaria comparecer a nem mais um encontro. A corrida *cross-country*, na opinião dela, era, possivelmente, o esporte mais chato do mundo. Liz pergunta a si mesma se Edward ficaria triste se ela estivesse morta.

– E então, Liz – pergunta Thandi –, você tem um namorado ou não?

– Na verdade, não – admite Liz.

– Você tem sorte. Não acredito que Magrinho sinta saudades de mim, de jeito nenhum.

Liz não responde. Não sabe se tem sorte.

Ela se levanta da cama e olha para si mesma no espelho em cima da escrivaninha. A não ser por seu atual corte de cabelo, não tem um mau aspecto e, no entanto, os meninos de sua classe jamais pareceram particularmente interessados nela. Com um suspiro, Liz examina o novo cabelo que está crescendo em sua cabeça. Espicha o pescoço, tentando ver a parte de trás. E é quando a vê: uma longa fileira de pontos, costurados num arco em forma de C, por cima da sua orelha esquerda. O ferimento começa a sarar e o cabelo está crescendo por cima dos pontos. Mas eles ainda estão ali. Liz, cautelosamente, toca os pontos com a mão. A sensação é de que os pontos deveriam doer, mas não doem.

– Thandi, já tinha visto esses pontos?

– Sim, estão aí desde que você está aqui.

Liz se espanta de não tê-los notado.

– Não é estranho – pergunta – o fato de você ter um buraco na parte de trás da sua cabeça, eu ter esses pontos em cima da minha orelha e mesmo assim estarmos as duas ótimas? Quero dizer, esses pontos não doem, de jeito nenhum.

– Não se lembra de como eles foram parar aí?

Liz pensa por um momento.

– No sonho... – ela começa e depois para. – Acho que posso ter sofrido aquele tipo de... aquele tipo de acidente de bicicleta.

De repente, Liz precisa sentar-se. Sente-se fria e sem fôlego.

– Thandi – diz Liz –, quero saber como você ficou com o buraco em sua cabeça.

– Foi como eu lhe disse. Levei um tiro.

– Sim, mas o que aconteceu? Especificamente, quero dizer.

— O que lembro, além disso, é que eu estava caminhando em minha rua com Magrinho. Moramos no distrito de Colúmbia. Aquela bala maluca veio do nada. Magrinho grita para que eu me abaixe e depois berra: "ELA ESTÁ SANGRANDO! AH, MEU DEUS, ELA ESTÁ SANGRANDO!" A próxima coisa que sei é você me acordando, neste mesmo navio, e me perguntando onde está. — Thandi gira uma de suas tranças em torno do dedo. — Sabe, Liz, no começo eu também não me lembrava de tudo, mas depois comecei a lembrar cada vez mais.

Liz faz um sinal afirmativo com a cabeça.

— Tem certeza de que não está sonhando tudo isso?

— Sei que essa é sua opinião sobre o assunto, mas sei que não estou sonhando. Um sonho parece um sonho, e não sinto que esteja sonhando.

— Mas não parece possível, não é? Você levando um tiro na cabeça, eu tendo sofrido um grave acidente de bicicleta e nós duas caminhando de um lado para outro, em perfeitas condições, como se nada tivesse acontecido.

Thandi balança a cabeça, mas prefere não falar.

— Além disso, por que Curtis Jest estaria aqui? Conhecer um astro do rock não é o tipo de coisa que só acontece em sonho? — pergunta Liz.

— Mas, Liz, sabe aquelas marcas no braço dele?

— Sim.

— Tive uma prima em Baltimore chamada Shelly. Shelly tinha marcas mais ou menos como aquelas. São o tipo de marcas que a pessoa passa a ter quando está usando...

Liz interrompe Thandi:

– Não quero saber disso. Curtis Jest não tem nada a ver com sua prima Shelly, de Baltimore. Absolutamente nada!

– Ótimo, mas não fique zangada comigo. Você que começou este assunto.

– Perdão, Thandi – diz Liz. – Estou apenas tentando entender tudo.

Thandi solta um longo e queixoso suspiro.

– Garota, você está em negação – diz ela.

Antes de Liz ter uma chance de perguntar a Thandi o que quer dizer, alguém empurra um grande envelope bege por baixo da porta da cabine. Satisfeita com a distração, Liz pega o envelope. Nele está escrito, com tinta azul-escuro:

Passageira Elizabeth M. Hall
Antigamente de Medford, Massachusetts,
nos Estados Unidos
Atualmente no SS Nilo, cabine 130.002
Beliche de baixo

Liz abre a porta. Olha de um lado para outro do corredor, mas não há ninguém ali.

Voltando para o beliche de baixo, Liz abre o envelope e olha dentro dele. Descobre um cartão simples, mas revestido de pergaminho, e uma estranha moeda octogonal, com um buraco redondo no centro. A moeda faz Liz lembrar as fichas do metrô de sua terra. Na moeda, há uma inscrição em relevo: UM ETERNIM, na frente, e MOEDA OFICIAL DE OUTROLUGAR, no verso. O cartão parece um convite, mas a data não está especificada:

>Querida Passageira Hall,
>Sua presença é solicitada:
>Convés de Observação
>Binóculos n.º 219
>Hoje
>AGORA!

— Quem já ouviu falar em enviar um convite para alguma coisa que está acontecendo "agora"? A pessoa não pode deixar de chegar atrasada — diz Liz, mostrando o convite a Thandi.
— Na verdade, Liz, você não pode deixar de chegar na hora. Sendo "agora" um termo relativo e tudo o mais — diz Thandi.
— Quer ir? — pergunta Liz.
— Provavelmente, é melhor você ir sozinha.
— Faça como preferir.
Liz ainda está aborrecida com Thandi e se sente secretamente satisfeita por ficar sozinha.
— Além disso, eu já estive lá — admite Thandi.
— Quando você esteve lá sem mim? — pergunta Liz.
— Num momento qualquer — diz Thandi, vagamente. — Não tem importância.
Liz balança a cabeça. Da maneira como encara as coisas, ela já está atrasada e não tem tempo para continuar interrogando Thandi.

Quando está saindo da cabine, Liz vira-se para encarar Thandi.

– Heroína – diz Liz. – É daí que vêm aquelas marcas no braço de Curtis, certo?

Thandi faz um sinal afirmativo com a cabeça.

– Pensei que você não soubesse.

– Nas revistas sempre havia boatos de que Curtis Jest era viciado em drogas – diz Liz –, mas não se pode acreditar em tudo o que se lê.

O Convés de Observação localiza-se no andar superior do navio. Embora Liz e Thandi tenham explorado amplamente o *Nilo*, nunca percorreram todo o caminho para cima até chegar ao topo. (Pelo menos, não juntas, pensa Liz.) Agora, Liz pergunta a si mesma *por que* nunca foram até em cima. Imediatamente, Liz sente a necessidade de chegar lá. Sente que, quando alcançar o Convés de Observação, algo definitivo acontecerá.

Liz sobe correndo os muitos lances de escada que separam sua cabine do Convés de Observação. Descobre-se recitando repetidas vezes o verso do poema que a sra. Early leu na sala de aula: "Encontrei um viajante de uma terra antiga; encontrei um viajante de uma terra antiga; encontrei um viajante de uma terra antiga." Quando Liz finalmente chega ao topo, está coberta de suor e sem fôlego.

O Convés de Observação consiste em uma longa fileira de binóculos, do tipo que se parece com um desenho abreviado de um homem representado sem os braços, ou com um parquímetro. Cada binóculo é acoplado em um banco de metal de aspecto desconfortável. As pessoas que usam os binóculos estão constantemente embevecidas, embora suas reações individuais sejam radicalmente diferentes. Algumas riem, outras choram, outras ainda riem e choram ao mesmo tempo, e há as que, simplesmente, olham direto para a frente, muito atentas, com o rosto vazio de expressão.

Os binóculos estão etiquetados em sequência. Dividida meio a meio entre o medo e a curiosidade, Liz localiza o Binóculo nº 219 e se senta no banco de metal. Tira a estranha moeda de seu bolso e a coloca na fenda. Põe os olhos no binóculo, exatamente quando as lentes clicam e se abrem. Ela vê algo que quase pode ser descrito como um filme em 3D.

O cenário é uma igreja. Liz a reconhece como uma das que frequentava, quando sua mãe sentia sua periódica necessidade de "elevar a vida espiritual de Liz". Nos bancos de trás, Liz vê vários garotos de sua escola secundária, vestidos de preto. Enquanto a câmera se movimenta para a frente, através da igreja, Liz vê outras pessoas, mais velhas, pessoas que ela só conhece de almoços e jantares festivos há muito esquecidos, vistos do andar de cima, depois de sua hora de dormir. Sim, aqueles são seus parentes e os amigos de seus pais. Finalmente, a câmera para na parte dianteira da igreja. A mãe, o pai e o irmão de Liz estão sentados no banco da frente. Sua mãe não usa nenhuma maquiagem e agarra seu pai pela mão. Seu irmão usa um terno azul-marinho que já está curto demais para ele.

O dr. Frederick, o diretor de sua escola secundária e um homem com o qual Liz jamais conversou pessoalmente, está em pé no púlpito.

– Uma aluna que sempre tirava nota dez – diz o dr. Frederick, na voz que Liz reconhece como a que ele usa em reuniões –, Elizabeth Marie Hall era motivo de orgulho para seus pais e sua escola.

Liz ri. Embora suas notas fossem mais ou menos até muito boas, nunca tirara apenas dez. Tirava nove, principalmente, a não ser em matemática e ciências.

– Mas o que podemos aprender com a morte de uma pessoa tão jovem, com tanto potencial? – Dr. Frederick bate ruidosamente com o punho na estante, para enfatizar o que diz. – O que podemos aprender é a importância da segurança no trânsito.

A esta altura, o pai de Liz irrompe numa explosão de soluços arquejantes, histéricos. Em toda a sua vida, Liz jamais o vira, nem uma só vez, chorar daquela maneira.

– Em memória de Elizabeth Marie Hall – continua o dr. Frederick –, aconselho todos vocês a olhar para os dois lados antes de atravessar a rua, a usar um capacete quando estiverem numa bicicleta, a utilizar o cinto de segurança, a só comprar automóveis equipados com airbag do lado do passageiro...

O dr. Frederick não dá nenhum sinal de que vai parar. Que falastrão, pensa Liz.

Liz gira o binóculo para o lado. Vizinho ao lugar de onde fala o dr. Frederick, ela nota um caixão retangular, laqueado de branco, com antiquadas rosas cor-de-rosa entalhadas nas laterais. A esta altura, Liz tem uma ideia bastante boa do que, ou melhor, de quem está no caixão. Mesmo assim, sabe que precisa ver. Liz espia por cima da tampa: uma menina sem vida, com uma peruca loura e um vestido de veludo marrom, está deitada num leito de cetim branco. Sempre detestei aquele vestido, pensa Liz. Recosta-se em seu desconfortável banco de metal e suspira. Agora sabe o que até então apenas suspeitara: está morta. Está morta e, pelo menos no momento, não sente nada.

Liz dá uma última olhada pelo binóculo, a fim de se certificar de que as pessoas que deveriam estar em seu funeral estão mesmo. Edward, o garoto que pratica *cross-country*, está lá, assoando virilmente o nariz na manga. Seu professor de inglês está lá e também o de educação física. Fica agradavelmente surpresa ao ver a de história mundial. Mas o que aconteceu com o de álgebra II e o de biologia?, pergunta Liz a si mesma. (Essas eram suas matérias favoritas.) E não consegue encontrar sua melhor amiga em parte alguma. Vejam só, e não foi por causa de Zooey que ela estava indo para o shopping? Onde diabo está Zooey? Aborrecida, Liz deixa o binóculo antes que o tempo se esgote. Já vira o suficiente.

Estou morta, pensa Liz. E, depois, diz a mesma coisa em voz alta, para ver como soa:

– Estou morta. *Morta.*

É uma coisa estranha estar morta, porque seu corpo não passa absolutamente a sensação de morte. Seu corpo passa a mesma sensação de sempre.

Enquanto Liz caminha junto à longa fileira de binóculos, vê Curtis Jest. Usando apenas um dos olhos, ele espia em seu binóculo com um interesse apenas moderado. Seu outro olho vê Liz imediatamente.

– Olá, Liz. Como se sente na vida após a morte? – pergunta Curtis.

Liz tenta dar de ombros, demonstrando indiferença. Embora não saiba ao certo o que a "vida após a morte" irá necessariamente acarretar, está bastante segura de uma coisa: jamais tornará a ver seus pais, seu irmão nem seus amigos. De certa forma, a sensação é mais a de que ela ainda está viva e é a única presença no funeral coletivo de todas as pessoas que conhecia. Decide responder com um "É chato", embora a resposta não chegue perto de expressar o que ela sente.

– E o funeral, como foi? – pergunta Curtis.

– Foi principalmente uma oportunidade para o diretor de minha escola falar sobre a segurança no trânsito.

– Segurança no trânsito, hein? Parece uma coisa maravilhosa.

Curtis inclina a cabeça para um lado, ligeiramente perplexo.

– E disseram que eu era "uma aluna que só tirava nota dez" – acrescenta Liz –, e não era.

– Não vê o noticiário? Todos os jovens se tornam estudantes perfeitos quando batem as botas. É uma regra.

Liz fica imaginando se sua morte chegou ao noticiário local. Será que alguém se importa quando uma menina de 15 anos é atropelada?

– O grande Jimi Hendrix disse: "Todos nos amam quando morremos; ao morrer, somos feitos para a vida." Ou algo parecido. Mas ele provavelmente não é do seu tempo.

– Sei quem ele é – diz Liz. – O guitarrista.

– Desculpe, senhora. – Curtis finge, com gestos, estar fazendo um cumprimento com o chapéu. – Gostaria, então, de dar uma olhada em meu funeral? – convida Curtis.

Liz não se sente muito disposta a olhar o funeral de quem quer que seja, mas não quer parecer descortês. Espia através do binóculo de Curtis. O funeral dele é muito mais requintado do que o seu: os outros membros da Machine estão lá; uma cantora célebre canta a canção mais famosa de Curtis, com os versos reescritos especialmente para a ocasião; há uma famosa modelo de roupa íntima no banco da frente; e, estranhamente, um urso prestidigitador está em cima do caixão de Curtis.

– Por que o urso? – pergunta Liz.

– O urso deveria estar em nosso próximo vídeo. O nome dele é Bartholomew e me disseram que é o melhor urso da profissão. Um dos caras da banda achou, provavelmente, que eu gostaria disso.

Liz se afasta do binóculo.

– Como foi que você morreu, Curtis?

– Aparentemente de uma overdose.

– Aparentemente?

– Foi o que disseram no noticiário: "Curtis Jest, vocalista principal da banda Machine, morreu aparentemente de uma overdose, de manhã cedo, no domingo, em sua residência em Los Angeles. Tinha trinta anos." É uma grande tragédia. – Curtis ri. – E você, Lizzie? Agora sabe?

– Acidente de bicicleta.

– Ah, isso explica o funeral com o tema da segurança no trânsito.

– Acho que sim. Minha mãe sempre tentava fazer com que eu usasse um capacete – diz Liz.

– As mães sempre sabem o que dizem.

Liz sorri. Um momento depois, fica surpresa ao constatar que lágrimas caem de seus olhos. Limpa-as rapidamente com a mão, mas logo são substituídas por outras.

– Tome – diz Curtis, estendendo a manga de seu pijama para Liz enxugar nela seus olhos.

Liz aceita a manga. Nota que o braço cheio de cicatrizes de Curtis está sarando.

– Obrigada – ela diz. – Vejo que seu braço parece melhor.

Curtis baixa a manga do pijama.

– Minha irmã mais nova é da sua idade – diz Curtis. – E também se parece um pouco com você.

– Estamos mortos, sabe? Estamos todos mortos. E nunca mais veremos nenhum deles – exclama Liz.

– Quem sabe, Lizzie? Talvez sim.

– É fácil para você falar assim. Você escolheu isso.

Logo que as palavras escapam de sua boca, Liz se arrepende de tê-las dito.

Curtis espera um momento antes de responder:

– Eu era um viciado em drogas. Mas não queria morrer.
– Desculpe.

Curtis faz um aceno afirmativo com a cabeça, sem realmente olhar para Liz.

– Sinto muito mesmo – diz ela. – Foi uma coisa estúpida o que falei. Só pensei nisso porque muitas de suas canções são mais ou menos, digamos, sombrias. Mas, mesmo assim, eu não deveria supor coisas.

– Desculpa aceita. É bom saber como se desculpar de uma maneira adequada. Muito poucas pessoas sabem fazer isso. – Curtis sorri e Liz retribui seu sorriso. – E a verdade é que, em certos dias, eu queria morrer, ou talvez quisesse um pouquinho. Mas não na maioria dos dias.

Liz pensa em perguntar a ele se ainda deseja drogas, agora que está morto, mas decide que a pergunta não é adequada.

– As pessoas ficarão realmente tristes porque você foi embora – diz Liz.

– Será que ficarão mesmo?

– Bem – ela diz –, estou triste por você ter ido embora.

– Mas eu estou onde você está. Então, para você, não fui embora, não é?

– Não, acho que não.

Liz ri. Parece estranho rir. Como pode alguma coisa ser engraçada, agora?

– Acha que ficaremos neste navio para sempre? Quero dizer, acontecerá apenas isso? – pergunta Liz.

– Acho que não, Lizzie.

– Mas, como você sabe?

– Talvez minha mente esteja me enganando – diz Curtis –, mas acho que posso ver a costa, meu amor.

Liz se levanta para espiar pelo binóculo. A distância, pode ver o que parece ser terra. A visão a conforta, momentaneamente. Se a pessoa tem de estar morta, é melhor estar em algum lugar, seja qual for, do que em lugar nenhum, absolutamente.

Parte II: O Livro dos Mortos

Bem-vindo a Outrolugar

— Chegamos!

Thandi está olhando para fora da vigia de cima, quando Liz entra na cabine. Ela pula do beliche superior e atira seus braços sólidos em volta de Liz, fazendo-a girar de um lado para outro da cabine, até ambas perderem o fôlego.

Liz se senta arquejante, procurando ar.

— Como pode estar tão feliz, quando nós duas estamos... — Sua voz vai sumindo.

— Mortas? — Thandi sorri um pouco. — Então, finalmente, você descobriu.

— Acabei de voltar do meu funeral, mas acho que mais ou menos já sabia.

Thandi faz um solene aceno afirmativo com a cabeça.

— Demora o tempo que é necessário – diz. — Meu funeral foi terrível, obrigada por perguntar. Eu estava toda arrumada como se fosse um palhaço. Nem posso contar

o que fizeram com meu cabelo. – Thandi levanta as tranças. No espelho, ela examina o buraco na parte de trás da cabeça. – Sem dúvida, está ficando menor – diz, antes de baixar as tranças.
– Você não está triste, de forma nenhuma?
– Não adianta, pelo que vejo, ficar triste. Não posso mudar nada. E estou cansada de ficar neste quartinho, Liz, sem querer ofender.
Um anúncio vem pelo sistema de alto-falantes do navio:
– Aqui fala seu capitão. Espero que tenham gostado de sua passagem. Em nome da tripulação do SS *Nilo*, bem-vindos a Outrolugar. A temperatura local é de 20 graus Celsius, com céu parcialmente nublado e vento oeste. A hora local é 15:48. Todos os passageiros devem desembarcar agora. Esta é a última e única parada.
– Não fica imaginando como será lá fora? – pergunta Liz.
– O capitão acabou de dizer. O tempo está quente, com vento.
– Não estou falando do tempo. Quero dizer, todo o restante.
– Não, realmente não. É o que é, e pensar muito a respeito não vai mudar nada. – Thandi estende a mão para ajudar Liz a sair da cama. – Você não vem?
Liz balança negativamente a cabeça.
– Provavelmente, o navio está superlotado. Acho que vou esperar um pouco, só até os corredores se esvaziarem.
Thandi fica sentada ao lado de Liz, na cama.

— Não estou com pressa.

— Não faça isso, vá em frente — diz Liz. — Quero ficar sozinha.

Thandi encara profundamente Liz.

— Não fique aqui dentro para sempre.

— Não ficarei. Prometo.

Thandi faz um aceno afirmativo com a cabeça. Está quase saindo, quando Liz grita:

— Por que acha que nos colocaram juntas?

—Sei lá. — Thandi dá de ombros. — Provavelmente, éramos as duas únicas garotas de 16 anos que morreram de traumas agudos na cabeça, naquele dia.

— Eu tenho 15 — lembra-lhe Liz.

— Acho que foi o melhor que puderam fazer. — Thandi puxa Liz, num abraço. — Sem dúvida, foi bom conhecer você, Liz. Talvez a gente ainda se veja, um dia desses.

Liz quer dizer alguma coisa que expresse a profunda experiência que ela e Thandi acabaram de partilhar, mas não consegue encontrar as palavras certas.

— Sim, até mais — responde Liz.

Quando Thandi fecha a porta, Liz tem o impulso de gritar, pedindo a ela que fique. Thandi agora é sua única amiga, além de Curtis Jest. (E Liz não tem sequer certeza de poder contar com Curtis Jest como amigo.) Depois da partida de Thandi, Liz se sente sozinha e infeliz como nunca se sentiu antes.

Liz fica deitada no beliche de baixo. Por toda a parte, em torno dela, pode ouvir os sons de pessoas deixando suas cabines e caminhando pelos corredores do navio. Liz decide esperar até não ouvir mais ninguém falando e só então se aventurar a sair de sua cabine. No intervalo entre portas que se abrem e se fecham, escuta fragmentos de conversas.

Um homem diz:

– É um pouco embaraçoso só ter para usar essas roupas de dormir...

E uma mulher:

– Espero que haja um hotel decente...

E outra mulher:

– Acha que verei Hubie aí? Ah, como senti falta dele!

Liz fica imaginando quem é "Hubie". Adivinha que, provavelmente, está morto, como todas as pessoas no *Nilo*, morto como ela está. Pensa que, talvez estar morto não seja tão ruim, quando a pessoa *já está* realmente velha; porque, pelo que pode perceber, a maioria dos mortos é realmente de velhos. Nesse caso, há grandes chances de conhecer outras pessoas de sua própria idade. E todas as outras pessoas mortas, que conhecemos antes de morrer, talvez até estejam nesse Outrolugar, ou seja lá qual for o nome. E, quando se está suficientemente velho e se conhece mais gente morta do que viva, talvez morrer seja uma coisa boa, ou, pelo menos, não tão ruim. Da forma que Liz encara a questão, para os idosos a morte não é muito diferente de se aposentar e ir para a Flórida.

Mas Liz tem 15 anos (quase 16) e não conhece pessoalmente nenhuma pessoa morta. A não ser ela própria e as pessoas da viagem, claro. Para Liz, a perspectiva de estar morta parece terrivelmente solitária.

Na ida de carro até o cais de Outrolugar, Betty Bloom, uma mulher com o hábito de falar consigo mesma, comenta:
– Desejaria ter encontrado Elizabeth pelo menos uma vez. Então, eu poderia dizer: "Lembra-se daquela ocasião em que nos encontramos?" Do jeito como são as coisas, tenho de dizer: "Sou sua avó. Nunca nos encontramos por causa da minha morte precoce, causada por um câncer de mama." E, francamente, câncer não é maneira de começar uma conversa. De fato, acho que seria melhor não mencionar absolutamente o câncer. Basta dizer: morri. No mínimo, nós duas temos isso em comum.

Betty suspira. Um carro buzina para ela. Em vez de acelerar, Betty acena e deixa o carro passar.
– Sim, estou perfeitamente satisfeita de estar dirigindo na velocidade em que estou. Se quer ir mais depressa, por favor vá – acrescenta.

"Desejaria ter tido mais tempo para me preparar para a chegada de Elizabeth. É estranho pensar em mim mesma como a avó de alguém, e não me sinto muito avó, de jeito nenhum. Não gosto de assar bolos e, na verdade, de cozinhar seja lá o que for, como também não gosto de paninhos de mesa e robes. E, embora goste muito de crianças, acho que não tenho muito jeito com elas.

"Por causa de Olivia, prometo não ser muito severa nem crítica. E prometo não tratar Elizabeth como uma criança. E prometo tratá-la de igual para igual. E prometo dar-lhe apoio. E não farei perguntas demais. Em troca, espero que ela goste de mim um pouquinho, apesar de qualquer coisa que Olivia possa ter dito a ela a meu respeito."

Por um momento, Betty fica em silêncio e pergunta a si mesma como será que está Olivia, sua única filha.

Ao chegar ao cais, Betty dá uma olhada no retrovisor e fica surpresa com o que vê.

– Não inteiramente velha, não inteiramente jovem. Muito estranho, na verdade.

Uma hora se passa. E depois outra. Os corredores ficam quietos e depois silenciosos. Liz começa a elaborar um plano. Quem sabe não pode, simplesmente, ser uma clandestina? No fim, o navio terá de fazer uma viagem de volta, certo? E, se ficar nele, talvez possa retornar à sua antiga vida. Talvez assim seja realmente fácil, pensa Liz. Quando ouviu histórias de pessoas que tiveram experiências de proximidade da morte, que chegaram a esfriar e, depois, reanimaram-se, quem sabe se o que aconteceu com essas pessoas "de sorte" não foi exatamente sorte. Elas foram, isto sim, as espertas que ficaram no navio.

Liz imagina sua chegada em casa. Todos diriam:
– É um milagre!

Todos os jornais noticiariam: MENINA VOLTA DA MORTE; DECLARA QUE A MORTE É UMA VIAGEM DE NAVIO, NÃO HÁ LUZ BRANCA NEM TÚNEL. Liz assinará um contrato para escrever um livro (*Menina morta*, por

Liz Hall) *e* será o tema de uma série de televisão (*Decidida a viver: a história de Elizabeth M. Hall*) *e* receberá um convite para aparecer no programa da Oprah, a fim de promover tanto o livro como a série.

Liz vê a maçaneta da porta mexer-se e a porta começar a se abrir. Sem realmente pensar a respeito, esconde-se debaixo da cama. Da sua posição, pode ver um menino mais ou menos da idade de seu irmão, usando uma roupa branca de capitão, com dragonas douradas e um chapéu de capitão combinando. Ele se senta no beliche de baixo e parece não ver Liz.

O único movimento do menino é o leve balanço das pernas. Liz nota que seus pés mal alcançam o piso. Tem uma perfeita visão das solas de seus sapatos. Alguém escreveu *E,* na esquerda, e *D,* na direita, com um marcador preto.

Após alguns minutos, o menino fala:

– Estava esperando que você se apresentasse – diz ele, com uma voz incomumente madura para uma criança –, mas não posso esperar o dia inteiro.

Liz não responde.

– Sou o capitão – diz o menino –, e você não deveria estar aqui.

Liz ainda não responde. Prende a respiração e tenta não fazer nenhum ruído.

– Sim, menina debaixo da cama. O capitão está falando com você.

– O capitão do quê? – sussurra Liz.

– O capitão do SS *Nilo*, claro.

– Você parece um tanto jovem demais para ser o capitão.
– Garanto-lhe que minha experiência e qualificações são exemplares. Sou o capitão há quase cem anos.
Que comediante, pensa Liz.
– Quantos anos você tem?
– Sete – diz o capitão, com dignidade.
– Será que sete anos não é muito pouco para ser um capitão?
O capitão faz um aceno afirmativo com a cabeça.
– Sim – admite. – Agora preciso tirar cochilos à tarde. Eu me aposentarei no próximo ano, provavelmente.
– Quero fazer a viagem de volta – diz Liz.
– Estes navios só viajam numa direção.
Liz espia de debaixo da cama.
– Isso não faz sentido. Eles têm de voltar de alguma forma.
– Quem estabelece as regras não sou eu – argumenta o capitão.
– Que regras? Estou morta.
– Se acha que sua morte lhe dá a liberdade de agir como quiser, está enganada – diz o capitão. – Mortalmente enganada – ele acrescenta, um momento depois.
O capitão ri com seu trocadilho ruim e depois para de repente.
– Vamos acreditar, por um momento, que você conseguisse levar este navio de volta para a Terra. O que acha que aconteceria?
Liz sai de debaixo da cama.
– Acho que eu voltaria para minha vida antiga, certo?
O capitão balança a cabeça, negativamente.

— Não, você não teria um corpo para o qual voltar. Você seria um fantasma.

— Bem, talvez não fosse tão ruim assim.

— Confie em mim. Conheço pessoas que tentaram e não é uma vida que valha a pena. Você terminaria maluca e todos os que você ama também terminariam malucos. Aceite meu conselho: saia do navio.

Os olhos de Liz enchem-se novamente de lágrimas. Morrer, com certeza, torna a pessoa chorosa, pensa, enquanto enxuga os olhos com as costas de uma das mãos.

O capitão tira um lenço do bolso e o entrega a ela. O lenço é feito do mais macio e fino algodão, mais parecendo papel do que tecido, e tem bordadas as palavras *O Capitão*. Liz assoa o nariz nele. Seu pai leva lenços. E a lembrança faz com que seja necessário outro assoar de nariz.

— Não chore. Lá não é tão ruim — diz o capitão.

Liz balança a cabeça.

— É a poeira de debaixo da cama. Entrou nos meus olhos.

Ela devolve o lenço ao capitão.

— Fique com ele — diz ele. — Provavelmente, vai tornar a precisar. — Fica em pé com a perfeita postura de um militar de carreira, mas sua cabeça chega apenas à altura do peito de Liz. — Confio que você sairá dentro dos próximos cinco minutos. Você não quer ficar.

E, depois de dizer isso, ele fecha silenciosamente a porta da cabine ao sair.

Liz reflete sobre o que o estranho menino disse. Por mais que queira estar com sua família e seus amigos, não quer ser um fantasma. Certamente, não quer causar mais dor às pessoas que ama. Sabe que há apenas uma coisa a fazer.

Liz olha para fora da vigia uma última vez. O sol já quase se pôs e ela pergunta a si mesma, sem esperar resposta, se é o mesmo sol que existe em sua terra.

A única pessoa que está no cais é Betty Bloom. Embora Liz nunca tenha visto Betty, algo na mulher lhe faz lembrar sua mãe. Betty acena para Liz e começa a caminhar em sua direção com passos premeditados, serenos.

– Bem-vinda, Elizabeth! Esperei tanto tempo para encontrar você! – A mulher dá um abraço apertado em Liz e esta se contorce, tentando livrar-se dele. – Como você se parece com Olivia.

– Como é que você conhece minha mãe? – pergunta Liz.

– Sou a mãe dela, sua avó Betty, mas você não chegou a me conhecer. Morri antes de você nascer. – Vovó Betty torna a abraçar Liz. – Você recebeu o mesmo nome que eu; meu nome completo também é Elizabeth, mas sempre me chamaram de Betty.

– Mas como isso é possível? Como você pode ser minha avó, quando parece ter a mesma idade da minha mãe? – pergunta Liz.

– Bem-vinda a Outrolugar.

Vovó Betty ri, apontando casualmente para o grande estandarte pendurado em cima do cais.

– Não entendo.

– Aqui ninguém fica mais velho, todos ficam mais jovens. Mas não se preocupe, eles lhe explicarão tudo isso em seu encontro para adaptação.

– Estou ficando mais jovem? Mas levei tanto tempo para fazer 15 anos!

– Não se preocupe, querida, tudo se resolve no fim. Você vai adorar este lugar aqui.

Compreensivelmente, Liz não tem tanta certeza disso.

Uma longa viagem de carro para casa

No conversível da vovó Betty, Liz se limita a olhar através do vidro e deixa que sua avó se encarregue de toda a conversa.

– Você gosta de arquitetura? – pergunta vovó Betty.

Liz dá de ombros. Com toda honestidade, nunca pensou muito a respeito do assunto.

– Da janela da minha casa, você verá uma biblioteca construída por Frank Lloyd Wright. As pessoas que entendem dessas coisas dizem que é melhor do que qualquer dos prédios que ele fez na Terra. E, Elizabeth, não são apenas prédios. Você descobrirá aqui novas obras de muitos de seus artistas favoritos. Livros, pinturas, música, qualquer coisa que lhe interesse! Recentemente, fui a uma exposição de novas pinturas de Picasso, você acredita?

Liz pensa que o entusiasmo da vovó Betty parece forçado, como se ela tentasse convencer uma criança relutante a comer brócolis.

– Conheci Curtis Jest no navio – diz Liz, tranquilamente.

– Quem é ele?

– O principal vocalista da banda Machine.

– Acho que nunca ouvi falar dessa banda. Mas já morri há algum tempo, então isso não é de surpreender. Quem sabe ele não gravará alguma coisa nova aqui?

Liz torna a dar de ombros.

– Claro, alguns artistas não continuam com seu trabalho aqui – prossegue vovó Betty. – Acho que apenas uma vida de arte pode ser o bastante. Os artistas não são nunca as pessoas mais felizes, não é? Conhece a estrela de cinema Marilyn Monroe? Bem, ela agora é psiquiatra. Ou melhor, era, até ficar jovem demais para praticar. Minha vizinha, Phyllis, costumava consultar-se com ela. Ah, Elizabeth, e está vendo ali na frente? Aquele prédio engraçado, alto? É o Registro. É onde você terá seu encontro para a adaptação, marcado para amanhã.

Liz dá uma olhada para fora, através do vidro do carro. Então, isto é Outrolugar, pensa. Vê um lugar que se parece com qualquer outro da Terra. Acha que é cruel a maneira como ele é comum, quanto se parece com a vida real. Há prédios, casas, lojas, estradas, carros, pontes, pessoas, árvores, flores, gramados, lagos, rios, praias, ar, estrelas e céu. Como impressiona pouco, pensa. Outrolugar poderia ser uma cidade vizinha, para onde se pode ir caminhando, ou viajando de automóvel apenas uma hora, ou de um dia para outro num avião. Seguindo no carro, ela nota que todas as estradas são curvas e, mesmo quando parecem estender-se em linha reta, na verdade descrevem uma espécie de círculo.

Depois de algum tempo, vovó Betty percebe que Liz não está contribuindo para a conversa.

– Será que estou falando demais? Sei que tenho uma tendência a...

Liz a interrompe:

– Que quis dizer, quando falou que estou ficando mais jovem?

Vovó Betty olha para Liz.

– Tem certeza de que quer saber agora?

Liz faz um aceno afirmativo com a cabeça.

– Todos aqui envelhecem para trás, a partir do dia em que morreram. Quando cheguei, tinha cinquenta anos. Estou aqui há pouco mais de 16 anos, de modo que agora tenho 34. Para a maioria das pessoas mais velhas, Lizzie, essa é uma coisa boa. Mas imagino que não seja tão bom quando se tem sua idade.

Liz demora um instante para absorver as palavras da vovó Betty. Nunca farei 16 anos, pensa.

– O que acontecerá quando eu chegar a zero? – pergunta Liz.

– Você se tornará novamente um bebê. E, quando tiver sete dias de idade, será enviada, como todos os outros bebês, Rio abaixo, de volta à Terra, para nascer de novo. Isso é chamado de Libertação.

– Então, só ficarei aqui 15 anos e depois voltarei para a Terra para começar tudo de novo?

– Você ficará aqui quase 16 anos – corrige-a vovó Betty –, mas basicamente é isso sim.

Liz não consegue acreditar na injustiça de tudo isso. Como se não bastasse ela morrer antes de chegar a fazer alguma coisa divertida, agora terá de repetir sua vida inteira ao contrário, até se tornar novamente um estúpido bebê chorão.

– Então, nunca serei uma adulta? – pergunta Liz.

– Eu não encararia as coisas dessa maneira, Liz. Sua mente ainda adquire experiência e lembranças, mesmo quando seu corpo...

Liz explode:

– NUNCA IREI PARA A UNIVERSIDADE, NEM ME CASAREI, NEM CONSEGUIREI FICAR COM OS PEITOS GRANDES, NEM MORAREI SOZINHA, NEM ME APAIXONAREI, NEM TIRAREI CARTEIRA DE MOTORISTA, NEM NADA? NÃO CONSIGO ACREDITAR NUMA COISA DESSAS!

Vovó Betty para o carro no acostamento da estrada.

– Sabe – diz ela, dando palmadinhas na mão de Liz. – Não é tão ruim assim.

– Não é tão ruim assim? Que droga, como poderia ser pior? Tenho 15 anos e estou morta. Morta!

Por um minuto, nenhuma das duas fala.

De repente, vovó Betty bate as mãos uma na outra.

– Acabei de ter uma ideia maravilhosa, Elizabeth. Você tem sua carteira de quem está aprendendo a dirigir, não é?

Liz faz um aceno afirmativo com a cabeça.

— Por que não dirige para casa?

Liz faz outro sinal afirmativo com a cabeça. Embora tenha motivos para ficar perturbada com o curso dos acontecimentos, não quer perder uma oportunidade de dirigir. Afinal, ela provavelmente jamais terá sua carteira de motorista, neste lugar idiota, e quem sabe demorará muitos meses até cancelarem também sua licença de aprendiz. Liz abre a porta do passageiro e sai, enquanto vovó Betty desliza para o assento do carona ao lado.

— Sabe manobrar com esse tipo de transmissão? Meu carro é um pouquinho jurássico, infelizmente — diz vovó Betty.

— Sei tudo, menos entrar em vaga apertada e fazer retorno de emergência — responde Liz, calmamente. — Deveríamos aprender isso em seguida, no curso para motoristas; mas estiquei as canelas, infelizmente.

O percurso até a casa da vovó Betty é bastante simples e, à parte algumas indicações ocasionais, a viagem é feita em silêncio. Embora tenha muito a dizer, vovó Betty não quer distrair Liz da direção. De qualquer forma, Liz não está com disposição para conversa e deixa sua mente divagar. Claro que uma mente divagando nem sempre é aconselhável para quem morreu recentemente, e quase nunca é aconselhável para um motorista aprendiz.

Liz pergunta a si mesma qual foi o motivo para ter demorado tanto até descobrir que estava morta. Outras pessoas, como Curtis e Thandi, pareceram perceber imediatamente, ou logo em seguida. Ela se sente uma verdadeira idiota. Na escola, Liz sempre se orgulhava de ser uma pessoa que podia entender rapidamente as coisas, de ser alguém que aprendia depressa. Mas ali havia sinais concretos de que ela não é tão rápida quanto pensava.

– Elizabeth, querida – diz vovó Betty –, será que não seria melhor você reduzir um pouco a velocidade?

– Está bem – diz Liz, dando uma olhada no velocímetro, que marca 120 quilômetros por hora.

Não percebera que estava dirigindo tão depressa e tira um pouco o pé do acelerador.

Como posso estar morta?, Liz pergunta a si mesma. Não sou jovem demais para estar morta? Quando as pessoas mortas são novas, em geral são crianças pequenas com câncer ou alguma outra doença igualmente horrível e distante. As crianças mortas ganham viagens de graça e se encontram com artistas famosos, como Curtis Jest. Ela imagina se um cruzeiro marítimo e Curtis fazem alguma diferença.

Quando Liz estava no início do ensino médio, dois alunos do último ano consumiram bebidas alcoólicas e dirigiram, pouco antes do baile estudantil. A escola lhes prestara homenagens de uma página inteira, colorida, no livro do ano. Liz pergunta a si mesma se receberá uma homenagem dessas. A menos que seus pais paguem, duvida que isso aconteça. Ambos os rapazes eram do time de futebol que ganhara o campeonato estadual de Massachusetts naquele ano. Liz não jogava futebol, era apenas uma aluna do segundo ano e morrera sozinha. (As pessoas sempre acham que morrer em grupos é mais trágico.) Ela pisa com um pouco mais de força no acelerador.

– Elizabeth – diz vovó Betty –, a casa é na próxima saída. Sugiro que você diminua a velocidade e vá para a pista da direita.

Sem olhar pelo retrovisor, Liz passa para a pista à direita. Corta um carro esporte preto e precisa acelerar mais para impedir que ele bata na traseira do carro de sua avó.

– Elizabeth, você viu aquele carro? – pergunta vovó Betty.

– Está tudo sob controle – diz Liz, tensa.

E daí se sou uma motorista ruim?, Liz pensa. Afinal, que diferença faz? Não é como se eu estivesse provocando minha morte. Não se pode morrer mais quando já se está morto, não é?

– Esta é a saída. Tem certeza de que está bem para dirigir?

– Estou ótima – diz Liz.

Sem reduzir a velocidade, ela manobra desajeitadamente o carro em direção à saída.

– Acho melhor dirigir mais devagar; a saída pode ser um tanto difícil de...

– Estou ótima! – berra Liz.

– CUIDADO!

Naquele momento, Liz encaminha o carro na direção da mureta de sustentação de concreto da saída. O carro é uma carroça velha e faz um barulho impressionante quando ocorre a batida.

– Está machucada? – pergunta vovó Betty.

Liz não responde. Olhando atentamente para a extremidade dianteira do velho carro, Liz não pode deixar de rir. O carro quase não sofreu nenhum dano. Um único amassado, foi tudo. Um milagre, pensa Liz, amargamente. Se, pelo menos, as pessoas fossem tão fortes quanto os carros.

– Elizabeth, você está bem? – pergunta vovó Betty.

– Não – responde Elizabeth. – Estou morta, ou será que não soube?

– Quero dizer, você está machucada?

Liz passa os dedos sobre os restos dos pontos acima de sua orelha. Indaga-se a quem deveria procurar para retirar os pontos. Uma vez, já levara pontos (um acidente com patins, quando tinha nove anos, seu ferimento mais sério, até recentemente), e sabe que as lesões não saram inteiramente até os pontos serem tirados. Imediatamente, Liz decide não mandar tirar os pontos. Acha aquele minúsculo pedaço de linha estranhamente reconfortante. É sua última peça da Terra, e a única evidência de que ela, algum dia, esteve lá.

– Está machucada? – vovó Betty repete a pergunta, olhando preocupada para Liz.

– Que diferença faria?

– Bem – diz vovó Betty –, se você estivesse ferida, eu a levaria para um centro de cura.

– As pessoas se ferem aqui?

– Sim, embora tudo finalmente sare, quando a pessoa envelhece para trás.

– Então nada importa aqui, não é? Quero dizer, nada conta. Tudo é simplesmente apagado. Estamos todos ficando mais jovens e mais estúpidos, é isso.

Liz sente vontade de chorar, mas não na frente de Betty, que ela nem sequer conhece.

– Acho que as coisas podem ser encaradas assim. Mas, em minha opinião, seria um ponto de vista muito chato e limitado. Espero que não adote uma perspectiva tão sombria, antes de passar sequer um dia aqui.

Colocando a mão no queixo de Liz, vovó Betty vira a cabeça da menina, de modo a poder ver diretamente seus olhos.

– Você estava tentando nos matar, lá atrás?

– E eu poderia?

Vovó Betty balança negativamente a cabeça.

– Não, querida, mas certamente você não teria sido a primeira pessoa a tentar.

– Não quero viver aqui! – ela berra. – Não quero estar aqui!

À sua revelia, as lágrimas recomeçam a correr.

– Eu sei, boneca, eu sei – diz vovó Betty.

Ela abraça Liz e começa a acariciar seu cabelo.

– Minha mãe acaricia meu cabelo dessa maneira – diz Liz, quando se afasta.

Sabe que vovó Betty pretendia consolá-la, mas a sensação foi apenas arrepiante – como se sua mãe a estivesse tocando, de além-túmulo.

Vovó Betty suspira e abre a porta do lado do carona.

– Vou dirigir pelo restante do caminho até a casa – ela diz.

Sua voz soa cansada e tensa.

– Ótimo – diz Liz, rispidamente.

Um momento depois, ela acrescenta, com uma voz mais branda:

– Só para você saber, em geral não dirijo assim tão mal e, habitualmente, não sou assim tão, digamos, emotiva.

– É perfeitamente compreensível – diz vovó Betty. – Eu já achava que o caso era esse.

Quando torna a deslizar para o assento do carona, Liz suspeita de que demorará algum tempo antes que vovó Betty a deixe dirigir novamente. Mas Liz não conhece vovó Betty e está errada. Naquele momento, vovó Betty vira-se para ela e diz:

– Se você quiser, eu lhe ensinarei a fazer o retorno de emergência e a entrar em vaga demarcada. Não tenho certeza, mas acho que você ainda pode tirar sua carteira de motorista aqui.

– Aqui? – pergunta Liz.

– Sim, aqui em Outrolugar. – Vovó Betty dá palmadinhas na mão de Liz, antes de dar partida no carro. – Basta dizer quando vai querer fazer isso.

Liz está grata pela oferta de vovó Betty, mas não é o que ela quer. Para ela, a questão não são os retornos de emergência nem as entradas em vagas demarcadas. Ela quer terminar o curso para motoristas. Mas quer uma carteira de motorista do estado de Massachusetts. Quer dirigir sem rumo com seus amigos durante o fim de semana e descobrir misteriosas estradas novas em Nashua e Watertown. Quer a capacidade de ir para qualquer parte sem a companhia de uma avó nem qualquer outra pessoa. Mas sabe que isso nunca acontecerá. Porque está em Outrolugar, e do que adianta uma carteira de motorista se o único lugar em que pode usá-la é ali?

Despertar

Um táxi vem correndo do nada. Liz voa pelo ar. Pensa: Com certeza vou morrer.

Desperta num quarto de hospital, com sua visão turva, a cabeça envolta em ataduras. Sua mãe e seu pai estão em pé ao lado da cama, com círculos escuros em torno dos olhos.

– Ah, Lizzie – diz sua mãe –, pensamos que tínhamos perdido você.

Duas semanas depois, o médico tira suas ataduras. Além de um arco de pontos em forma de C, em cima de sua orelha esquerda, ela está perfeitamente bem. O médico considera sua recuperação a mais notável que ele já viu.

Liz volta para a escola. Todos querem saber sobre sua experiência de proximidade da morte.

– É difícil para mim falar a respeito – ela diz.

As pessoas acham que Liz se tornou *profunda* depois do acidente, mas a verdade é que ela, simplesmente, não se lembra de nada.

Em seu décimo sexto aniversário, Liz passa em seu exame de habilitação para motorista com excelente classificação. Seus pais compram para ela um carro novinho em folha. (Eles não querem que ela volte a andar de bicicleta.) Liz se inscreve para a universidade. Escreve sua redação para a admissão sobre o período em que foi atropelada por um táxi e diz como isso mudou sua vida. É aceita, numa rápida decisão, para sua primeira escolha, o Massachusetts Institute of Technology. Liz se forma nesse instituto, recebe um diploma de biologia e, depois, vai para a faculdade de veterinária, na Flórida. Um dia, conhece um rapaz, o tipo com quem pode imaginar passar o restante da sua vida e talvez até...

– Fora da cama, Elizabeth! Aproveite o dia! – Vovó Betty interrompe o sonho de Liz às sete horas da manhã seguinte.

Liz enterra a cabeça debaixo dos cobertores.

– Suma – ela resmunga, bem baixinho, para vovó Betty não ouvir.

Vovó Betty abre as cortinas.

– Será um dia lindo – diz.

Liz boceja, com a cabeça ainda embaixo dos cobertores.

– Estou morta. Por que, pelo amor de Deus, preciso sair da cama?

– Sem dúvida, essa é uma maneira negativa de encarar a situação. Há montes de coisas para fazer em Outrolugar – diz vovó Betty enquanto abre as outras cortinas.

O quarto em que Liz está (ela não consegue pensar nele como *seu* quarto; *seu* quarto é lá na Terra) tem cinco janelas. Lembra-lhe uma estufa de plantas. O que ela realmente quer é um quartinho escuro, com poucas (de preferência nenhuma) janelas e paredes pretas – algo mais adequado para sua atual situação. Liz boceja, enquanto espia vovó Betty movimentar-se para a terceira janela.

– Você não precisa abrir todas as cortinas – diz Liz.

– Ah, gosto de muita luz, você não gosta? – responde vovó Betty.

Liz ergue os olhos. Não consegue acreditar que terá de passar o restante da sua vida vivendo com a avó, que é, não dá para confundir, uma pessoa velha. Embora vovó Betty tenha o aspecto de uma moça, por fora, Liz pode dizer que ela, provavelmente, tem todo tipo de tendências secretas que os velhos costumam ter.

Liz pergunta a si mesma o que, especificamente, vovó Betty quis dizer, quando falou que havia "um monte de coisas para fazer em Outrolugar". Na Terra, Liz estava constantemente ocupada estudando, procurando uma universidade, uma carreira e todas aquelas coisas que os adultos em sua vida consideravam terrivelmente importantes. Desde que morreu, tudo o que fazia na Terra parece inteiramente sem importância. Do ponto de vista de Liz, a pergunta de como seria sua vida estava agora definitivamente respondida. A história de sua vida é curta e inútil: era uma vez uma menina que foi atropelada por um carro e morreu. Fim.

– Você tem seu encontro de adaptação às oito e meia – diz Vovó Betty.

Liz tira a cabeça de debaixo das cobertas.

– Que é isso?

– É uma espécie de orientação para os que morreram recentemente – responde vovó Betty.

– Posso usar isso? – Liz aponta para seu pijama branco. Está usando o pijama há tanto tempo que é mais exato chamá-lo de cinzento. – Não tive lá muito tempo para fazer as malas, você sabe.

– Você pode pegar emprestada alguma coisa minha. Acho que somos mais ou menos do mesmo tamanho, embora você talvez seja um pouco menor – diz vovó Betty.

Liz examina Betty por um momento. A avó tem seios maiores do que Liz, mas é magra e mais ou menos da altura de Liz. É um pouco estranho ser do mesmo tamanho de sua avó.

– Pegue alguma coisa no meu armário e, se precisar encurtar ou diminuir alguma coisa, fale comigo. Não sei se lhe contei que aqui sou costureira – diz vovó Betty.

Liz faz que não com a cabeça.

– Pois é, assim me mantenho ocupada. As pessoas tendem a ficar cada vez menores quando se tornam mais jovens, então sempre precisam diminuir suas roupas.

– Será que não podem, simplesmente, comprar novas? – pergunta Liz, franzindo as sobrancelhas.

– Claro, minha boneca, não quis dizer que não podiam. No entanto, tenho observado que aqui, em toda parte, há menos desperdício. E faço roupas novas também, sabe. Prefiro isso, na verdade. É mais criativo para mim.

Liz faz um sinal afirmativo com a cabeça e se sente aliviada. A ideia de todos usando as mesmas roupas pelo resto do tempo era uma das coisas mais deprimentes em que ela pensara ultimamente.

Depois de um banho (que Liz acha maravilhosamente equivalente aos banhos da Terra), ela se enrola com uma toalha e entra no closet de vovó Betty.

O closet é grande e bem organizado. As roupas de sua avó parecem caras e bem-feitas, mas um tanto teatrais para o gosto de Liz: chapéus de feltro e vestidos antiquados, capas curtas de veludo e broches, sapatilhas de balé e penas de avestruz, sapatos de verniz com saltos altos, meias arrastão, e peles. Liz fica imaginando para onde vai sua avó, com aqueles trajes. Ela se pergunta, além disso, se vovó Betty terá jeans, pois a única coisa que Liz gosta de usar é uma calça jeans com camiseta. Ela procura jeans no armário inteiro. Além de calças azul-marinho tipo marinheiro, não encontra nada que chegue nem perto.

Completamente frustrada, Liz se senta debaixo de um cabide de pé, com suéteres. Fica pensando em seu desarrumado closet, em sua casa, com seus 12 pares de jeans. Demorara muito tempo para encontrar todos aqueles jeans. Tivera de experimentar muitos. Pensar neles faz Liz ter vontade de chorar. Imagina o que acontecerá com seus jeans agora. Põe as mãos na cabeça e toca em seus pontos em cima da orelha. Mesmo vestir-se é difícil aqui, pensa Liz.

– Encontrou alguma coisa? – pergunta vovó Betty, ao entrar no closet, vários minutos depois. Durante esse tempo, Liz não se mexera.

A garota ergue os olhos, mas não responde.

– Sei como se sente – diz vovó Betty.

Sim, claro, pensa Liz.

– Você está pensando que não sei como você se sente, mas, de alguma maneira, eu sei. Morrer aos cinquenta não é tão diferente de morrer aos 15 quanto você poderia pensar. Quando a pessoa tem cinquenta, ainda tem uma porção de coisas que talvez gostasse de fazer e uma porção de coisas de que cuidar.

– De que você morreu? – pergunta Liz.

– Câncer de mama. Sua mãe estava grávida de você na ocasião.

– Dessa parte eu sei.

Vovó Betty sorri tristemente.

– Então, é bom conhecer você agora. Fiquei fora de mim, de desapontamento, na ocasião, por não ter chegado a conhecer você. Desejaria que nos encontrássemos em circunstâncias um pouco diferentes, claro. – Balança a cabeça. – Você deve ficar bonita com isso.

Levanta a manga de um vestido com uma estampa floral, que não é, absolutamente, algo que Liz usaria.

Liz balança a cabeça em negativa.

– E isto? – Vovó Betty aponta para um suéter de caxemira.

– Se não faz diferença para você, acho que usarei meu pijama mesmo, afinal.

– Entendo, e você com certeza não será a primeira pessoa a ir para um encontro de adaptação usando pijama – tranquiliza-a vovó Betty.

– Mas suas roupas são bonitas.

– Podemos comprar outras coisas para você – diz vovó Betty. – Teria comprado eu mesma, mas não sabia do que você gostaria. Roupas são um assunto pessoal, pelo menos para mim.

Liz dá de ombros.

– Quando estiver preparada – continua vovó Betty –, eu lhe darei dinheiro. Basta dizer quando quiser.

Mas Liz não consegue preocupar-se mais com o que está usando e decide mudar de assunto.

– A propósito, fiquei pensando em como chamarei você. Parece estranho, de alguma forma, chamar você de avó.

– Que tal Betty, então?

Liz faz um aceno afirmativo com a cabeça.

– Betty.

– E como você gostaria de ser chamada? – pergunta Betty.

– Bem, mamãe e papai me chamam de Lizzie... – Liz corrige a si mesma: – Eles me chamavam de Lizzie, mas acho que agora prefiro Liz.

Betty sorri.

– Liz.

– Realmente, não me sinto bem. Será que haveria algum problema se eu ficasse hoje na cama e mudássemos meu encontro de adaptação para amanhã? – pergunta Liz.

Uma das clavículas da garota está sensível, no lugar em que o cinto de segurança a comprimiu, durante a batida de automóvel da noite anterior, mas, principalmente, Liz não está com vontade de fazer nada.

Betty abana a cabeça, negando.

– Sinto muito, boneca, mas todos precisam ter o encontro para adaptação em seu primeiro dia em Outrolugar. Não há exceções.

Liz sai do closet e se vira para a janela do quarto de dormir de Betty, que dá para um jardim desordenado. Ela consegue identificar rosas, lírios, alfazemas, girassóis, crisântemos, begônias, gardênias, uma macieira, uma laranjeira, uma oliveira e uma cerejeira. Liz pergunta a si mesma como tantas variedades de flores e frutas podem partilhar um único pedaço de terra.

– É seu jardim? – pergunta Liz.

– Sim – responde Betty.

– Mamãe também gosta de fazer jardinagem.

Betty faz um aceno afirmativo com a cabeça.

– Olivia e eu costumávamos fazer jardinagem juntas, mas, entre outras coisas, nunca concordávamos quanto ao que plantar. Ela preferia plantas úteis, como repolhos, cenouras e ervilhas. Quanto a mim, sou louca por um perfume doce ou um salpico de cor.

– É bonito – diz Liz, espiando uma borboleta pousar numa flor vermelha de hibisco. – Selvagem, mas bonito.

A borboleta bate as asas e se afasta voando.

– Ah, sei que deveria podar tudo e impor ao jardim alguma ordem, mas não tenho forças para aparar uma roseira ou cortar um botão. A vida de uma flor já é bastante curta. – Betty ri. – Meu jardim é uma bela confusão.

– Tem certeza de que não quer dirigir? – Betty pergunta, quando estão a caminho do encontro de Liz, no Registro.

Liz abana a cabeça.

– Você não deve ficar desanimada só porque teve um pequeno contratempo.

– Não – disse Liz, com firmeza. – Se estou ficando mais nova, tenho de me acostumar a ser uma passageira.

Betty olha para Liz pelo espelho retrovisor. No assento de trás, os braços de Liz estão cruzados em cima do peito da camisa de seu pijama.

– Desculpe minha rotina de guia turística à noite passada – diz Betty.

– Que quer dizer? – pergunta Liz.

– Quero dizer, acho que me esforcei demais. Quero que você goste daqui e quero que você goste de mim. Mas acho que falei sem parar, parecendo uma idiota.

Liz abana a cabeça.

– Você foi ótima. Só que eu... – Sua voz foi sumindo. – Só que eu não conheço você, é isso.

– Eu sei – diz Betty –, mas eu a conheço um pouco. Espiei você durante a maior parte de sua vida, nos COs.

– Que são os COs?

– Conveses de Observação. São aqueles lugares de onde você pode ver a Terra, apesar da distância. Durante espaços de tempo limitados, claro. Lembra-se de quando viu seu funeral, no navio?

– Sim – disse Liz. – Do binóculo.

Enquanto ela viver (morrer?) não se esquecerá nunca daquilo.

– Eles têm Conveses de Observação instalados por toda a parte em Outrolugar. Falarão disso hoje, em seu encontro de adaptação.

Liz faz um sinal afirmativo com a cabeça.

– Apenas por curiosidade, há alguém em particular que você gostaria de ver? – pergunta Betty.

Claro, Liz sente falta de sua família. Mas, sob alguns aspectos, a pessoa de quem mais sente falta é sua melhor amiga, Zooey. Pergunta a si mesma como será o vestido de Zooey para o baile dos estudantes. Será que Zooey irá ao baile, agora que Liz está morta? Zooey não se deu o trabalho de comparecer ao funeral. Se a morta fosse Zooey, Liz, sem dúvida, iria ao seu enterro. Pensando bem, parecia muita grosseria sua melhor amiga ter deixado de ir, principalmente naquelas circunstâncias. Afinal, se Zooey não tivesse pedido a Liz para ir ao shopping, a fim de olhar vestidos de baile idiotas, Liz não seria atropelada por um táxi. Se Liz não fosse atropelada por um táxi, não teria morrido e... Liz suspira: a pessoa pode enlouquecer a si mesma com esses "se".

De repente, Betty gesticula para fora do vidro, fazendo o carro dar uma ligeira guinada.

– É ali que você tem seu encontro. É chamado o Registro. Apontei o lugar para você, ontem, mas não sei se prestou atenção.

Através do vidro a seu lado, Liz vê uma estrutura gigantesca, mas meio desajeitada. É o prédio mais alto que ela já viu e parece estender-se até o infinito. Apesar de seu tamanho, o Registro dá a impressão de que foi uma criança quem o construiu: muros, escadas e outros acréscimos parecem improvisados, quase como as fortalezas de mentira que Liz construía com seu irmão.

– É meio feio – declara Liz.

– Tinha um aspecto melhor – diz Betty –, mas as necessidades do prédio estão sempre tornando seu tamanho insuficiente. Os arquitetos procuram constantemente maneiras de expandir a construção e os operários executam sem cessar esses planos. Algumas pessoas dizem que o prédio parece crescer bem diante de nossos olhos.

Betty dobra à esquerda e entra no estacionamento do Registro. Para o carro na frente de uma das múltiplas entradas do edifício.

– Quer que eu caminhe com você até lá dentro? Pode ser um tanto confuso no interior – diz Betty.

– Não, quero ir sozinha, se você não se importa – responde Liz.

Betty faz um sinal afirmativo com a cabeça.

– Então, venho pegar você por volta das cinco horas. Tente ter um bom dia, boneca.

Um círculo e uma linha

Embora Liz tenha chegado ao Registro 15 minutos mais cedo, ela leva quase 25 minutos para encontrar o Gabinete de Adaptação. Os mapas colocados no poço do elevador estão ultrapassados há muito tempo e ninguém que trabalhe no prédio parece capaz de dar indicações adequadas. Quando Liz tenta voltar pelo caminho por onde veio, não para de encontrar novas portas, que ela juraria não estarem ali cinco minutos antes.

Ao acaso (porque agora acredita no poder do acaso, de uma forma como só acontece com os que morrem de repente), Liz decide fazer uma tentativa numa das novas portas. Encontra um corredor e, no fim, outra porta. Um letreiro de papelão, com um aspecto nada oficial, indica que por trás daquela porta fica o local temporário do Gabinete de Adaptação.

Liz abre a porta. Dentro, encontra uma área de recepção atarefada, com um aspecto perfeitamente comum.

(Como Betty dissera, muitas pessoas ainda estão usando pijamas brancos.) Se não fosse por um pôster desbotado, um tanto macabro, pendurado na parede, Liz poderia pensar que estava no consultório de seu médico. O pôster retrata uma mulher grisalha sorridente, sentada num esquife de mogno. Impressas no pôster, estão as seguintes palavras:

ENTÃO VOCÊ ESTÁ MORTO, E DAÍ?
O Gabinete de Adaptação está aqui para ajudar.

A mulher com uma expressão mal-humorada, na escrivaninha da frente, faz Liz lembrar o pôster: ela também é desbotada, antiquada e sombria. Usa o cabelo penteado ao estilo dos anos 1960, parecendo uma colmeia, e sua pele tem uma tonalidade esverdeada. Na placa em sua escrivaninha está escrito: YETTA BROWN.

– Desculpe – diz Liz –, tenho um encontro marcado para...

Yetta Brown pigarreia e faz um aceno com a cabeça na direção de uma sineta em cima da escrivaninha. Um letreiro junto à sineta diz: POR FAVOR, TOQUE PARA SER ATENDIDO!!!

Liz obedece. Yetta Brown torna a pigarrear e abre um amplo sorriso falso de um lado a outro de seu rosto.

– Sim? Como posso ajudá-la?

– Tenho um encontro marcado para as oito...

O falso sorriso de Yetta se transforma numa definitiva carranca.

– Por que não disse? Está cinco minutos atrasada para o vídeo! Vá depressa, depressa, depressa!
– Desculpe – diz Liz. – Não consegui encontrar...
Yetta torna a interromper Liz:
– Não tenho tempo para suas desculpas.
Liz não gosta de ser interrompida.
– A senhora não deveria inter...
– Não tenho tempo para conversa fiada.
Yetta coloca Liz numa sala poeirenta e escura, com um videocassete muito usado e uma televisão. A sala, que parece mais um armário de suprimentos, mal tem espaço suficiente para uma cadeira.
– Voltarei para cá quando o vídeo terminar – diz Yetta. – Ah, sim, divirta-se com o filme – acrescenta, num tom artificial, ao sair.
Liz fica sentada na cadeira solitária. O vídeo parece um daqueles informativos secos a que Liz ocasionalmente assistia nas aulas de saúde do nono ano, ou no curso para motorista do décimo ano, sobre assuntos como "Educação Sexual" e "Segurança no Trânsito".
O vídeo começa com um papagaio falante de desenho animado.
– Sou Polly – diz o papagaio. – Se você está assistindo a este vídeo, isso quer dizer que está morto, morto, morto! Cumprimentos e saudações para vocês, pessoas mortas!
Liz acha o desenho primitivo, e Polly, enfadonho.
Com o detestável Polly como guia, o vídeo trata de algumas coisas sobre as quais Liz e Betty já haviam con-

versado: todos, em Outrolugar, envelhecem para trás e se tornam bebês, e os bebês são enviados pelo Rio, quando completam sete dias de idade, voltando para a Terra.

– Na Terra – disse Polly, com sua voz estridente –, o homem envelhece desde a ocasião em que nasce até um ponto indeterminado no futuro, quando morrerá, morrerá, morrerá. – O vídeo mostra um bebê de desenho animado tornando-se menino, depois homem, depois velho e depois morto. – Em Outrolugar – continua Polly –, uma vida é mais finita: o homem morre e depois envelhece para trás, até se tornar um bebê. – O velho do desenho se torna um homem, depois um menino, depois um bebê. – Quando o homem se torna novamente bebê, está preparado para ser enviado de volta à Terra, onde o processo recomeça.

O bebê do desenho se torna um menino, transforma-se em um homem, torna-se um velho. Liz imagina sua vida retratada numa linha de tempo de desenho animado. Eu só chegaria mais ou menos entre o menino e o homem do desenho, pensa. E depois pergunta a si mesma se os meninos são sempre meninos, se as meninas são sempre meninas e se os cachorros são sempre cachorros.

O vídeo também se aventura num assunto que Liz e Betty não haviam discutido com muitos detalhes.

Liz aprende a maneira adequada de declarar sua idade: a atual seguida pelo número de anos em que a pessoa esteve em Outrolugar. A idade atual de Liz é quinze-zero. Ela também aprende que seu novo "aniversário" é em 4 de janeiro. É um cálculo um tanto confuso, que requer uma soma do número de dias entre o último aniversário da pessoa e a data de sua morte.

Aprende que ninguém novo nasce em Outrolugar, mas também ninguém morre. As pessoas adoecem e se ferem, mas, com o tempo, todos acabam sarando. Consequentemente, a doença não tem muita importância ali.

Aprende que é proibido fazer contato com pessoas da Terra (contato é um não-não! É um não-não! – grita Polly, acenando furiosamente, de um lado para outro, com seu bico amarelo), mas que a qualquer momento é possível ver a Terra dos Conveses de Observação. Os Conveses de Observação, como aquele no SS *Nilo*, não são apenas para ver funerais. E estão localizados em barcos ancorados e em faróis espalhados por toda parte em Outrolugar. Pelo preço de apenas um eternim, Liz poderá ver, durante cinco minutos, quem quiser ou o que quiser lá na Terra. Liz decide, exatamente naquele momento, pedir a Betty para levá-la aquela noite ao Convés de Observação mais próximo.

Ela aprende que todos têm de escolher uma "diversão". Pelo que Liz pôde entender, uma diversão é basicamente um emprego, a não ser pelo fato de se supor que a pessoa goste de sua atividade. Liz sacode a cabeça nessa parte. Como saber o que ela quer fazer? Para não falar que, com sua idade, que preparação recebeu?

Aprende a definição oficial de *adaptação*.

– Adaptação – grita Polly – é o processo por meio do qual os recém-falecidos se tornam residentes de Outrolugar. Então, bem-vindas, bem-vindas, bem-vindas, pessoas mortas!

Ela aprende muitas, muitas, muitas outras coisas, das quais tem certeza que, provavelmente, irá esquecer-se.

O fim do vídeo trata mais de questões metafísicas em Outrolugar. Diz que a existência humana é um círculo e, ao mesmo tempo, uma linha. É um círculo porque tudo o que era velho será novo, e tudo o que era novo se torna velho. É uma linha porque o círculo se espicha indefinidamente, infinitamente mesmo. As pessoas morrem. As pessoas nascem. As pessoas morrem novamente. Cada nascimento e morte é um pequeno círculo, a soma de todos aqueles pequenos círculos é uma vida e uma linha. Durante essa conversa sobre a existência humana, Liz acaba caindo no sono.

Acorda vários minutos mais tarde, com a voz de Yetta Brown repreendendo-a:

– Espero que não tenha dormido durante a coisa toda! Levante-se! Levante-se agora!

Liz fica em pé, com um pulo.

– Desculpe. Estou apenas realmente exausta de morrer e...

Yetta Brown a interrompe:

– Isso não me importa; seu comportamento só faz mal a você mesma. – Yetta Brown suspira. – Agora, você tem um encontro com seu conselheiro de adaptação, Aldous Ghent. O sr. Ghent é um homem muito importante. Então, sabe, não ficaria bem você adormecer durante o encontro com ele.

– Honestamente, não acredito que tenha perdido muita coisa – desculpa-se Liz.

– Está bem. Diga por que a existência humana é como um círculo e uma linha – exige Yetta.

Liz tenta enrolar:

– É um círculo porque, hummm... A Terra é uma esfera, o que significa uma espécie de, hummm, círculo tridimensional?

Yetta abana a cabeça com desagrado.

– Exatamente como pensei!

– Escute, lamento ter dormido. – Liz fala muito depressa, para evitar ser interrompida. – Será que posso assistir novamente ao fim do vídeo?

Yetta Brown ignora Liz.

– Temos uma porção de coisas para fazer hoje, srta. Hall. Tudo correrá muito melhor se conseguir ficar acordada.

– Esta é Elizabeth Marie Hall, sr. Ghent.

Yetta pronuncia o nome de Liz como se ele fosse uma palavra particularmente desagradável, como *gengivite*. Aldous Ghent ergue os olhos, quando Yetta e Liz entram no escritório.

– Obrigado, sra. Brown – grita Aldous, enquanto Yetta praticamente bate a porta em sua cara. – Será que ela ouviu o que eu disse? Yetta parece ter uma audição muito ruim. Interrompe o tempo todo o que digo.

Liz ri, cortesmente.

– Olá, Elizabeth Hall. Sou Aldous Ghent, seu conselheiro de adaptação. Sente-se, por favor.

Faz um gesto indicando que Liz deve sentar-se na cadeira em frente à sua escrivaninha. Mas a cadeira está inteiramente coberta de fichas de arquivo. Aliás, todo o seu escritório sem janela está repleto de fichas de arquivo.

– Devo tirar estas fichas?

– Ah, sim, por favor, tire! – Aldous sorri e depois olha tristemente em torno de seu escritório entulhado. – Tenho tantas fichas. Parece que minhas fichas se multiplicam.

– Quem sabe você não precisa de um escritório maior? – sugere Liz.

– Sempre me prometem isso. É a coisa que mais desejo. Fora, claro, que meu cabelo torne a crescer. – Ele dá palmadinhas afetuosas em sua careca. – Comecei a ficar careca por volta dos 25 anos, então acho que só preciso esperar mais ou menos 36 anos para ficar com a cabeça cheia de cabelo. Triste é que, de qualquer jeito, perdemos a maior parte de nosso cabelo quando nos tornamos bebês. Penso que terei apenas 24 anos com cabelo, antes de perdê-lo todo outra vez. Ah, que coisa! – suspira Aldous.

Liz passa os dedos através de seu cabelo recém-crescido.

– No ano passado, meus dentes voltaram. O nascimento dos dentes foi um pavor. Por minha causa, minha mulher ficava acordada a noite inteira, com minha choradeira e o barulho que eu fazia. – Aldous sorri, para Liz poder ver seus dentes. – Vou tomar muito cuidado com eles neste período. Dentaduras não são boa coisa. Nem sei como descrever como são. Dentaduras, elas, humm...

– Enchem o saco? – sugere Liz.

– Dentaduras enchem o saco – diz Aldous, com uma risada. – Realmente enchem. O ruído que fazem, quando a pessoa come, que horror!

Com cuidado, Aldous tira uma ficha de debaixo de uma precária pilha de papéis, no centro de sua escrivaninha. Lê em voz alta:

– Você é das Bermudas, onde morreu num acidente de barco?

– Humm, não sou eu – diz Liz.

– Desculpe. – Aldous escolhe outra ficha. – Você é de Manhattan e teve, humm, câncer de mama, é isso?

Liz abana a cabeça. Nem chega a ter seios de verdade. Aldous escolhe uma terceira ficha.

– Massachusetts? Traumatismo na cabeça, num acidente de bicicleta?

Liz faz um sinal afirmativo com a cabeça. É ela.

– Bem – diz Aldous –, pelo menos foi rápido. A não ser a parte do coma, mas você, provavelmente, não se lembra disso.

De fato, Liz não se lembra.

– Por quanto tempo fiquei em coma?

– Cerca de uma semana, mas você já estava com morte cerebral. Diz aqui que seus pobres pais tiveram de decidir desligar as máquinas. Nós, minha esposa Rowena e eu, tivemos de desligar as máquinas que mantinham vivo nosso filho, Joseph, lá na Terra. Seu melhor amigo atirou nele, acidentalmente, quando estavam brincando com um velho revólver meu. Foi o pior dia da minha vida. Se algum dia você tiver filhos... – Aldous se interrompeu.

– Se eu tiver filhos algum dia o quê?

– Desculpe. Não sei por que eu disse isso. Ninguém tem filhos em Outrolugar – diz Aldous.

Liz leva um momento para absorver essa informação. Pelo tom de Aldous, sabe que ele pensa que essa notícia a perturbará. Mas Liz nunca pensou, na verdade, em ter filhos.

– Você se encontra com seu filho, agora? – pergunta Liz.

Aldous balança a cabeça.

– Não, ele já tinha voltado para a Terra quando Ro e eu chegamos aqui. Gostaria de vê-lo novamente, mas não foi possível. – Aldous assoa o nariz. – Alergia – ele se desculpa.

– De que tipo? – pergunta Liz.

– Ah – responde Aldous –, sou alérgico a lembranças tristes. É o pior tipo de alergia. Gostaria de ver uma foto de minha mulher, Rowena?

Liz faz que sim com a cabeça. Aldous estende um porta-retratos prateado com a foto de uma linda senhora japonesa mais ou menos da idade de Aldous.

– Esta é minha Rowena – ele diz, orgulhosamente.

– Ela é muito elegante – diz Liz.

– É mesmo, não? Morremos no mesmo dia, num acidente aéreo.

– Que horror.

– Não – diz Aldous –, tivemos, de fato, muita, muita sorte.

– Durante um tempo muito longo, não percebi sequer que estava morta – confidencia Liz a Aldous. – Isso é normal?

– Claro – Aldous a tranquiliza –, cada pessoa demora um intervalo de tempo diferente para se adaptar. Algumas chegam a Outrolugar e não deixam de acreditar que é tudo um sonho. Conheço um homem que esteve aqui cinquenta anos e depois percorreu todo o caminho de volta à Terra sem entender o que havia acontecido. – Aldous dá de ombros. – Depende de como a pessoa morreu, da idade que tinha... são muitos os fatores e tudo faz parte do processo. Pode ser especialmente difícil para pessoas jovens perceberem que morreram – diz Aldous.

– Por quê?

– Os jovens tendem a pensar que são imortais. Muitos não conseguem conceber a si mesmos mortos, Elizabeth.

Aldous prossegue examinando todas as coisas que Liz terá de fazer, durante os vários meses seguintes. Morrer parece resultar em muito mais trabalho do que Liz inicialmente imaginara. De certa forma, morrer não é tão diferente da escola.

– Você tem algum pensamento inicial sobre uma "diversão"? – pergunta Aldous.

Liz encolhe os ombros.

– Bem, não. Eu não tinha um trabalho na Terra porque ainda estava na escola.

– Ah, não, não, não – diz Aldous. – Uma diversão não é um trabalho. Um trabalho tem a ver com prestígio! Dinheiro! Uma diversão é algo que uma pessoa faz para tornar completa a sua alma.

Liz levanta os olhos.

– Vejo, por sua expressão, que não acredita em mim – diz Aldous. – Parece que tenho uma cínica diante de mim.

Liz dá de ombros. Quem não seria cínico em sua situação?

– Havia alguma coisa que você amava especialmente na Terra?

Liz torna a dar de ombros. Na Terra, ela era boa em matemática, ciência e natação (até ganhara seu certificado de mergulho, no verão passado), mas não *amava*, exatamente, nenhuma dessas atividades.

– Nada, nada mesmo?

– Animais. Talvez alguma coisa a ver com animais, ou com cachorros – diz Liz, finalmente, lembrando-se de sua estimada pug, Lucy, lá na Terra.

– Maravilhoso! – grita alegremente Aldous. – Tenho certeza de que poderei encontrar para você alguma coisa fabulosa para fazer com cachorros!

– Terei de pensar a respeito disso – diz Liz. – É muita coisa para aceitar.

Aldous pergunta a Liz um pouco sobre sua vida na Terra. Para Liz, sua antiga vida já começava a parecer uma história que ela conta a outra pessoa. Era uma vez uma menina chamada Elizabeth, que vivia em Medford, Massachusetts.

– Você era feliz? – pergunta Aldous.
Liz reflete sobre a questão.
– Por que quer saber?
– Não se preocupe. Não é um teste. É apenas algo que gosto de perguntar a todos aqueles a quem oriento.

Na verdade, Liz nunca pensara muito se era feliz. Supõe que, se não pensara nunca a respeito, devia ser feliz. As pessoas felizes não precisam realmente perguntar a si mesmas se são felizes ou não, não é verdade? Elas simplesmente *são* felizes.

– Acho que devo ter sido feliz – diz Liz.

E, logo que diz isso, sabe que é verdade. Uma tola lagrimazinha errante corre pelo canto de seu olho. Liz rapidamente a limpa. Uma segunda lágrima se segue e depois uma terceira, e não demora muito antes de ela perceber que está chorando.

– Ah, puxa vida, puxa vida! – exclama Aldous. – Desculpe se minha pergunta a perturbou.

Ele escava uma caixa de lenços de papel de debaixo de uma das torres de fichas. Reflete se entrega a ela apenas um lenço e depois decide entregar a caixa inteira.

Liz olha para a caixa de lenços de papel, que é enfeitada com desenhos de bonecos de neve empenhados em várias atividades de férias. Um dos bonecos de neve está colocando, todo feliz, uma sorridente série de bonecos de pão de mel num forno. Cozinhar bonecos de pão de mel, ou qualquer tipo de atividade culinária, aliás, é provavelmente algo próximo do suicídio para um boneco de neve, pensa Liz. Por que um boneco de neve se empenharia voluntariamente numa atividade que, com toda probabilidade, o derreterá? E será que os bonecos de neve precisam comer? Liz lança um olhar raivoso para a caixa.

Aldous puxa um lenço de papel e o segura próximo do nariz de Liz, como se ela tivesse cinco anos de idade.

– Assoe – ordena-lhe.

Liz obedece.

– Parece que ando chorando muito ultimamente.

– É perfeitamente natural.

Liz fora feliz. Que coisa incrível, ela pensa. O tempo inteiro em que estivera na Terra não se considerara uma pessoa especialmente feliz. Como muitas pessoas de sua idade, sentia-se mal-humorada e infeliz por motivos que agora considera totalmente tolos: ela não era a pessoa mais popular da escola, não tinha um namorado, seu irmão às vezes a aborrecia e seu rosto tinha sardas. De muitas maneiras, sentia que estava esperando que todas as coisas boas acontecessem: morar sozinha, ir para a universidade, dirigir um automóvel. Agora, finalmente, enxerga a verdade. Ela fora feliz. Feliz, feliz, feliz. Seus pais a amavam; sua melhor amiga era a menina mais simpática e maravilhosa do mundo; a escola era fácil; seu irmão não era tão ruim assim; sua pug gostava de dormir junto dela, em sua cama; e, sim, ela até era considerada bonita. Até uma semana atrás, Liz percebe, sua vida fora inteiramente sem obstáculos. Fora uma existência feliz, simples, e agora terminara.

– Você está bem? – pergunta Aldous, com a voz cheia de preocupação.

Liz faz um sinal afirmativo com a cabeça, embora não se sinta bem, de jeito nenhum.

– Sinto falta da minha cadela, Lucy.

Ela imagina que cama Lucy está partilhando agora. Aldous sorri.

– Felizmente, a vida dos cães é muito mais curta do que a dos seres humanos. Você pode chegar a vê-la novamente, algum dia.

Aldous pigarreia.

– Pretendia mencionar isso antes. As pessoas que morrem tão jovens como você, ou seja, com 16 anos ou menos, podem ser enviadas de volta para a Terra mais cedo.

– Que quer dizer? – pergunta Liz.

– Algumas vezes, os jovens acham muito difícil o processo de se adaptar à vida em Outrolugar, e suas adaptações acabam falhando. Então, se você preferir, pode voltar cedo para a Terra. Desde que declare suas intenções em seu primeiro ano de residência. É a chamada Cláusula da Saída Furtiva.

– Eu voltaria para minha antiga vida?

Aldous ri.

– Ah, não, não, não! Você começaria tudo de novo, como um bebê. Claro, você pode encontrar casualmente pessoas que conhecia, mas elas não a conheceriam e, com toda probabilidade, você não as reconheceria.

– Existe alguma maneira de eu voltar para minha antiga vida?

Aldous olha severamente para Liz.

– Devo advertir você, Elizabeth, de que não há nenhuma maneira de você poder ou dever voltar para sua antiga vida. Sua antiga vida terminou e você não poderá voltar nunca. Talvez ouça falar de um lugar chamado o Poço...

– Que é o Poço? – Liz o interrompe.

– É inteiramente proibido – diz Aldous. – Agora, com relação à Cláusula da Saída Furtiva...

– Por que é proibido?

Aldous balança a cabeça.

– Simplesmente é proibido. A respeito da Cláusula da Saída Furtiva...

– Acho que essa cláusula não me interessa – interrompe Liz.

Por mais que sinta falta da Terra, ela percebe que sente falta é das pessoas que conhece lá. Sem elas, voltar parece inútil. Além disso, ainda não deseja ser um bebê.

Aldous faz um sinal afirmativo com a cabeça.

– Claro, você ainda tem um ano para decidir.

– Entendo – Liz faz uma pausa. – Humm, sr. Aldous, posso lhe fazer mais uma pergunta?

– Você quer saber onde fica Deus em tudo isso, não é?

Liz tem uma grande surpresa. Aldous lera seu pensamento.

– Como soube que eu perguntaria isso?

– Digamos, apenas, que estou neste trabalho já faz algum tempo. – Aldous tira os óculos com aros de tartaruga e os limpa na calça. – Deus fica em tudo isso da mesma maneira como Ele, ou Ela, ficava antes para você. Nada mudou.

Como podia Aldous dizer isso?, Liz pergunta a si mesma. Para ela, tudo está mudado.

– Acho que você descobrirá – continua Aldous – que morrer é apenas outra parte de viver, Elizabeth. Com o tempo, você poderá até chegar a ver sua morte como um nascimento. Pense nela apenas como *Elizabeth Hall: a continuação*. – Aldous repõe os óculos no lugar e olha para o relógio de pulso. – Meu Deus! – exclama. – Dê uma olhada e veja só que horas são! Temos de levar você ao Departamento das Últimas Palavras, senão Sarah ficará furiosa comigo.

Últimas palavras

No Departamento das Últimas Palavras, Liz é recebida por uma mulher eficiente, que lhe faz lembrar uma conselheira de acampamento.

– Olá, srta. Hall – diz a mulher. – Sou Sarah Miles e só preciso confirmar quais foram suas últimas palavras.

– Não tenho certeza se me lembro. Durante muitíssimo tempo, eu nem sequer sabia que estava morta – desculpa-se Liz.

– Ah, tudo bem. Na verdade, é apenas uma formalidade – diz Sarah. – Ela consulta um livro bolorento, do tamanho de uma enciclopédia. – Vejamos, diz aqui que suas últimas palavras, ou melhor, sua última palavra foi "Humm".

Liz espera que Sarah termine de falar. De fato, está bastante interessada em saber quais foram suas últimas palavras. Seriam profundas? Tristes? Patéticas? De partir o coração? Esclarecedoras? Zangadas? Horrorizadas?

Depois de vários momentos de silêncio, Liz percebe que Sarah olha atentamente para ela.

– E então? – pergunta Liz.

– Então – responde Sarah –, foi "humm"?

– Foi "humm" o quê? – pergunta Liz.

– Então, sua última palavra foi "humm"?

– Você está dizendo que a última coisa que eu disse em minha vida foi "humm"?

– É o que diz o livro, e o livro nunca erra. – Sarah dá palmadinhas afetuosas na obra.

– Meu Deus, nem consigo acreditar que tenha sido uma bobagem dessas. – Liz abana a cabeça.

– Ah, não é tão ruim assim. – Sarah sorri. – Já ouvi coisas piores.

– Desejaria ter dito alguma coisa mais... – Liz faz uma pausa. – Alguma coisa mais, "humm"... – Sua voz vai sumindo.

– Certo. – Sarah manifesta sua simpatia durante exatamente três segundos. – Então, preciso apenas que você assine isto.

– Se você já sabe o que eu disse, por que precisa que eu assine?

Liz ainda está aborrecida com o fato de que a última coisa que ela disse na Terra foi "humm".

– Não sei. Apenas porque é assim que as coisas são feitas aqui.

Liz suspira.

– Onde assino?

Ao sair, reflete sobre suas últimas palavras. Se as últimas palavras de uma pessoa visam, de alguma forma, conter sua existência inteira, Liz acha *humm* estranhamente apropriado. *Humm* não significa nada. *Humm* é o que a pessoa diz quando está pensando no que realmente dirá. *Humm* sugere alguém interrompido antes mesmo de começar. *Humm* é uma menina de 15 anos atropelada por um táxi na frente de um shopping, quando ia escolher um vestido para um baile ao qual sequer iria, mas que coisa! *Humm*. Liz balança a cabeça, jurando retirar *humm* e todas as outras palavras igualmente sem significado (como *ahn*, *por aí*, *ah*, *ei*) de seu vocabulário.

De volta ao saguão do Gabinete de Adaptação, Liz fica feliz ao descobrir um rosto familiar.

– Thandi!

Thandi vira-se com um enorme sorriso para Liz.

– Você também acabou de ver suas últimas palavras?

Liz faz um sinal afirmativo com a cabeça.

– Parece que tudo o que eu disse foi "humm", mas estava arrasada demais para me lembrar. Quais foram as suas?

– Bem – hesita Thandi –, não posso realmente repetir.

– Vamos – instiga Liz –, acabei de lhe dizer a minha, e foi completamente idiota.

– Está bem, se você realmente quer saber. O principal foi "Deus do céu, Magrinho, acho que levei um tiro na cabeça!". Só que aí eu disse também, algumas vezes, um grande palavrão. E depois morri.

Liz ri um pouco.

– Pelo menos você foi descritiva e precisa.

Thandi abana a cabeça.

– Mas gostaria de não ter xingado. Não fui criada assim e agora está em minha ficha permanente.

– Relaxe, Thandi. Pense que você tinha acabado de levar um tiro na cabeça. Acho que, nessas circunstâncias, não tem importância você ter dito "po...".

Thandi a interrompe:

– Não diga a palavra agora!

Neste momento, Aldous Ghent pula para dentro do saguão.

– Espero não estar interrompendo – ele diz –, mas preciso falar um instante com Elizabeth.

– Não – diz Thandi. – Eu já estava saindo – sussurra para Liz: – Estou muito contente de ver você. Fiquei tão preocupada com a possibilidade de você ficar para sempre naquele navio.

Liz apenas balança a cabeça e muda de assunto:

– Onde você está morando agora?

– Moro com minha prima Shelly... acho que já lhe falei dela.

– Ela está... – Liz faz uma pausa – melhor, agora?

Thandi sorri.

– Está, e obrigada por perguntar. Você devia nos fazer uma visita. Contei a Shelly tudo a seu respeito. Venha quando quiser. Ela não é muito mais velha do que nós, então não se aborrece quando aparece alguém.

– Tentarei – diz Liz.

– Bem, espero que você vá mesmo – diz Thandi, ao sair.

– Bonito cabelo – diz Aldous, espiando Thandi se afastar.

– Sim – concorda Liz.

– Bem, Elizabeth, acabei de ter uma ideia absolutamente fantástica – diz Aldous. – Você disse que talvez gostasse de trabalhar com animais, não foi?

– Sim.

– Acabou de surgir um emprego nessa área, e logo que soube pensei em você. "Ora, Aldous", eu disse a mim mesmo, "isso é simplesmente providencial!". Então, aceita? – Aldous sorri para Liz, radiante.

– Humm, que emprego é? – Lá estava novamente a palavra.

– É no Setor de Animais Domésticos do Departamento de Adaptação.

– E é para fazer o quê? – pergunta Liz.

– Mais ou menos o que eu faço – diz Aldous Ghent –, só que é com os bichos de estimação falecidos. Tenho certeza de que você será perfeita para a função.

– Humm – diz Liz. Por que não consigo parar de dizer "humm"?, ela pensa. – Humm, parece interessante.

– A propósito, você fala canino, não é?

– Canino? – pergunta Liz. – Que é canino?

– Canino é o idioma dos cachorros. Meu Deus, será que *ainda* não estão ensinando esse idioma nas escolas da Terra?

Aldous parece verdadeiramente horrorizado com a possibilidade.

Liz faz que não com a cabeça.

– Uma pena – diz Aldous –, porque canino é um de nossos idiomas mais bonitos. Sabia que há mais de trezentas palavras para *amor* em canino?

Liz pensa em sua doce Lucy, lá na Terra.

– Acredito – diz Liz.

– Sempre pareceu uma falha na educação da Terra o fato de as crianças só aprenderem a se comunicar com sua própria espécie, não acha? – pergunta Aldous.

– Como não falo, ahn, canino, isso significa que não poderei trabalhar no Departamento de... Quer repetir o nome, por favor?

– Departamento de Adaptação, Setor de Animais Domésticos. Quanto a falar canino, talvez não seja problema. Você aprende com facilidade idiomas estrangeiros, Elizabeth?

– Com muita facilidade – mente Liz.

Espanhol era a matéria em que tirava notas piores na escola.

– Tem certeza? – Aldous inclina a cabeça para um lado e olha pensativamente para Liz.

– Sim, e se isso conta, eu até queria ser veterinária, quando estava na Terra.

– Uma profissão maravilhosa, mas infelizmente, ou talvez felizmente, não precisamos dela aqui. Tempo e repouso são as únicas coisas que curam. É um dos muitos benefícios de se viver numa cultura de envelhecimento às avessas. Outrolugar não tem médicos. Mas temos enfermeiros, tanto para os animais quanto para os seres humanos, e também temos certa quantidade de psicólogos, terapeutas, psiquiatras e outros profissionais de saúde mental. Mesmo quando o corpo está bem, a pessoa ainda descobre que a cabeça... Ora, a cabeça tem sua própria cabeça. – Aldous ri. – Mas estou divagando. E então, o emprego? É perfeito, não? – Abre um enorme sorriso para Liz.

De início, Liz achou que o emprego parecia algo de que ela poderia gostar, mas agora já não tem tanta certeza. De que adianta aprender todo um novo serviço (para não falar de toda uma nova língua) quando, de qualquer forma, voltará para a Terra em 15 anos?

– Não tenho certeza – diz Liz, finalmente.

– Não tem certeza? Mas, um instante atrás, você parecia tão...

Liz interrompe:

– Parece ótimo, mas... – Pigarreia. – Apenas acho que preciso de algum tempo para mim mesma, primeiro. Ainda estou me acostumando com a ideia de estar morta.

Aldous faz um sinal afirmativo com a cabeça.

– Perfeitamente natural – diz, e torna a fazer um sinal com a cabeça.

Liz percebe que seus acenos com a cabeça têm o objetivo de esconder seu desapontamento.

– Não preciso decidir hoje, não é? – pergunta Liz.

– Não – responde Aldous. – Não, você não precisa decidir hoje. Conversaremos outra vez na próxima semana. Claro, o cargo pode estar preenchido nessa ocasião.

– Entendo – ela diz.

– Devo adverti-la, Elizabeth, de que quanto mais tempo você demorar para iniciar sua nova vida, mais difícil ela poderá se tornar.

– Minha nova vida? Que nova vida? – A voz de Liz está repentinamente dura, e seus olhos, frios.

– Ora, esta – diz Aldous. – Esta nova vida.

Liz ri.

– São apenas palavras, não é? Você pode chamar a isto de vida, mas realmente é apenas morte.

– Se isto não é vida, então o que é? – pergunta Aldous.

– Minha vida é na Terra. Minha vida não é aqui – diz Liz. – Minha vida é com meus pais e meus amigos. Minha vida terminou.

– Não, Elizabeth, você está completa, absoluta e totalmente errada.

– Estou morta – ela diz. – ESTOU MORTA! – berra.

– Morta – diz Aldous – é pouco mais do que um estado de espírito. Muitas pessoas na Terra passam sua vida inteira mortas, mas você é jovem demais, provavelmente, para entender o que quero dizer.

Sim, pensa Liz, é exatamente meu ponto de vista. Ela ouve um relógio bater cinco horas.

– Tenho de ir embora. Minha avó está esperando por mim.

Enquanto observa Liz afastar-se correndo, Aldous grita para ela:

– Prometa que pensará sobre o cargo!

Liz não responde. Encontra o carro de Betty estacionado em frente ao Registro. Abre a porta e entra. Antes de Betty poder dizer uma única palavra, Liz pergunta:

– Será que podemos ir até um dos Conveses de Observação?

– Ah, Liz, esta é sua primeira noite de verdade aqui. Não prefere fazer algo diferente? Podemos fazer qualquer coisa que você quiser.

– O que realmente quero fazer é ver mamãe, papai e Alvy. E minha melhor amiga, Zooey. E algumas outras pessoas também. Será que podemos?

Betty suspira.

– Tem certeza, boneca?

– Tenho absoluta certeza.

– Está bem – diz Betty, finalmente –, há um deles perto de casa.

Roteiro turístico

— Posso ir com você – diz Betty. Ela para o carro na estreita faixa de estrada que corre paralelamente à praia. – Há muito, muito tempo mesmo que não vejo Olivia.

– Mamãe está velha agora – diz Liz. – Ela é mais velha do que você.

– É difícil de acreditar. Como o tempo passa! – Betty suspira. – Sempre detestei essa frase. Parece que o tempo foi embora e se espera que volte a qualquer momento. "O tempo voa" é outra que detesto. Mas, como parece, o tempo viaja muito. – Betty torna a suspirar. – Então, quer que eu vá com você?

O que Liz menos queria era a companhia de Betty.

– Talvez eu demore lá – diz Liz.

– Esses lugares podem ser perigosos, boneca.

– Por quê?

– As pessoas ficam obcecadas. É como uma droga.

Liz olha para o farol vermelho, que tem uma fileira de vidraças iluminadas no topo. As vidraças, para Liz, parecem dentes. Ela não consegue decidir se o farol parece estar sorrindo ou rosnando.

– Como é que eu entro? – pergunta Liz.

– Siga por aquele caminho que leva à entrada. – Betty aponta pela janela do carro: um passeio de tábuas, cinzento por causa da água e do tempo, une fragilmente o farol vermelho à terra. – Depois, tome o elevador até o andar de cima. É lá que você encontrará o Convés de Observação.

Betty tira sua carteira do porta-luvas do carro. Pega cinco eternins do compartimento para moedas e os coloca na mão de Liz.

– Isto servirá para você comprar 25 minutos de tempo. É suficiente?

Liz pensa: Não tenho ideia do tempo que será suficiente. Quanto tempo demora para dizer adeus a tudo e a todos que a pessoa conhecia até agora? Será que leva apenas 25 minutos, pouco mais do que a duração de um capítulo de uma série de comédia sem contar os anúncios? Quem sabe?

– Sim, obrigada – ela diz, fechando a mão em torno das moedas.

No elevador, Liz fica em pé junto de uma loura esbelta, com um vestido reto, preto. A mulher soluça baixinho, mas de uma maneira que visa chamar atenção.

– Você está bem? – pergunta-lhe Liz.

— Não, sem a menor dúvida não estou. — A mulher olha fixamente para Liz, com olhos injetados.

— Você morreu recentemente?

— Não sei — diz a mulher —, mas prefiro chorar sozinha, se não se importa.

Liz faz um aceno afirmativo com a cabeça. Lamenta ter chegado a perguntar alguma coisa.

Um instante depois, a mulher continua:

— Estou chorando por minha vida e me sinto mais infeliz do que você pode sequer imaginar.

A mulher coloca óculos escuros tipo "gatinho". Assim enfeitada, continua a chorar pelo restante da subida do elevador.

Aquele Convés de Observação, ou CO, é quase igual ao que havia no SS *Nilo*, a não ser pelo fato de ser menor. A sala tem janelas em todos os lados, marginadas por uma fileira arrumada de binóculos. Liz nota que nem todos os que visitam o CO estão tão infelizes quanto a mulher aos prantos no elevador.

Uma mulher gordinha, de meia-idade, com um permanente malfeito, está sentada numa caixa de vidro junto do elevador. Acena para a mulher chorosa, indicando-lhe que deve passar pela roleta que separa o CO do elevador. A mulher chorosa faz um brusco aceno com a cabeça e espia seu reflexo na caixa de vidro da assistente.

— Aquela mulher está apaixonada por sua própria dor — diz a assistente, balançando a cabeça. — Algumas pessoas simplesmente amam todo esse drama. — Vira-se para

Liz. – Como você é nova, então farei para você meu pequeno discurso. Nosso horário é das sete da manhã às dez da noite, de segunda a sexta; das dez da manhã ao meio-dia, no sábado; e das sete da manhã às sete da noite, no domingo. Estamos abertos 360 dias por ano, incluindo os feriados. Um eternim corresponde a cinco minutos de tempo para você, e você pode comprar quanto tempo quiser. O preço não é negociável. Queira você cinco minutos ou quinhentos minutos, a tarifa é a mesma. A operação do binóculo é semelhante à daqueles que você já usou antes. Basta apertar o botão lateral para ter uma vista diferente, virar as lentes para ajustar o foco e girar a cabeça quando necessário. A propósito, meu nome é Esther.

– Liz.

– Você acabou de chegar aqui, Liz? – pergunta Esther.

– Como adivinhou?

– Você tem aquele ar traumatizado dos recém-chegados. Não se preocupe, querida. Vai passar, prometo. De que você morreu?

– Atropelada por um automóvel. E você? – pergunta cortesmente Liz.

– Doença de Alzheimer, mas acho que foi a pneumonia que realmente acabou comigo – responde Esther.

– Como foi?

– Não posso dizer que me lembro – responde Esther, com uma risada –, e, provavelmente, é uma sorte.

Liz escolhe o Binóculo nº 15, virado para a Terra. Depois de todo o tempo no *Nilo*, Liz ficou cansada de água. Sentada no banco duro de metal, coloca um eternim na fenda.

Liz espia primeiro sua família. Seus pais estão sentados à mesa da sala de jantar, um diante do outro. A mãe está com o aspecto de quem ficou acordada durante dias. Fuma um cigarro, embora tivesse parado de fumar quando ficou grávida de Liz. O pai parece fazer as palavras cruzadas do *New York Times*, mas não é verdade. Ele apenas risca com seu lápis, repetidas vezes, em cima da mesma resposta (CHAUVINISMO), até furar inteiramente o jornal e começar a riscar na toalha da mesa. Na sala de estar, Alvy assiste a desenhos animados, embora seja noite de um dia comum e seus pais não permitam que Liz e seu irmão assistam à televisão à noite, exceto nos fins de semana, por causa da escola. O telefone toca. A mãe de Liz dá um pulo para atender. Naquele momento, as lentes do binóculo clicam e se fecham.

Quando Liz põe um segundo eternim na fenda, sua mãe já saiu do telefone. Alvy entra na sala de jantar, com um vaso de flores de cerâmica na cabeça.

– Sou um cabeça de pote – ele anuncia, orgulhosamente.

– Tire isso! – a mãe grita para Alvy. – Arthur, faça seu filho se comportar!

– Alvy, tire o vaso da cabeça – diz o pai de Liz, com uma voz contida.

– Mas sou um cabeça de pote! – insiste Alvy, embora sua piada não esteja funcionando, de jeito nenhum.

– Alvy, estou avisando. – O pai de Liz está sério agora.

– Ah, está bem. – Alvy tira o vaso da cabeça e sai da sala.

Trinta segundos depois, Alvy está de volta. Desta vez, carrega na boca uma velha cesta de vime, usada para colocar ovos de Páscoa.

– *Brrt pac tiitto preccc* – diz Alvy.

– E agora, que é isso? – pergunta a mãe de Liz.

– *Brrt pac tiitto preccc* – repete Alvy, com uma pronúncia mais clara.

– Alvy, tire essa cesta da boca – diz o pai de Liz. – Ninguém consegue entender o que você está dizendo.

Alvy obedece:

– Sou um porta-cestas, entendem?

Alvy se depara com olhares sem expressão.

– Estou carregando uma cesta em minha boca, então sou um porta-cestas...

O pai de Liz pega a cesta com uma das mãos e despenteia o cabelo de Alvy com a outra.

– Todos sentimos falta de Liz, mas esta não é uma maneira de homenagear sua irmã.

– Por quê? – pergunta Alvy.

– A comédia pastelão, tradicionalmente, é considerada a forma mais baixa de humor, filho – diz o pai de Liz, com sua voz professoral.

– Mas eu sou um porta-cestas – diz Alvy, queixosamente. – Como mamãe – acrescenta.

As lentes clicam e se fecham antes de Liz conseguir ver a reação da mãe. Com sua próxima moeda, Liz decide espiar outra pessoa. Fixa-se em Zooey.

Zooey está sentada em sua cama, falando ao telefone. Seus olhos estão vermelhos de tanto chorar.

– Não consigo acreditar que ela se foi – diz Zooey.

Agora faz mais sentido, pensa Liz. Pelo menos, alguém sabe como prantear de forma adequada. Liz não consegue ouvir o outro lado da conversa, mas, gratificada pelo sofrimento de Zooey, continua escutando.

– Rompi com John. Se ele não me convidasse para o baile, eu não diria a Liz para se encontrar comigo no shopping e ela não estaria... – Sua voz vai sumindo. – Não – diz Zooey, inflexivelmente. – Não quero ir! – E depois, um instante mais tarde, com uma voz mais suave: – Além disso, não tenho sequer um vestido... – Zooey enrola o fio do telefone no tornozelo, com o pé. – Havia aquele preto sem alças... – As lentes clicam e se fecham.

Depois de seus dois últimos eternins, Liz ainda não tem certeza se Zooey irá ou não ao baile. Durante esse tempo, Zooey chora duas vezes. Suas lágrimas deixam Liz feliz. (Liz fica apenas um pouquinho envergonhada, pelo fato de as lágrimas de sua melhor amiga a deixarem feliz.)

De início, Liz se sente mal por escutar as conversas de seus entes queridos, mas esse sentimento não dura muito. Racionaliza que, de fato, faz aquilo por eles. Liz imagina a si mesma como um anjo lindo, benevolente e generoso, olhando do alto para todos, lá do... lá de onde quer que esteja.

Ao sair do farol, aquela noite, Liz percebe que serão necessários muitos mais eternins para acompanhar os movimentos de todos os seus amigos e de sua família. (Gastou três eternins inteiros, apenas naquela pequena parte da conversa de Zooey ao telefone.) Para não ficar inteiramente desatualizada, calcula que precisará, no mínimo, de 24 eternins para um dia, ou para duas horas, o que corresponde a cinco minutos para cada hora da vida real.

– Vou precisar de alguns eternins – Liz anuncia a Betty, durante a curta viagem de carro de volta para a casa da avó – e espero que você me empreste esse dinheiro.

– Claro. Para que você precisa disso? – pergunta Betty.

– Bem – diz Liz –, quero passar algum tempo no Convés de Observação.

– Liz, acha mesmo que é uma boa ideia? – Betty olha para ela com preocupação, e Liz acha chato. – Quem sabe não seria um uso melhor do seu tempo pensar sobre uma diversão?

Liz já estava preparada para a reação de Betty e está armada com um convincente argumento contrário:

– A questão, Betty, é que, como morri tão de repente, acho que ajudaria se eu pudesse, digamos, *me pacificar* com relação às pessoas da Terra. Prometo que isso não demorará para sempre.

Liz se sente melosa, falando em "pacificar", mas sabe que os adultos são sensíveis a esse tipo de coisa.

Betty acena com a cabeça, concordando. E, depois, faz outros acenos afirmativos. Isso parece ajudar Betty a avaliar o que Liz disse.

– Está bem, demore o tempo que precisar para isso – diz Betty, afinal.

Além disso, Betty concorda, como Liz sabia que ela faria, em lhe fornecer o dinheiro.

Com uma reserva adequada de 24 eternins por dia, Liz estabelece uma rotina. O CO é suficientemente próximo da casa de Betty para ela ir a pé até lá. Chega todas as manhãs na hora de abrir e fica todas as noites até fechar.

Liz continua usando o pijama que trajava no SS *Nilo*. Ainda o detesta, mas não quer nada novo. Dorme também com o pijama, tirando-o apenas duas vezes por semana para que Betty o lave.

Liz, em geral, estende suas duas horas de tempo de CO pelo dia inteiro, mas, algumas vezes, excede-se e usa alguns eternins de uma só vez. Se alguma coisa particularmente interessante está acontecendo, Liz gasta de imediato todos os seus eternins.

Um dia típico é assim: 15 minutos, de manhã, espiando seus pais e seu irmão (três eternins), meia hora com Zooey, depois da escola (seis eternins) e a meia hora restante (seis eternins) a seu gosto.

Liz gosta particularmente de quando alguém fala dela na escola. De início, seus colegas parecem falar a seu respeito com bastante frequência, mas, à medida que o tempo passa (na verdade, nem tanto tempo assim), as menções a ela se tornam cada vez mais raras. Apenas Edward, o ex-namorado de Liz, e Zooey, ainda falam dela com alguma regularidade. Zooey e Edward não eram amigos quando Liz estava viva; Zooey até instigara Liz a terminar o relacionamento com ele. Liz se sente gratificada pela repentina aproximação dos dois.

Liz sabe que sua família ainda pensa nela, mas raramente falam a seu respeito. Gostaria que falassem sobre ela com mais frequência. Sua mãe dorme regularmente na cama de Liz. Algumas vezes, usa também as roupas de Liz, embora fiquem apertadas nela. O pai, professor de antropologia na Universidade Tufts, conseguiu uma licença. Começa a assistir a programas de televisão ao vivo, o dia e a noite inteiros. Para justificar o fato de assistir com tal fúria a esses programas, diz à mãe de Liz que está pesquisando para escrever um livro sobre os motivos que levam as pessoas a gostar de programas desse tipo. Apesar de amplos sinais de que ninguém se diverte, Alvy continua tentando alegrar a família com sua marca única de humor pastelão, mostrando coisas para representar outras. Liz observa-o encenar "saindo do closet", "atirando em peixes numa barrica" e "espiando o tempo ficar parado". Ela gosta particularmente dos movimentos padronizados do "cabeça de melão", uma variação do original "cabeça de vaso", envolvendo um melão sem a polpa, e Alvy sem calças.

Uma vez, Liz espia os pais fazendo sexo, o que ela acha repugnante e fascinante, ao mesmo tempo. No fim, a mãe grita. O pai vira-se para a televisão, a fim de pegar a última meia hora do programa do *Montel*. A rotina inteira custa a Liz menos de um eternim.

Enquanto espia os pais, Liz pensa que, provavelmente, agora nunca fará sexo. É provável que passe os próximos 15 anos de sua vida sozinha.

Nos intervalos entre a observação de fragmentos de cinco minutos de seu antigo mundo, Liz algumas vezes brinca com os pontos em cima de sua orelha. Não consegue forçar a si mesma a perguntar a Betty onde deve ir, para mandar tirar os pontos. Gosta de saber que estão ali.

Liz vai ao CO com tanta frequência que passa a conhecer os frequentadores regulares.

Há as velhas que tricotam e dão uma espiada casual no binóculo a mais ou menos cada hora.

Há as frenéticas jovens mães, com seus suprimentos aparentemente intermináveis de moedas. As mães fazem Liz lembrar os apostadores nos caça-níqueis, que vira certa vez nas férias de verão em Atlantic City.

Há os homens de negócios que gritam ordens nos binóculos, como se alguém na Terra pudesse ouvi-los. Liz lembra seu pai assistindo a um jogo de futebol e a maneira tola como ele gritava para a televisão.

Há um rapaz (mais velho do que Liz) que vem uma vez por semana, nas noites de quinta-feira. Embora venha à noite, ele sempre usa óculos escuros. E sempre se senta no mesmo binóculo, o nº 17. Carrega uma bolsa de couro com exatamente 12 eternins dentro. A cada visita, o homem fica uma hora, não mais, e depois vai embora.

Certa noite, Liz decide falar com ele:

– Quem você vem ver aqui? – pergunta.

– O quê? – O rapaz se vira, espantado.

– Vejo você aqui toda semana e fiquei imaginando quem você vem ver aqui – diz Liz.

O homem faz um aceno com a cabeça.

– Minha esposa – diz ele, depois de um instante.

– Você não é jovem demais para ter uma esposa? – ela pergunta.

– Nem sempre fui tão jovem. – Ele sorri, tristemente.

– Sorte sua – diz ela, enquanto espia o homem se afastar. – Vejo você na próxima quinta-feira – sussurra tão baixinho que ele não pode ouvir.

Como Liz agora passa o dia inteiro, todos os dias, no CO, percebe como são desconfortáveis os bancos de metal dos binóculos. Ao sair, certa noite, interroga a assistente, Esther, a respeito deles.

– Bem, Liz – diz-lhe Esther –, quando as cadeiras são desconfortáveis, em geral é um sinal de que você ficou sentada nelas tempo demais.

O tempo passa lenta e rapidamente, ao mesmo tempo. As horas, os minutos e os segundos isolados parecem arrastar-se e, no entanto, um mês já se passou. Nesse período, Liz se tornou uma perita em tornar a encher as fendas para que a interrupção seja mínima entre os segmentos de cinco minutos. Está com marcas profundas embaixo dos olhos, por manter o rosto pressionado contra o binóculo.

De vez em quando, Betty pergunta a Liz se ela já pensou numa diversão.

– Ainda estou dando algum tempo a mim mesma – responde Liz todas as vezes.

Betty suspira. Não quer pressionar.
— Thandiwe Washington telefonou novamente para você. E Aldous Ghent também.
— Obrigada, tentarei retornar os telefonemas deles mais tarde, esta semana — mente Liz.
Aquela noite, Liz vê Betty ajoelhada ao lado da cama. Betty está rezando para a mãe de Liz.
— Olivia — ela sussurra —, não quero sobrecarregar você, pois suspeito que sua vida esteja, provavelmente, bastante difícil neste momento. Não sei como ajudar Elizabeth. Por favor, me envie um sinal, dizendo-me o que fazer.

— Elizabeth, vamos sair hoje — anuncia Betty, na manhã seguinte.
— Tenho planos — protesta Liz.
— Que planos?
— CO — resmunga Liz.
— Você pode fazer isso amanhã. Hoje, vamos fazer um passeio turístico.
— Mas, Betty...
— Nada de "mas". Você está aqui há quatro semanas inteiras e não viu nada.
— Vi coisas — diz Liz.
— É mesmo? O quê? As coisas lá da Terra não contam.
— Por que não? — pergunta Liz.
— Simplesmente porque não. — Betty é firme.
— Não quero fazer turismo — diz Liz.

– Falta de sorte sua – responde Betty. – Não lhe darei dinheiro para o CO hoje, de modo que você não tem nenhuma escolha.

Liz suspira.

– E, se não é pedir muito, será que você poderia, quem sabe, usar outra coisa que não esse pijama velho e sujo? – pergunta Betty.

– Nada feito – responde Liz.

– Eu lhe emprestarei alguma coisa; ou, se não quiser, podemos comprar roupas para você no...

Liz a interrompe:

– Nada feito.

Do lado de fora, Betty abaixa a capota do conversível.

– Quer dirigir? – pergunta.

– Não. – Liz abre a porta do carona e se senta.

– Ótimo – diz Betty, enquanto coloca o cinto de segurança.

Mas, um momento mais tarde, ela insiste:

– Ora, por que não? Você deveria querer dirigir.

Liz dá de ombros.

– Simplesmente, não quero.

– Não estou aborrecida por causa daquela primeira noite, se é o que você pensa – diz Betty.

– Ouça, Betty, não quero dirigir porque não quero dirigir. Não há nenhum significado secreto nisso. Além disso, se o objetivo desta viagem é fazer um roteiro turístico, eu não poderia ver nada, não é, enquanto estivesse concentrada na direção.

– É mesmo, acho que não – admite Betty. – Não vai colocar o cinto de segurança?

– Para que serve? – pergunta Liz.

– Para a mesma coisa que na Terra: impedir que você se choque com o painel.

Liz revira os olhos, mas coloca o cinto de segurança.

– Pensei em irmos para a praia – diz Betty. – Que tal lhe parece?

– Tanto faz – diz Liz.

– Outrolugar tem praias maravilhosas, sabe?

– Fantástico. Me acorde quando chegarmos lá.

Para evitar mais conversa, Liz fecha o olho esquerdo e finge dormir. Com o direito, ela espia, através do vidro, os letreiros de Outrolugar.

Liz pensa em como aquilo se parece com a Terra; a semelhança tira-lhe o fôlego. Mas há diferenças, e que tendem a estar nos detalhes. Através de sua janela, ela localiza um cinema em que o público está sentado dentro de automóveis – nunca vira um assim, a não ser em fotos de época. Na estrada, uma menina de cerca de seis ou sete anos usa um tailleur profissional e dirige um SUV. A distância, ela vê a Torre Eiffel e a Estátua da Liberdade, ambas representadas em topiarias. Ao longo da margem da estrada, Liz vê uma série de pequenos letreiros de madeira, a espaços de cerca de dez metros um do outro. Há um verso impresso em cada letreiro:

VOCÊ PODE ESTAR MORTO,
MAS SUA BARBA CONTINUA A CRESCER,
AS MULHERES DETESTAM BARBA POR FAZER,
MESMO EM OUTRO MUNDO.
CREME BURMA

– Que é Creme Burma? – Liz pergunta a Betty.

– Uma espécie de creme de barbear. Quando eu estava viva, havia esses letreiros de madeira em todas as estradas dos Estados Unidos – responde Betty. – Na maioria, no tempo em que você nasceu eles foram substituídos por quadros com cartazes, mas eram muito populares durante um período, tanto quanto um letreiro pode ser popular. – Betty ri. – Você descobrirá que em Outrolugar muitos modismos antigos morrerão também.

– Ah.

– Pensei que você estivesse dormindo – diz Betty, olhando para Liz.

– Estou – responde Liz.

A garota fecha o olho esquerdo.

Liz nota que ali é mais tranquilo do que na Terra. E ela pode ver que, à sua maneira, Outrolugar é bonito. Embora não tenha nenhum planejamento, o efeito é lindo. E, embora seja lindo, Liz ainda o detesta.

Cerca de uma hora mais tarde, Betty acorda Liz, que dormiu de verdade.

– Aqui estamos – diz Betty.

Liz abre os olhos e espia através da janela do carro.

— Veja só, parece uma praia – diz. – Exatamente como aquela que fica junto da casa.

— O que importa é o passeio – diz Betty. – Não quer sair do carro?

— Não, não quero mesmo – responde Liz.

— Vamos, pelo menos, entrar na loja de presentes e esticar um pouco as pernas – pede Betty. – Quem sabe você não gostaria de levar um suvenir?

Liz lança um olhar de dúvida para a cabana com o telhado de palha, perto da beira da água. Por sua localização e construção, a loja dá a impressão de que pode ser soprada para longe, pelo vento, a qualquer momento. Um letreiro de metal, inadequadamente pesado, está pendurado sobre a varanda:

GOSTARIA QUE VOCÊ ESTIVESSE AQUI
Bugigangas, Bricabraque, Bibelôs,
Bijuterias, Quinquilharias, Novidades, Fantasias,
Coisinhas Engraçadas e muitas Variedades
de Objetos para o Comprador Exigente

— Então, o que me diz? – Betty sorri para Liz.

— E para quem eu compraria um suvenir? – pergunta Liz.

— Para você mesma.

— A gente compra suvenires para dar a outras pessoas na volta de uma viagem. – Liz ri, com desdém. – Não conheço mais ninguém e não vou voltar.

– Não seja tão radical – responde Betty. – Vamos, comprarei para você o que quiser.

– Não quero nada – retruca Liz, seguindo Betty para dentro da desarrumada loja de presentes. Não há ninguém lá. Há uma lata de sopa perto da caixa registradora, com um bilhete: "Saímos para almoçar. Deixe o pagamento na lata. Faça um bom desconto para si mesmo; fica tudo entre nós."

Para satisfazer Betty, Liz escolhe um livro com seis cartões-postais de Outrolugar e um globo de plástico com neve dentro. O globo com neve tem uma miniatura do SS *Nilo*, submerso numa água enjoativamente azul, e a frase GOSTARIA QUE VOCÊ ESTIVESSE AQUI escrita em vermelho na base do globo.

– Quer uma toalha de praia de Outrolugar? – Betty pergunta, enquanto Liz coloca suas duas peças no balcão.

– Não, obrigada – responde Liz.

– Tem certeza?

– Sim – diz Liz, firmemente.

– Talvez uma camiseta, então?

– Não – grita Liz. – Não quero uma maldita camiseta! Nem uma toalha de praia! Nem mais nada! Tudo o que quero é ir para casa!

– Está bem, boneca – diz Betty, com um suspiro. – Encontro com você do lado de fora. Só preciso somar tudo.

Liz sai enfurecida da loja, carregando seu novo globo de neve. Espera por Betty no carro.

Liz sacode o globo de neve. O minúsculo SS *Nilo* se agita loucamente, dentro do globo de plástico. Liz sacode o globo de neve com mais força ainda. Água azul lodosa e rançosa vaza para sua mão. Há uma pequena falha na junção das duas metades da cúpula. Liz abre a porta do carro e atira o globo de neve na calçada. Em vez de se espatifar ou rachar, ele quica pelo estacionamento como uma bola de borracha, parando aos pés de uma menina com um biquíni cor-de-rosa de bolinhas.

– Você deixou cair isto – grita a menina para Liz.

– É mesmo – concorda Liz.

– Não quer?

A menina pega do chão o globo de neve.

Liz faz que não com a cabeça.

– Posso ficar com ele? – pergunta a menina.

– Dê o fora – responde Liz.

– O céu não cai aqui, não muito – diz a menina.

Ela vira o globo, de modo que toda a neve se reúne na cúpula. Coloca a ponta do dedo mínimo sobre o vazamento.

– Que quer dizer? – pergunta Liz.

– Isto. – A menina vira o globo de neve de um lado para outro.

– Você quer dizer neve – diz Liz. – Quer dizer que não neva aqui?

– Não muito, não muito, não muito – a menina cantarola. Aproxima-se de Liz. – Você é grande.

Liz dá de ombros.

– Quantos anos você tem? – pergunta a menina.

– Quinze.

– Tenho quatro – diz a menina.

Liz olha para a criança.

– Você é uma menina de verdade ou uma menina falsificada?

A menina abre os olhos tanto quanto possível.

– Que quer dizer?

– Você tem mesmo quatro anos ou está apenas fingindo que tem? – pergunta Liz.

– Que *quer dizer*? – A menina levanta a voz.

– Você sempre teve quatro anos ou antes era grande?

– Não sei. Tenho quatro. Quatro! – grita a menina. – Você é má.

A menina deixa o globo de neve cair aos pés de Liz e foge correndo.

Liz pega o globo e torna a sacudi-lo. Tira dele todo o líquido azul restante, até que fica apenas um agrupamento de falsos cristais de neve.

Betty sai da loja de presentes carregando uma pequena sacola de papel.

– Comprei isso para você – Betty diz a Liz.

Joga para Liz a sacola de papel. Dentro, há uma camiseta com a frase MINHA AVÓ FOI PARA OUTRO LUGAR E TUDO O QUE ELA CONSEGUIU PARA MIM FOI ESTA CAMISETA FEDORENTA.

Pela primeira vez, naquele dia, Liz sorri.

– Ela fede mesmo – concorda Liz.

Veste a camiseta por cima do pijama.

– Achei que você gostaria – diz Betty. – Disse a mim mesma que não haverá muitas outras oportunidades para essa camiseta fazer tanto sentido como presente. – Betty ri.

Pela primeira vez, Liz realmente olha para Betty. Ela tem cabelo castanho-escuro e, em torno dos olhos, leves rugas causadas pelo riso. Betty é bonita, pensa Liz. Ela se parece com mamãe. Ela se parece comigo. Tem senso de humor... De repente, Liz percebe que sua avó pode ter coisas melhores para fazer do que se preocupar com uma adolescente mal-humorada. Quer desculpar-se pelo que fez aquele dia e por tudo o mais. Quer dizer que sabe que nada dessa situação é culpa de Betty.

– Betty – diz ela, suavemente.

– Sim, boneca, o que é?

– Eu... eu... – começa Liz. – Meu globo de neve está vazando.

Aquela noite, Liz preenche todos os seis cartões-postais de Outrolugar. Escreve um para os pais, um para Zooey, um para Edward, um para Lucy, um para Alvy. O último que ela escreve é para seu professor de biologia, que não compareceu a seu funeral.

Caro dr. Fujiyama,

A esta altura o senhor já soube, provavelmente, que estou morta. Isso significa que não comparecerei à Feira Regional de Ciências, este ano, o que é um grande desapontamento para mim e, tenho certeza, também é para o senhor. Na ocasião em que morri, eu sentia que começava a fazer um verdadeiro progresso com aquelas minhocas.

Eu gostava de verdade de suas aulas e continuo a acompanhá-las do lugar ~~onde estou vivendo agora~~ em que me encontro agora. Dissecar o porco parecia muito interessante e achei que poderia tentar fazer isso. Infelizmente, não há nenhum porco morto aqui para eu dissecar.

Não é ruim aqui. O clima é agradável, a maior parte do tempo. Vivo com minha avó, Betty, que agora é velha, mas parece jovem. Uma longa história.

Fiquei desapontada por não ver o senhor no funeral, pois era meu professor favorito do ensino médio e do fundamental. Mas não quero causar-lhe problemas, dr. F:)

Um abraço,
Elizabeth Marie Hall, 5.º período de biologia

Liz põe selos em todos os seis cartões-postais. Coloca-os na caixa de correio, sabendo perfeitamente que nunca chegarão a seu destino. Por falta de um endereço para devolução, pelo menos os cartões também não voltarão para ela. Liz pensa que pode ser bom escrever um cartão-postal para alguém que tenha mesmo uma chance de recebê-lo.

De volta ao CO, Liz começa a se sentir frustrada por ver sua vida em fragmentos de cinco minutos. Logo que começa a espiar alguma coisa e a se envolver com o que vê, o binóculo faz um clique e se fecha. Sente que está sempre perdendo alguma coisa. Por exemplo, o baile dos estudantes está chegando. Zooey, recentemente, decidiu que iria com John, afinal. E, como Zooey vai, Liz realmente preferiria ver a coisa inteira, ininterrupta. Quem sabe se ela tivesse 48 eternins, em vez de 24, poderia acompanhar melhor as coisas? Decide pedir a Betty mais eternins.

– Betty, seria bom ter mais alguns eternins, todo dia.
– Quantos você pensou em ter? – pergunta Betty.
– Estava pensando em, talvez, 48 por dia.
– Começa a ser muito, boneca.
– No fim, eu lhe pagarei tudo – promete Liz.
– Não é pelos eternins. Estou preocupada com o fato de você passar tanto tempo no Convés de Observação.
– Você não é minha mãe, sabe?
– Eu sei, Liz, mas mesmo assim me preocupo.
– Meu Deus, detesto isso!

Liz sai furiosa da sala e se joga em sua cama. Enquanto está ali deitada, decide faltar ao CO durante três dias, a fim de economizar os eternins para o baile. É um grande sacrifício. Sem amigos nem quaisquer outras diversões, ela passa o tempo em seu quarto, na casa de Betty, preocupando-se por não estar em dia com o que acontece com todos lá na Terra. Os três dias parecem intermináveis, mas ela economiza dinheiro suficiente para ver o baile inteiro.

Liz também convence Esther a deixá-la ficar depois do fechamento. Esther não concorda inteiramente, mas faz questão de mostrar a Liz onde ficam os interruptores da luz.

Na noite do baile, Liz espia Zooey comer morangos mergulhados em chocolate, tirar fotografias com a máquina digital do celular e dançar vagarosamente ao som de uma balada sentimental. Não muito tempo depois, vê Zooey perder sua virgindade num quarto luxuoso do mesmo hotel em que se realizou o baile. Por respeito a Zooey, Liz só espia durante trinta segundos, e cobre o olho direito com a mão. Liz presta atenção especial ao vestido de baile de Zooey. O vestido, aquele que Liz deveria ajudá-la a escolher, fica todo embolado num canto do quarto.

Liz sai antes de seu tempo se esgotar, duas horas inteiras antes de o CO estar sequer arrumado para fechar. Não quer encarar Betty em casa, mas não tem nenhum outro lugar para ir. Liz decide sentar-se no parque próximo à casa de Betty.

Depois de algum tempo, um branco e fofo bichon frise senta-se ao lado de Liz, no banco. "Olá", o cachorro parece dizer.

Como saudação, Liz dá palmadas na cabeça do cachorro. Era mais ou menos o que acontecia com Lucy, e Liz fica ainda mais saudosa de casa do que antes.

O cachorro inclina a cabeça para um lado.

– Você parece um tanto triste.

– Talvez um pouquinho.

– O que a incomoda? – pergunta o cachorro.
Liz reflete sobre a pergunta dele, antes de responder:
– Estou solitária. E também detesto isto aqui.
O cachorro faz um sinal afirmativo com a cabeça.
– Quer fazer o favor de coçar debaixo da minha coleira, na parte de trás do meu pescoço? Não alcanço esse lugar com minhas patas.
Liz faz o que ele pede.
– Obrigado. Sinto-me muito melhor. – O cachorro funga de prazer. – Então, você disse que está solitária e que detesta isto aqui?
Liz faz outro sinal afirmativo com a cabeça.
– O conselho que lhe dou é que pare de ser solitária e de detestar isto aqui. Digo isso a mim mesmo e funciona sempre – diz o cachorro. – Ah, e seja feliz! É mais fácil ser feliz do que ser triste. Ser triste exige um bocado de trabalho. É exaustivo.
Do outro lado do parque, uma mulher chama o cachorro:
– ARNOLD!
– Preciso ir. É minha bípede me chamando! – O cachorro pula para fora do banco. – A gente se vê por aí!
– Até mais – diz Liz, mas o cachorro já se foi.

O táxi da sorte

Depois do baile, Liz desiste de espiar Zooey ou qualquer outra pessoa da escola. Agora, só espia sua família próxima.

Uma noite, exatamente quando o CO está prestes a se fechar, Liz pergunta a Esther:

— Como é mesmo que esses binóculos funcionam?

Esther faz uma careta.

— A esta altura, você já deveria saber. Você coloca dentro sua moeda, e então...

Liz a interrompe:

— Quero dizer, como eles *realmente* funcionam? Passo boa parte das horas do dia aqui e não sei nada a respeito deles.

— Funcionam como qualquer binóculo, eu acho. Uma série de lentes convexas, em dois tubos cilíndricos, combinam-se para formar uma imagem...

Liz torna a interromper:

— Sim, sei essa parte. Aprendi tudo isso na... vejamos, quinta série.

— Parece que você sabe tudo, Liz, então não vejo motivo para você me incomodar.

Liz ignora Esther.

— Mas a Terra é tão longe e esses binóculos nem sequer parecem particularmente de longo alcance. Como se pode ver daqui até a distância da Terra?

— Talvez aí esteja a resposta. Talvez a Terra não seja tão longe.

Liz ri alto.

— É um belo pensamento, Esther.

— É mesmo, não? — Esther sorri. — Penso nisso em termos de uma árvore, porque cada árvore é formada, de fato, por duas árvores. Há a árvore com os ramos, que todo mundo vê, e há a árvore da raiz, de cabeça para baixo, crescendo no sentido oposto. Então a Terra são os ramos, crescendo para cima, para o céu, e Outrolugar são as raízes, crescendo para baixo, numa simetria oposta, mas perfeita. Os ramos não pensam muito sobre as raízes, e talvez as raízes não pensem muito sobre os ramos, mas o tempo inteiro estão ligados pelo tronco, sabe? Embora pareça que as raízes são distantes dos ramos, na verdade não são. A pessoa está sempre ligada, apenas não pensa a respeito...

— Esther! — interrompe Liz pela terceira vez. — Mas como os binóculos funcionam? Como eles sabem o que quero ver?

– É segredo – responde Esther. – Eu poderia dizer-lhe, mas teria de matar você.

– Não tem graça nenhuma. – Liz começa a se afastar.

– Está bem, Lizzie. Eu lhe direi. Chegue realmente perto e sussurrarei em seu ouvido.

Liz obedece.

– Pergunte-me de novo – diz Esther – e diga por favor.

– Esther, por favor, como é que os binóculos funcionam?

Esther se inclina na direção do ouvido de Liz e sussurra:

– É... – ela faz uma pausa – magia. – Esther ri.

– Não sei por que sequer me dou o trabalho de falar com você.

– Você não tem nenhum amigo e está profundamente solitária.

– Obrigada.

Liz sai furiosa do CO.

– Vejo você amanhã, Liz – grita Esther, alegremente.

Chega 12 de agosto, dia em que, na Terra, Liz completaria 16 anos. Como todos os outros dias, Liz passa este no CO.

– Lizzie faria 16 anos hoje – diz a mãe ao pai.

– Eu sei – ele diz.

– Acha que algum dia encontrarão o homem que fez aquilo?

– Não sei – ele responde. – Espero que sim – acrescenta.

– Foi um táxi! – grita Liz no binóculo. – UM VELHO TÁXI AMARELO, COM UM DESODORIZADOR DE

AR EM FORMA DE TREVO-DE-QUATRO-FOLHAS PENDURADO NO ESPELHO RETROVISOR!

– Eles não podem ouvir você – diz a Liz uma mulher com um jeito de avó.

– Sei disso – responde Liz rispidamente. – Psiu!

– Por que ele não parou? – a mãe de Liz pergunta ao pai.

– Não sei. Pelo menos, ele ligou para o número da emergência, do telefone público, embora isso não fizesse nenhuma diferença.

– Mesmo assim, ele deveria ter parado. – A mãe de Liz começa a chorar. – Quero dizer, quando a pessoa atropela uma criança de 15 anos, ela para, não é? Isso é o que uma pessoa decente faz, não é?

– Não sei, Olivia. Era o que eu pensava – diz o pai de Liz.

– E me recuso a acreditar que ninguém viu nada! Quero dizer, alguém deve ter visto; alguém deve saber; alguém deve...

O tempo de Liz se esgota, as lentes clicam e se fecham. Ela não se move. Apenas olha fixamente para as lentes fechadas e deixa que seus pensamentos entrem num vazio.

Liz fica furiosa ao saber que foi vítima de um atropelador que fugiu da cena do acidente. Quem me atropelou precisa pagar, ela pensa. Seja quem for que me atropelou, deve ir para a cadeia por um tempo muito longo, ela pensa. Nesse momento, Liz decide encontrar o motorista do táxi e depois achar uma maneira de contar a seus pais quem ele é. Deixa cair um eternim na fenda e começa a vasculhar a área da Grande Boston, em busca de velhos táxis amarelos com desodorizadores em forma de um trevo-de-quatro-folhas pendurados em seus espelhos retrovisores.

Liz procura sistematicamente o táxi da sorte (o nome que lhe deu), observando os locais de estacionamento e os encarregados de atender aos pedidos de carros de todas as empresas de táxi que operam na área próxima à Cambridgeside Galleria. Embora haja apenas quatro empresas de táxi nessa área, ela ainda leva uma semana inteira – e mais de quinhentos eternins – para localizar o táxi da sorte. Liz consegue arrecadar os eternins adicionais pedindo a Betty dinheiro para roupas. Betty fica feliz de atendê-la e não faz perguntas demais. Apenas cruza os dedos e espera que Liz esteja saindo do trauma.

A licença do motorista diz que o nome dele é Amadou Bonamy. Ele dirige o táxi número 512, da Empresa de Táxis Três Ases. Reconhece imediatamente o táxi. Tem o desodorizador em forma de trevo-de-quatro-folhas e é mais velho do que Alvy, talvez mais velho do que Liz também. Olhando para o carro, Liz fica surpresa por ele ter chegado a suportar o impacto de seu corpo.

No dia seguinte àquele em que localiza o táxi, ela espia o taxista. Amadou Bonamy é alto, tem cabelo negro e cacheado. Sua pele é da cor de uma casca de coco. Sua mulher está grávida. Ele assiste a aulas à noite na Universidade de Boston. Sempre ajuda as pessoas com sua bagagem, quando as leva para o aeroporto. Nunca segue intencionalmente pelo percurso mais longo, mesmo quando as pessoas que ele transporta são de fora da cidade. Não transita em velocidade muito alta, Liz nota. Ele parece obedecer religiosamente às normas do trânsito, Liz também percebe isso. Apesar do estado precário de seu carro, toma muito cuidado com ele, passando diariamente um aspirador de pó nos assentos. Conta piadas idiotas aos passageiros que transporta. Escuta a Rádio Pública Nacional. Compra pão no mesmo lugar em que a mãe de Liz compra. Tem um filho na mesma escola em que o irmão de Liz estuda. Ele...

Liz empurra o binóculo para um lado. Percebe que não quer saber tanto sobre Amadou Bonamy. Ele é um assassino. "Ele é meu assassino", ela pensa. Precisa pagar pelo que fez. Como sua mãe dissera, não é certo atropelar pessoas com táxis velhos e sujos e depois fugir e deixá-las morrendo na rua. A pulsação de Liz se acelera. Ela precisa encontrar uma maneira de contar aos pais o que descobriu sobre Amadou Bonamy. Levanta-se e sai do Convés de Observação, sentindo-se cheia de determinação e mais viva do que se sentia há bastante tempo.

Ao sair do prédio, Liz passa por Esther.

– Estou satisfeita de ver você saindo enquanto ainda é dia claro, pelo menos uma vez – diz Esther.

– Sim. – Liz para. – Esther – diz –, será que você sabe como fazer contato com os vivos?

– Contato? – diz Esther. – Por que, pelo amor de Deus, você quer saber isso? Contato é para os loucos idiotas. Nada de bom vem de se falar com os vivos. Nada além de mágoa e aborrecimento. E, como você sabe, todos nós já temos bastante disso.

Liz suspira. Diante da resposta de Esther, sabe que não pode sair perguntando a qualquer um sobre como fazer contato. Tampouco a Betty, que já está bastante preocupada com Liz. Nem a Thandi, que está, provavelmente, zangada com ela, por não ter respondido a seus telefonemas. Nem a Aldous Ghent, que jamais, em tempo algum, ajudaria Liz a fazer contato. Apenas uma pessoa talvez a ajudasse: Curtis Jest. Infelizmente, Liz não o vira desde o dia em que ambos observaram seus funerais lá do SS *Nilo*.

Antes, várias novas histórias haviam circulado em Outrolugar sobre a morte de Curtis. Como ele era um astro do rock e uma celebridade, as pessoas estavam interessadas em sua chegada. O curioso é que a maioria das pessoas em Outrolugar sequer ouvira sua música. Curtis era popular entre as pessoas da geração de Liz e havia relativamente poucas pessoas dessa geração em Outrolugar. Então, o interesse diminuiu rapidamente. Perto do aniversário de Liz, Curtis Jest havia caído numa total obscuridade.

Liz decide enfrentar um telefonema para Thandi, que agora trabalha numa emissora de televisão, como apresentadora. Ela lê o nome das pessoas que chegam a Outrolugar, de modo que todos saibam e alguém vá ao cais recebê-las. Liz pensa que talvez Thandi saiba onde está Curtis.

– Por que quer falar com ele? – pergunta Thandi. Sua voz é hostil.

– Ele é uma pessoa muito interessante – diz Liz.

– Dizem que se tornou um pescador – diz Thandi. – Você, provavelmente, encontrará Curtis nas docas.

Um pescador?, Liz pensa. Pescar parece tão comum. Não faz nenhum sentido.

– Por que Curtis Jest se tornaria um pescador? – pergunta ela.

– Quem sabe? Talvez ele goste de pescar – sugere Thandi.

– Mas há músicos em Outrolugar. Por que Curtis não desejaria ser músico?

Thandi suspira:

– Ele já fez isso uma vez, Liz. E, obviamente, a atividade não o tornou muito feliz.

Liz se lembra daquelas marcas compridas e dos machucados em seus braços. Ela não tem certeza se algum dia as esquecerá. Mesmo assim, parece inteiramente errado Curtis ser alguma outra coisa que não músico. Talvez ela lhe pergunte a respeito, quando for vê-lo.

– Obrigada pela informação – diz Liz.

– De nada – responde Thandi. – Mas, sabe, Elizabeth, não é certo você deixar de responder durante meses a fio a um telefonema, e quando, finalmente, pensa em telefonar, é só para perguntar sobre outra pessoa. Nenhuma desculpa, nem mesmo um único "Como vai você, Thandi?".

– Desculpe, Thandi. Como vai você? – pergunta Liz.

Apesar de parecer o contrário, Liz se sente mesmo culpada por ter ignorado Thandi.

– Ótima – responde Thandi.
– Para mim, não foi exatamente um tempo maravilhoso – desculpa-se Liz.
– Você acha que é fácil para mim? Acha que é fácil para qualquer um de nós? – Thandi desliga o telefone na cara de Liz.

Liz toma o ônibus para as docas de Outrolugar. De fato, logo encontra Curtis pescando, com a vara numa das mãos e uma xícara de café na outra. Ele usa uma camisa vermelha axadrezada, desbotada, e sua pele, antigamente pálida, ganhou um tom dourado. Seu cabelo cresceu e quase já deixou de ser azul, mas seus olhos azuis permanecem tão vívidos como sempre. Liz não sabe se Curtis se lembrará dela. Felizmente, ele sorri logo que a vê.
– Olá, Lizzie – diz Curtis. – Como vão as coisas em sua vida após a morte?
Enche para Liz uma xícara de café, tirado de uma garrafa térmica vermelha. Faz um sinal para que ela se sente a seu lado, no cais.
– Queria fazer-lhe uma pergunta – diz Liz.
– Parece coisa séria. – Curtis se senta mais ereto. – Eu me esforçarei ao máximo para lhe dar uma resposta, Lizzie.
– Você foi honesto comigo, lá no navio – diz Liz.
– Dizem que um homem deve sempre ser tão honesto quanto puder.
Liz baixa a voz:
– Preciso fazer contato com alguém. Pode me ajudar?

– Tem certeza de que sabe o que está fazendo?

Liz está preparada para essa pergunta e está armada com várias mentiras apropriadas:

– Não estou obcecada, nada disso. Gosto daqui, Curtis. Apenas há uma coisa lá na Terra de que preciso cuidar.

– O que é? – pergunta Curtis.

– É algo relativo à minha morte. – Liz hesita um momento antes de contar a Curtis toda a história do taxista que a atropelou e fugiu.

Depois que ela termina, Curtis fica em silêncio por um momento. Depois, diz:

– Não sei por que você pensou que eu saberia como fazer isso.

– Você parece uma pessoa que sabe das coisas – diz Liz. – Além disso, não há nenhuma outra pessoa a quem eu pudesse perguntar.

Curtis sorri.

– Ouvi dizer que há duas maneiras para se comunicar com os vivos. Uma, você pode tentar encontrar um navio de volta para a Terra, embora eu duvide de que esta seja uma solução muito prática para você. Demora muito tempo para chegar lá e, pelo que ouvi dizer, tende a interferir no processo de envelhecimento às avessas. Além disso, você não deseja ser um fantasma, não é?

Liz balança a cabeça, lembrando-se de como essa ideia lhe passou pela cabeça no dia em que chegou a Outrolugar.

– Qual é a segunda maneira?

– Ouvi falar de um lugar, a cerca de dois quilômetros mar adentro e com vários metros de profundidade. Aparentemente, é o lugar mais profundo em todo o oceano. As pessoas o chamam de Poço.

Liz se lembra de que Aldous Ghent mencionou o Poço em seu primeiro dia em Outrolugar. Ela também se lembra de ele ter lhe dito que ir lá era proibido.

– Acho que ouvi falar desse lugar – diz.

– Supostamente, se você conseguir alcançar o fundo desse lugar, tarefa realmente difícil, encontrará uma janela por onde pode penetrar na Terra.

– Em que isso é diferente dos COs? – pergunta Liz.

– Os binóculos só vão numa direção. No Poço, dizem que os vivos podem sentir, ver e escutar você.

– Então, posso falar com eles?

– Sim, foi o que ouvi dizer – diz Curtis –, mas será difícil para eles entendê-la. Sua voz torna-se indistinta pelo fato de que você estará dentro d'água. É preciso um bom equipamento para o mergulho, e, mesmo assim, é necessário ser também um bom nadador.

Liz bebe aos pouquinhos o café, refletindo sobre o que Curtis lhe disse. Ela é uma nadadora com bom desempenho. No verão passado, ela e sua mãe haviam até obtido juntas um certificado de mergulho, em Cape Cod. Será que fora apenas um ano antes?, Liz pergunta a si mesma.

– Não sei se fiz a coisa certa ao lhe dar essa informação, mas você provavelmente descobriria com outra pessoa, de qualquer jeito. Infelizmente, nunca fui muito bom com relação a saber qual a coisa certa a fazer. Ou, pelo menos, em saber e agir de acordo com isso.

– Obrigada – diz Liz.

– Tenha cuidado – diz Curtis. Ele surpreende Liz, abraçando-a. – Quero perguntar-lhe uma coisa: tem certeza de que deve fazer isso? Talvez fosse melhor deixar tudo como está.

– Tenho de fazer isso, Curtis. Não tenho escolha.

– Lizzie, meu bem, há sempre uma escolha.

Liz não quer discutir com Curtis, sobretudo depois de ele ter sido tão simpático com ela, mas não consegue deixar de fazer isso:

– Não escolhi morrer – ela diz –, de modo que, nesse caso, não houve escolha.

– Não, claro que não escolheu – diz Curtis. – Acho que eu quis dizer que há sempre uma escolha em situações nas quais a pessoa tem uma escolha, se é que isso faz algum sentido.

– Realmente não faz – diz Liz.

– Bem, terei de elaborar mais minha filosofia e voltar a conversar com você, Lizzie. Acho que há muito tempo para filosofar, quando a pessoa pesca para ganhar a vida.

Liz faz um sinal afirmativo com a cabeça. Ao se afastar do cais, percebe que se esqueceu de perguntar a Curtis, antes de mais nada, por que ele se tornou um pescador.

O grande mergulho

Liz se empenha nos preparativos para o grande mergulho. Embora não tivesse notado, na ocasião, sua rotina diária nos Conveses de Observação tornara-se cada vez menos satisfatória: cada dia se misturava com o anterior, imagens turvas que pareciam ficar cada vez mais turvas, os olhos cansados, as costas doendo. Agora, experimenta a renovada energia de uma pessoa com uma *missão*. O andar de Liz está mais rápido. Seu coração bate com mais força. Seu apetite aumenta. Levanta-se cedo e vai para a cama tarde. Pela primeira vez desde que chegou a Outrolugar, Liz se sente quase, digamos, viva.

Curtis dissera que o Poço fica "a cerca de dois quilômetros pelo mar adentro", mas não especificara exatamente onde. Depois de dois dias bisbilhotando nos COs e fazendo perguntas indiretas a Esther, Liz descobre que se acredita que o Poço está, de alguma forma, ligado aos faróis e aos COs, de modo que, para chegar lá, ela precisa nadar no caminho de um dos raios de luz do farol.

Para comprar o equipamento de mergulho, Liz "toma emprestados" de Betty mais 759 eternins.

– Para que precisa desse dinheiro? – pergunta Betty.

– Roupas – mente Liz, embora pense que sua mentira é parcialmente verdadeira.

Um traje de mergulho é roupa, certo?

– Se vou procurar uma diversão, precisarei de alguma coisa para usar.

– O que aconteceu com os últimos quinhentos que lhe dei?

– Ainda estão comigo – mente Liz, novamente. – Não os gastei ainda, mas acho que provavelmente precisarei de mais. Não tenho nada, a não ser este pijama e a camiseta que você comprou para mim.

– Quer que eu vá com você? – Betty se oferece.

– Prefiro ir sozinha – diz Liz.

– Eu poderia fazer umas roupas para você, como sabe. *Sou* uma costureira – diz Betty.

– Humm, é uma oferta realmente simpática, mas acho que prefiro coisas da loja.

Então Betty cede, embora esteja mais ou menos certa de que Liz está mentindo sobre o que aconteceu com os últimos quinhentos eternins. Betty está fazendo o melhor que pode para (1) ser paciente, (2) proporcionar a Liz um espaço para sua dor e (3) esperar que ela se aproxime dela. Isso é o que se deve fazer segundo *Como conversar com seu adolescente recentemente falecido*, o livro que está lendo no momento. Betty força um sorriso.

– Vou deixar você no shopping do Leste de Outrolugar – ela diz.

Liz concorda (a loja de mergulho é lá, de qualquer jeito), mas, por motivos óbvios, diz que tomará o ônibus para voltar.

O tanque de mergulho que Liz compra é menor e mais leve do que qualquer um dos que ela e sua mãe tiveram, algum dia, na Terra. É chamado de Tanque da Infinidade e o vendedor promete a Liz que ele jamais ficará sem oxigênio. Como uma concessão a Betty, Liz também compra um par de jeans e uma camiseta de mangas compridas.

Liz esconde o equipamento debaixo de sua cama. Sente-se culpada por mentir a Betty, mas considera a mentira um mal necessário. Pensou em contar a Betty sobre o mergulho que pretende fazer, mas sabe que a avó ficaria preocupada. Não quer que Betty se preocupe ainda mais.

Já faz um ano desde que Liz mergulhou pela última vez na Terra. Pergunta a si mesma se terá esquecido todos os procedimentos nesse período. Pensa em fazer um mergulho de treinamento, mas desiste da ideia. Se vai para o Poço, sabe que precisa ir agora.

Como ir até lá é proibido, Liz decide partir pouco depois do pôr-do-sol. Coloca o equipamento num grande saco para lixo e usa seu traje de mergulho sob a nova calça jeans e a camiseta de mangas compridas.

– Foi o que você comprou hoje? – pergunta Betty.

Liz faz que sim com a cabeça.

– É bom ver você fora do pijama. – Betty se aproxima, para dar uma olhada melhor em Liz. – Mas não tenho certeza se está na medida certa. – Betty tenta ajustar a camiseta de Liz, mas esta se afasta.

– Está ótimo – insiste Liz.

– Tudo bem, tudo bem. De manhã, você me mostrará as outras coisas que comprou?

Liz faz um aceno afirmativo, mas desvia a vista.

– Para onde vai? – pergunta Betty.

– Aquela garota, Thandi, está dando uma festa – mente Liz.

– Bem, divirta-se! – Betty sorri para Liz. – E o que está no saco de lixo?

– Apenas algumas coisas para a festa.

Liz acha fácil contar mentiras, agora que começou. O único problema (como Liz já descobrira muitas vezes antes) é que ela tem de continuar contando mentiras, em quantidade cada vez maior.

Depois que Liz saiu, Betty decide entrar no quarto dela para examinar suas roupas novas. Encontra o closet vazio, mas, embaixo da cama, acha uma caixa de papelão com as palavras TANQUE DA INFINIDADE escritas nele. Lembrando-se do traje volumoso de Liz e de seu grande saco plástico, Betty decide ir procurar a neta. *Como conversar com seu adolescente recentemente falecido* também trazia a informação de que é preciso saber quando *parar* de dar espaço ao adolescente.

Antes de mergulhar, Liz volta ao CO para uma última olhada em Amadou Bonamy. Deseja vê-lo uma única vez, antes de entregá-lo.

De trás de sua caixa de vidro, Esther franze a testa.

– Há alguns dias que você não vem aqui. Estava com a esperança de que tivesse abandonado este lugar – diz ela.

Liz passa por ela sem responder.

Alguém está sentado no binóculo n.º 15, o lugar habitual de Liz, então ela é forçada a usar o n.º 14.

Coloca um único eternim na fenda e começa a espiar Amadou Bonamy. O táxi dele está vazio e ele segue em grande velocidade, para chegar a algum lugar. Estaciona na frente de uma escola elementar, a mesma que o irmão de Liz frequenta, e sai correndo do carro. Caminha através do prédio. Corre através do prédio.

Uma professora está no fim do corredor com um menino de óculos.

– Ele vomitou na cesta de lixo – diz a professora. – Não queria que telefonássemos para você.

Amadou abaixa-se, apoiando um dos joelhos no chão.

– É sua barriguinha, meu pequeno? – pergunta, com um leve sotaque franco-haitiano.

O menino faz um sinal afirmativo com a cabeça.

– Vou levar você de carro para casa, *ui bébé*?

– Você não precisa dirigir seu táxi hoje? – o menino pergunta.

– *Non, non.* Amanhã eu compenso o dinheiro que deixo de ganhar hoje. – Amadou ergue o menino em seus braços e pisca para a professora. – Obrigado por me telefonar.

O binóculo clica e se fecha.

O coração de Liz dispara. Deseja dar um soco em alguém ou quebrar alguma coisa. De uma forma ou de outra, precisa sair imediatamente do Convés de Observação.

Do lado de fora, a praia está deserta. Ela tira a calça jeans e a camiseta, mas não faz nenhum movimento para entrar na água e dar início ao mergulho. Apenas fica sentada, com os joelhos junto ao peito, e pensa em Amadou e em seu filhinho. E, quanto mais pensa neles, mais confusa se sente. E quanto mais pensa neles, mais deseja parar de pensar.

Alguém a chama:

– Liz! – É Betty.

– Como sabia que eu estaria aqui? – pergunta Liz.

Ela evita os olhos de Betty.

– Não sabia. O único lugar onde eu tinha certeza de que você *não estaria* era na festa de Thandi.

Liz faz um aceno afirmativo com a cabeça.

– Foi brincadeira. – Betty olha para o traje de mergulho de Liz. – Na verdade, encontrei a caixa vazia do tanque em seu quarto e achei que talvez você tivesse planos de fazer contato.

– Está zangada? – pergunta Liz.

– Pelo menos, sei no que você gastou o dinheiro – diz Betty. – Foi outra piada. O livro que estou lendo diz que o humor é uma boa maneira de lidar com uma situação difícil.

– Que livro? – pergunta Liz.

– O título é *Como conversar com seu adolescente recentemente falecido*.

– Está ajudando?

– Na verdade, não. – Betty balança a cabeça. – Falando sério, Liz, com certeza eu desejaria que você não tivesse mentido para mim, mas não estou zangada. Desejaria que você se aproximasse de mim, mas sei que não é fácil para você, neste momento. Você, provavelmente, tem seus motivos.

Atingida pelas palavras de Betty, Liz pensa que Amadou, provavelmente, também tinha seus motivos.

– Vi o homem que estava dirigindo o táxi. O táxi que me atropelou, quero dizer – fala Liz.

– Como ele é?

– Parece boa pessoa. – Liz faz uma pausa. – Sabia que meu caso foi de um atropelamento sem socorro à vítima?

– Sim – responde Betty.

– Por que ele não parou? Quero dizer, se é uma boa pessoa. E parece ser.

– Tenho certeza de que é, Liz. As pessoas, como você descobrirá, não são, em geral, inteiramente boas nem inteiramente más. Algumas vezes são um pouquinho boas e um bocado ruins. E, outras vezes, são muito boas, mas com um toque de maldade. E a maioria de nós fica no meio, em alguma parte.

Liz começa a chorar e Betty a abraça. Imediatamente, a garota se dá conta de que não contará a ninguém que Amadou era o motorista do táxi da sorte – nem naquele dia nem em nenhum outro. Sabe que isso não ajudará em nada. Suspeita que Amadou seja uma boa pessoa. Deve ter havido um bom motivo para ele não parar. E, mesmo se não houvesse, Liz de repente se lembra de outra coisa, algo que não queria lembrar durante todo aquele tempo.

– Betty – diz Liz, em meio às lágrimas –, aquele dia, no shopping, eu não olhei para os dois lados quando estava atravessando a rua. O sinal de trânsito já estava verde, mas eu não vi, porque estava pensando em outra coisa.

– O que era?

– É tão idiota. Estava pensando em meu relógio, pensando que deveria ter levado o relógio para o shopping, para deixá-lo no conserto. Sempre me esquecia de fazer isso. Estava decidindo se tinha tempo suficiente para voltar e pegá-lo, mas não conseguia decidir, porque não sabia que horas eram, *porque* meu relógio estava quebrado. Foi um grande círculo sem sentido. Ah, Betty, foi minha culpa. Foi tudo minha culpa, e agora estou presa aqui para sempre.

– Apenas parece que é para sempre – diz Betty, bondosamente. – É apenas durante 15 anos.

– Não fará com que eu viva novamente ele ir para a cadeia – sussurra Liz. – Nada pode fazer isso, nunca.

– Então, você o perdoa?

– Não sei. Quero, mas...

A voz de Liz foi sumindo. Ela se sente vazia. Raiva e vingança a sustentavam. Sem seus antigos companheiros para apoiá-la, ela fica apenas com uma simples pergunta: e agora?

– Vamos para casa – diz Betty.

Betty pega o saco de lixo com uma das mãos e limpa a areia da roupa de mergulho de Liz com a outra.

Elas seguem pelo caminho mais longo de volta para a casa. O ar de verão está quente e a roupa de mergulho de Liz cola-se à sua pele.

Num gramado, um menino e uma menina correm passando pelos irrigadores, mesmo já estando escuro.

Num balanço de varanda, um homem muito velho, corcunda e enrugado, está de mãos dadas com uma linda e jovem ruiva. Liz pensa que o velho pode ser o avô da mulher, até que vê a maneira como o par se beija. *Amo você*, sussurra a ruiva no ouvido do velho. Olha para o velho como se ele fosse a pessoa mais linda do mundo.

Em outro gramado, dois meninos mais ou menos da mesma idade brincam com uma velha bola de beisebol.

– Devemos entrar? – Um dos meninos para um pouco e pergunta ao outro.

– De jeito nenhum, papai – responde o outro menino. – Vamos continuar jogando.

– Sim, vamos jogar a noite inteira! – responde o primeiro menino.

E então Liz realmente olha para a rua de Betty, pela primeira vez.

Param em frente à casa da avó, com sua fachada de arenito pardo, mas pintado com um tom ousado de roxo. (Por mais que possa parecer estranho, Liz ainda não notara isso.)

O ar de verão está tomado pelo perfume das flores de Betty. O cheiro, pensa Liz, é doce e melancólico. Um pouco como morrer, um pouco como se apaixonar.

– Não vou mais para o CO, Betty. Vou encontrar uma diversão e, quando fizer isso, pagarei tudo o que lhe tomei emprestado, prometo – diz Liz.

Betty olha para dentro dos olhos de Liz.

– Acredito em você. – Betty pega a mão de Liz entre as suas. – E gosto disso.

– Desculpe pelo dinheiro. – Liz sacode a cabeça. – Durante todo esse tempo, não sei se você notou... A questão é que talvez eu estivesse um pouco *deprimida*, eu acho.

– Eu sei, boneca – responde Betty. – Eu sei.

– Betty – pergunta Liz –, por que você me aguentou durante tanto tempo?

– No começo, por causa de Olivia, eu acho – responde Betty, após um momento de reflexão. – Você se parece tanto com ela.

– Ninguém quer que gostem de nós pelo fato de ter a mãe que tem, você sabe – diz Liz.

– Eu disse no começo.

– Então, não foi apenas por causa de mamãe?

– Claro que não. Foi por você mesma, boneca. E por minha causa. Principalmente por minha causa. Estive solitária durante um tempo muito longo.

– Desde que você veio para Outrolugar?
– Por mais tempo do que isso, infelizmente. – Betty suspira. – Sua mãe lhe contou, algum dia, por que eu e ela brigamos?

– Você teve um caso – declara Liz – e, durante muito tempo, mamãe não queria perdoá-la.

– Sim, é verdade. Eu estava solitária naquele tempo; e, desde então, permaneci assim.

– Já pensou em, talvez, arrumar outro namorado? – pergunta Liz, num jeito delicado.

Betty balança a cabeça e ri.

– Estou cansada do amor, pelo menos do tipo romântico. Vivi demais e vi coisas demais.

– Mamãe a perdoou, você sabe. Quero dizer, recebi seu nome, não foi?

– Talvez. Acho que ela simplesmente ficou triste quando eu morri. E agora, sugiro que nós duas vamos dormir.

Pela primeira vez, Liz tem um sono sem sonhos. Antes, ela sempre sonhava com a Terra.

Quando acorda de manhã, Liz telefona para Aldous Ghent, a fim de falar sobre o emprego no Setor de Animais Domésticos.

Sadie

— Seu primeiro emprego de verdade! – diz Betty, satisfeitíssima. – É maravilhoso, boneca! Lembre-me de tirar sua foto quando chegarmos lá.

Não ouvindo resposta alguma, Betty dá uma olhada para Liz, no banco do carona.

– Você está mesmo calada esta manhã – diz ela.

– Estou apenas pensando – responde Liz.

Ela espera não ser demitida em seu primeiro dia.

Além de trabalhar algumas vezes como babá, Liz jamais teve um "emprego de verdade". Não porque não quisesse. Até se candidatou a um emprego no shopping, quando Zooey foi trabalhar lá, mas seus pais não deixaram.

– A escola é seu emprego. – Seu pai gostava de dizer.

E sua mãe concordava:

– Você tem a vida inteira para trabalhar.

A mãe de Liz, sem dúvida, estava errada quanto a isso, Liz pensa, com um sorriso.

O que a preocupa é essa história de falar canino. E se ela não conseguir e for demitida logo depois?

– Eu me lembro do meu primeiro emprego – diz Betty. – Eu era a moça encarregada de guardar os casacos e chapéus dos clientes numa casa noturna em Nova York. Tinha 17 anos e precisei mentir, dizendo que tinha 18. Ganhava 52 dólares por semana, o que, naquele tempo, eu achava um bocado de dinheiro. – Betty sorri com a lembrança.

Quando Liz sai do carro, Betty tira uma foto dela, com uma velha câmera Polaroid.

– Sorria, boneca! – ordena Betty. Liz força os músculos da boca a ficarem numa posição parecida com um sorriso. – Tenha um bom dia, Liz! Virei pegar você às cinco! – Betty acena, em despedida.

Liz faz um sinal afirmativo com a cabeça, cheia de tensão. Espia o carro vermelho de Betty se afastar lutando contra o impulso de correr atrás dele. O Setor de Animais Domésticos localiza-se num grande prédio com a estrutura em forma de A, do outro lado da rua, bem em frente ao Registro. O prédio é conhecido como o Celeiro. Liz sabe que tem de entrar, mas descobre que não consegue movimentar-se. Transpira por todos os poros e seu estômago está embrulhado. De alguma forma, isso lhe lembra seu primeiro dia na escola. Respira fundo e caminha para a entrada. Afinal, chegar atrasada é a única maneira de garantir com toda certeza que as coisas irão mal.

Liz abre a porta. Vê uma mulher aflita, com os olhos meio verdes e uma massa de cabelo vermelho encrespado.

O macacão de brim que ela usa está coberto por uma mistura de pelo de cachorro, pelo de gato e algo semelhante a penas esverdeadas. Ela estende a mão para Liz apertar.

– Sou Josey Wu, a diretora do SAD. Você é a amiga de Aldous, Elizabeth?

– Liz.

– Espero que pelo de cachorro não a incomode, Liz.

– Que nada, é apenas um presentinho que os cachorros gostam de deixar.

Josey sorri.

– Bem, temos uma porção de coisas para fazer hoje, Liz, e você pode começar trocando sua roupa por isto. – Atira para Liz um macacão de brim.

No banheiro em que Liz troca de roupa, vestindo o macacão, uma cachorra de tamanho médio, um tanto magra, alourada, de raça indeterminada (em outras palavras, uma vira-lata), está bebendo a água de uma privada.

– Ei, garota – Liz diz à cachorra –, você não precisa beber a água daqui.

A cachorra ergue os olhos para ela. Depois de um momento, inclina a cabeça para um lado, com ar curioso, e fala:

– Não é para isso que serve esta água? – pergunta a cachorra. – Por que outro motivo encheriam com água essa coisa parecida com uma bacia baixa? A gente pode até conseguir água fresca apertando essa pequena manivela, certo? – A cachorra faz uma demonstração, dando descarga na privada com a pata esquerda.

– Não – diz Liz, gentilmente. – Na verdade, isto é uma privada.
– Privada? – pergunta a cachorra. – Que é isso?
– Bem, é um lugar onde as pessoas vão.
– Vão? Vão para onde?
– Não *para onde* – diz Liz, delicadamente.
A cachorra olha para o vaso.
– Meu Deus – ela diz –, você quer dizer que todo esse tempo estive bebendo água de um lugar em que os seres humanos fazem xixi e...? – Ela parece à beira de vomitar. – Por que nunca ninguém me disse? Bebo água em privadas há anos. Nunca soube. Eles sempre mantinham a porta fechada.
– Venha – diz Liz –, vou pegar para você um pouco de água limpa da pia. – Encontra uma pequena tigela e a enche de água. – Venha, garota!
A cachorra bebe a água, toda animada. Depois de terminar, dá uma lambida na perna de Liz.
– Obrigada. Pensando bem, acho que meus bípedes tentaram explicar-me toda essa coisa das privadas. Meu dono, Billy, tomava sempre o cuidado de fechar a tampa. – A cachorra lambe repetidas vezes a perna de Liz. – Se eu soubesse, com certeza teria parado de beber em privadas há muito tempo – ela diz. – Meu nome é Sadie. Como você se chama?
– Liz.
– Prazer em conhecê-la, Liz. – Sadie estende uma das patas, para Liz apertar. – Morri na semana passada. É esquisito aqui.

– Como você morreu? – pergunta Liz.

– Estava correndo atrás de uma bola e um carro me atropelou – diz Sadie.

– Também fui atropelada por um carro – diz Liz –, só que eu estava numa bicicleta.

– Você tinha um cachorro? – Sadie quer saber.

– Ah, sim, Lucy era minha melhor amiga, no mundo inteiro.

– Quer uma nova cachorra? – Sadie inclina a cabeça.

– Quer dizer você, não é, garota? – pergunta Liz.

Sadie abaixa a cabeça, timidamente.

– Não sei se minha avó vai deixar, mas falarei com ela esta noite, certo?

Josey entra no banheiro.

– Ótimo, Liz, estou satisfeita de ver que você já conheceu Sadie – diz Josey, coçando a cachorra entre as orelhas. – Sadie é sua primeira cliente.

Sadie faz um sinal afirmativo com sua macia cabeça amarela.

– Aldous não disse que você fala canino – diz Josey.

– Mas eu não falo – gagueja Liz.

– Que quer dizer? – pergunta Josey. – Acabei de ouvir você ter uma conversa com Sadie.

E então Liz se dá conta. Ela estava *falando* com Sadie. Liz sorri.

– Nunca falei a língua antes. Ou, pelo menos, nunca percebi que estava falando.

– Bem, então parece que você é uma falante nata. Notável! Só conheci, em toda a minha vida, pouquíssimas pessoas capazes de falar canino sem ter aprendido. Tem certeza de que não lhe ensinaram a língua em algum lugar?

Liz balança a cabeça, negativamente.

– Sempre parecia que eu entendia os cachorros e eles sempre me davam a impressão de me entender. – Ela pensa em Lucy. Pensa naquele cachorro no parque. – Mas nunca soube que isso era uma língua, nunca soube que era uma habilidade.

– Bem, parece que você estava mesmo destinada a trabalhar aqui, Liz – diz Josey, dando palmadinhas nas costas de Liz. – Venha, vamos para meu escritório. Com licença, Sadie.

Sadie olha para Liz.

– Você se lembrará de perguntar à sua avó, certo?

– Prometo. – Liz coça Sadie entre as orelhas e sai do banheiro.

– Como conselheira do Setor de Animais Domésticos, seu trabalho consiste, basicamente, em explicar aos cães recém-chegados tudo sobre a vida em Outrolugar e depois colocá-los em novos lares. Para alguns dos cães, falar com você será a primeira conversa que algum dia já tiveram com um ser humano.

– É muito difícil? – pergunta Liz.

– Na verdade, não. Os cães são muito mais flexíveis do que os seres humanos, e embora nem sempre seja possível para nós entendê-los, os cães nos entendem bastante bem – responde Josey. – Como você já fala canino, tem meio caminho andado, Liz. Todo o restante você pode aprender enquanto estiver trabalhando.

– E quanto aos outros animais? – pergunta Liz.

– Como conselheira do SAD, você cuidará principalmente de cachorros, claro, mas dentro do setor também cuidamos de todos os animais de estimação domésticos: gatos, alguns porcos, uma serpente ou outra, cobaias e assim por diante. Os peixes são os piores; morrem tão depressa que passam a maior parte do tempo apenas nadando da Terra para cá e vice-versa.

Neste momento, Sadie enfia a cabeça dentro do escritório de Josey.

– Você não esqueceu, certo?

– Não, mas estou um tanto ocupada agora, Sadie – responde Liz.

Sadie abaixa a cabeça e escapole pela porta.

Josey ri e depois sussurra:

– Sabe, você não pode levar todos os cães para casa com você.

– Ouvi isso – grita Sadie da outra sala.

– E descobrirá que eles têm uma audição excelente – diz Josey. – Vamos procurar um escritório para você, Liz.

Depois de Sadie, o próximo cliente de Liz é um cachorrinho chihuahua inseguro chamado Paco.

– Mas onde está Pete? – pergunta Paco, com seus olhinhos penetrantes dardejando em torno do novo escritório sem janelas de Liz.

– Sinto muito, mas, provavelmente, você não verá Pete por algum tempo. Ele ainda está na Terra – Liz diz a Paco.

– Acha que Pete está zangado comigo? – pergunta Paco. – Algumas vezes, faço xixi em seus sapatos, quando ele me deixa em casa sozinho por muito tempo, mas não creio que ele note. Ou quem sabe ele nota? Acha que nota? Sou um cachorro muito, muito ruim.

– Tenho certeza de que Pete não está zangado com você. Não pode vê-lo porque você morreu.

– Ah – diz Paco, baixinho.

Finalmente, pensa Liz.

– Entende agora? – pergunta Liz.

– Acho que sim – diz Paco –, mas onde está Pete?

Liz suspira. Depois de um momento, começa novamente a dar sua explicação:

– Você sabe, Paco, durante um tempo incrivelmente longo, eu também não tinha certeza de onde estava...

Quando Liz sai do trabalho, aquela noite, Sadie a acompanha até o carro de Betty.

– Quem é essa? – pergunta Betty.

– Essa é Sadie – diz Liz. E, depois, baixa a voz: – Tudo bem?

Sadie olha para Betty cheia de expectativa.

Betty sorri.

– Parece que Sadie já decidiu. – Sadie lambe o rosto de Betty. – Ui! Bem-vinda à família, Sadie. Meu nome é Betty.

— Oi, Betty! — Sadie pula para o assento traseiro. — Já lhe contei que me deram esse nome por causa de uma canção dos Beatles? Meu nome completo é Sexy Sadie, na verdade, mas você não precisa me chamar de Sexy, a não ser que queira. Quero dizer, é um tanto arrogante, não acha?

— O que ela está dizendo? — Betty pergunta a Liz.

— Sadie diz que recebeu esse nome por causa de uma canção qualquer dos Beatles — traduz Liz.

— Ah, claro, conheço essa canção. — Betty canta. — "Sexy Sadie, o que você fez?" Ou algo parecido, certo?

— Essa é a canção — diz Sadie. — É exatamente essa! — Coloca a pata num dos ombros de Betty. — Betty, você é um gênio! — Sadie late alguns compassos da canção.

Liz torna a rir, uma risada bonita, cintilante.

— Que risada linda você tem, Liz — diz Betty. — Acho que nunca a ouvi antes.

O Poço

Apesar de seu modesto salário no SAD, Liz paga rapidamente todos os eternins que pegou emprestados de Betty. Logo descobre que tem uma porção de sobra e nada realmente em que gastá-los. Mora com Betty e paga uma pequena soma por seu quarto e suas refeições; não precisa de seguro-saúde, seguro de carro (infelizmente), seguro de vida ou qualquer outro tipo de seguro; não precisa economizar para dar a entrada em uma casa, para uma aposentadoria, a universidade, a universidade dos filhos, um casamento luxuoso, um dia chuvoso ou qualquer outra coisa. Não precisa mais ir ao CO. Compraria um carro, mas do que adianta se não pode dirigir, de qualquer jeito? Quando a pessoa não se prepara para a velhice, a senilidade, a morte ou os filhos, há relativamente pouco em que gastar, pensa Liz, com um suspiro.

– Aldous – pergunta Liz durante o encontro mensal sobre seu progresso –, o que se supõe que eu faça com todos esses eternins?

– Compre alguma coisa boa – sugere Aldous.
– Como o quê?
Aldous dá de ombros.
– Que tal uma casa?
– Não preciso de uma casa. Moro com Betty – responde Liz. – De que adianta trabalhar, se não preciso realmente dos eternins?
– Você vai para o trabalho – Aldous faz uma pausa – porque gosta dele. Por isso o chamamos de diversão.
– Ah, entendo.
– Você gosta de seu trabalho, não é, Elizabeth?
– Não – responde Liz, depois de um momento de reflexão. – Eu o adoro.

Fazia exatamente pouco mais de um mês desde que Liz iniciara sua diversão. Nesse tempo, tornara-se conhecida como uma das melhores conselheiras do Setor de Animais Domésticos. Estava nesta rara e invejável situação: era ótima em seu trabalho e o adorava. O trabalho ajudou a fazer com que passasse mais depressa o restante de seu primeiro verão em Outrolugar. O trabalho afastava de sua cabeça o fato de que estava morta.

Trabalhava durante longas horas e o pouco de tempo que sobrava ela passava com Betty, Sadie ou Thandi. (Não muito tempo depois de começar a trabalhar no SAD, Liz desculpou-se com Thandi e foi rapidamente perdoada.) Liz tentava não pensar sobre a mãe, o pai ou sua antiga vida na Terra. Durante a maior parte do tempo, conseguia.

Liz até convenceu Thandi a adotar o confuso chihuahua Paco. De início, Thandi mostrou-se descrente.

– Você tem certeza de que ele é um cachorro? Para mim, parece mais um ratinho.

Paco também se mostrou descrente.

– Não pretendo ser grosseiro – disse ele –, mas por que você não é Pete?

– Sou Thandi. Você pode pensar em mim como a nova Pete.

– Ah – disse Paco, pensativamente. – Acho que entendo, finalmente. Você está dizendo que *Pete* morreu. É isso?

Paco se afogara numa piscina para crianças, mas, aparentemente, esquecera-se disso.

– Você pode pensar na situação dessa maneira, se assim se sente melhor.

Thandi deu palmadinhas cautelosas na cabeça de Paco.

Muitas noites, depois do trabalho, as duas garotas levavam Paco e Sadie para caminhar no parque próximo da casa de Liz. Numa dessas noites, fez esta pergunta a Thandi:

– Você é feliz?

– Não adianta ser triste, Liz. – Thandi dá de ombros. – O clima aqui é bom e gosto de aparecer na TV.

– Lembra-se de quando eu pensava que tudo era um sonho? – pergunta Liz. – Não consigo acreditar que algum dia pensei isso, porque agora parece que tudo na Terra, tudo o que veio antes... Algumas vezes parece que aquilo é o sonho.

Thandi faz um aceno afirmativo com a cabeça.

– Algumas vezes – diz Liz – pergunto a mim mesma se isto não é tudo o que existe. Apenas nossos trabalhos, levar os cachorros para caminhar e só.

– O que há de errado nisso? – pergunta Thandi.

– Será que você nunca anseia por um pouco de aventura, Thandi? Um pouco de romantismo?

– Será que morrer não foi uma aventura suficiente para você, Liz? – Thandi balança a cabeça. – Pessoalmente, já tive mais ou menos todas as aventuras que posso aguentar.

– Sim – responde Liz, por fim –, acho que você está certa.

– Acho que você já está numa aventura e sequer sabe disso – diz Thandi.

Uma coisa, no entanto, martela na mente de Liz. O aniversário de 45 anos do pai dela será em duas semanas. Vários meses antes desse aniversário, Liz estivera no departamento masculino da Lord & Taylor com Zooey. Enquanto Zooey comparava cuecas do tipo boxer de seda, a fim de comprar uma para seu namorado, John, no Dia dos Namorados (com cupidos minúsculos brilhando no escuro? Casais de ursos polares presos em beijos eternos?), Liz encontrara um suéter de caxemira verde-mar que era da cor exata dos olhos de seu pai. O suéter custava 150 dólares, mas era absolutamente perfeito. Liz tinha o dinheiro, economizado graças a vários meses trabalhando como babá. A parte lógica de seu cérebro começara a protestar. Não está nem perto do aniversário de seu pai, ela dizia. É um pouco extravagante, insistia.

Talvez você possa fazer a mamãe comprar, censurava. Liz ignorara a voz. Sabia que, se não comprasse o suéter naquele momento mesmo, ele provavelmente não estaria ali quando voltasse para procurá-lo. (Nunca ocorrera a Liz que *ela* poderia não estar ali.) Além disso, não desejava que sua mãe o comprasse, desejava comprá-lo ela mesma. Havia alguma coisa mais honesta naquilo, se fosse feito assim. Respirara fundo, deixara cair o dinheiro em cima do balcão e comprara o suéter. Ao chegar em casa, vinda do shopping, embrulhara o suéter e escrevera um cartão. Escondera o pacote no estreito espaço que havia embaixo de uma tábua do piso, em seu closet, onde tinha plena confiança de que ninguém jamais o encontraria.

Entre todas as coisas que podem incomodar Liz, o pensamento de que o pai talvez nunca receba o suéter é o que mais a atormenta, de forma irracional. O pai nunca saberia que ela fora capaz de gastar 150 dólares, *de seu próprio dinheiro*, na compra de um suéter para ele. O pai poderia mudar-se da casa deles e nunca encontrar o presente, nunca saber que Liz o amara o bastante para comprar o suéter de um verde-mar perfeito. O suéter permaneceria escondido, atraindo traças e se deteriorando em fragmentos não-identificáveis de caxemira de um verde-mar perfeito. Um suéter tão lindo, pensa Liz, não deve destinar-se a um fim tão trágico.

Ela sabe que fazer contato é ilegal, mas se recusa a acreditar que fazer um insignificante suéter chegar a seu pai possa realmente causar um grande problema. Se tiver algum resultado será o de aliviar o processo de sofrimento de seu pai.

E então, pela segunda vez, Liz decide mergulhar no Poço. Já tem o equipamento e, desta vez, tem de fato um bom motivo. Além disso, a vida é melhor com um pouco de aventura.

Liz chega na praia ao entardecer. O mergulho no Poço é o mais ambicioso que Liz já tentou algum dia. Não sabe exatamente qual é sua profundidade ou o que encontrará quando chegar ao fundo. Liz afasta de sua cabeça essas preocupações. Verifica o medidor de seu Tanque da Infinidade uma última vez e começa a nadar.

Quanto mais fundo Liz desce, mais escura a água se torna. Por toda parte, em torno, ela sente a presença de outras pessoas. Presumivelmente, também vão para o Poço. Vez por outra, percebe formas indistintas ou estranhas agitações, dando à sua descida uma sensação quase de assombração.

Finalmente, Liz chega ao Poço. É o lugar mais triste e mais silencioso em que já esteve algum dia. Parece um cano aberto no fundo de uma pia. Luz intensa jorra pela abertura. Liz espia por sobre a beirada, para dentro da luz. Pode ver sua casa, na Carroll Drive. A casa aparece desbotada, como uma aquarela deixada sob o sol. Na cozinha, a família de Liz acaba de se sentar para jantar.

Liz fala para dentro do Poço. Sua voz soa deturpada, pelo fato de ela estar dentro d'água. Sabe que tem de escolher suas palavras com cuidado, para ser entendida.

– AQUI É LIZ. OLHEM EMBAIXO DAS TÁBUAS DO PISO DO CLOSET. AQUI É LIZ. OLHEM EMBAIXO DAS TÁBUAS DO PISO DO CLOSET.

Na antiga casa de Liz, abrem-se ao mesmo tempo todas as torneiras: todas as duchas, todos os escoadouros, a lavadora de pratos, até a privada gorgoleja. Os membros da família de Liz olham um para o outro, perplexos. Lucy late, insistentemente.

– É estranho – diz a mãe de Liz, levantando-se para fechar a torneira da pia da cozinha.

– Deve haver alguma coisa errada com o encanamento – acrescenta o pai de Liz, antes de ir fechar o chuveiro e a torneira da pia do banheiro.

Apenas Alvy permanece sentado à mesa. Ele ouve alguma coisa fraca, mas em tom esganiçado, vindo das torneiras, embora não seja capaz de identificar do que se trata. Do Poço, Liz o espia colocar o cabelo atrás das orelhas. O cabelo dele está tão comprido, pensa Liz. Por que ninguém levou Alvy para cortar o cabelo?

Depois de fechar todas as torneiras, a mãe e o pai de Liz voltam para a mesa. Cerca de cinco segundos depois, a água volta a cair em toda a parte.

– Mas que droga – diz o pai de Liz, levantando-se pela segunda vez para fechar as torneiras.

A mãe de Liz está prestes a se levantar quando Alvy, de repente, empurra a cadeira para longe da mesa.

– PAREM! – grita ele.

– Que é? – pergunta a mãe de Liz.

— Fiquem calados — diz Alvy, com notável autoridade para uma pessoa de oito anos — e, por favor, não toquem na pia.

— Por quê? — perguntam os pais de Liz em uníssono.

— É Liz — diz Alvy, tranquilamente. — Acho que posso escutar Liz falando.

A esta altura, a mãe de Liz começa a soluçar. O pai de Liz olha para Alvy.

— É algum tipo de piada? — ele pergunta.

Alvy coloca o ouvido perto da torneira. Ele consegue ouvir, mas com muita dificuldade, a voz de Liz:

— ALVY, É LIZ. HÁ ALGUMA COISA PARA PAPAI EMBAIXO DAS TÁBUAS DO PISO DO MEU CLOSET.

Alvy faz um sinal afirmativo com a cabeça.

— Vou dizer a ele, Lizzie. Você está bem?

Liz não tem uma chance de responder. Naquele momento, uma rede cai sobre ela, e é puxada de volta em direção à superfície.

Agitando rapidamente os braços e as pernas, Liz tenta soltar-se. Seus esforços de nada adiantam. Quanto mais ela luta, mais apertada a rede parece tornar-se. Liz percebe rapidamente a inutilidade de tentar escapar. Suspira, aceitando com dignidade sua momentânea derrota. Pelo menos, a subida para a praia será mais rápida do que aconteceria se ela fosse nadando por conta própria.

A rede puxa Liz com espantosa velocidade, quase como uma avalanche ao contrário. De início, Liz fica preocupada com a possibilidade de ter uma embolia. Mas logo percebe que a rede parece estar fornecendo seu próprio sistema de pressurização. Que estranho, pensa Liz, o fato de Outrolugar ter uma tecnologia avançada para redes. "O que faz uma civilização desenvolver redes sofisticadas?", pergunta a si mesma. Talvez seja a... Liz força todos os pensamentos sobre redes a se afastarem de sua cabeça e tenta concentrar a atenção na situação imediata.

Apesar de ter sido capturada, Liz está animada. Tem uma razoável certeza de que sua missão foi um sucesso. Claro, ninguém a preparara para a maneira estranha como a pessoa se comunica pelo Poço: todas as torneiras fazendo barulho, a voz desencarnada de Liz como uma chaleira zangada. É isso que significa ser um fantasma?

Liz prende os dedos na rede. Pergunta a si mesma para onde está sendo levada. Claramente, sua pequena viagem resultou em algum tipo de problema. Mas, consideradas todas as coisas, está satisfeita por ter ido.

Quando alcança a superfície, Liz respira fundo o ar fresco da noite. Mesmo com sua cara roupa de mergulho, ela começa a tremer. Liz tira a máscara submarina e vê um rebocador branco no meio da água. Consegue distinguir, com dificuldade, um homem de cabelo escuro em pé no convés. Ao ser puxada para mais perto, Liz pode ver que ele está usando óculos escuros, embora seja noite. Ela determina que ele é, provavelmente, mais velho do que ela, porém mais jovem do que Curtis Jest. (Claro, determinar a idade verdadeira é uma coisa particularmente difícil em Outrolugar.) O homem parece familiar, mas Liz não consegue saber com absoluta certeza de onde o conhece.

A rede se abre e Liz é jogada sem cerimônia dentro do barco. Logo que ela bate no convés, o homem começa a lhe falar com uma voz severa:

– Elizabeth Marie Hall, sou o detetive Owen Welles, do Departamento de Crime e Contato Sobrenatural de Outrolugar. Tem consciência de que, tentando entrar em contato com os vivos, você violou a lei de Outrolugar?

– Sim – diz Liz, com uma voz forte.

Owen Welles parece confuso com a resposta de Liz. Aquela mulher, uma garota na verdade, admite livremente que infringiu a lei. A maioria das pessoas tenta, pelo menos, disfarçar.

– Você se importaria de tirar esses óculos escuros? – pede Liz.

– Por quê?

– Quero ver seus olhos. Quero saber qual o tamanho do problema em que estou metida. – Liz sorri.

O detetive Owen Welles é algo defensivo com relação a seus óculos escuros. Nunca vai a lugar algum sem eles, porque acredita que lhe dão um aspecto de mais autoridade. E por que ela está sorrindo?

– Você não precisa de óculos escuros neste momento – diz Liz. – Já é noite, afinal.

Liz está começando a aborrecer Owen. Ele detesta quando as pessoas mencionam que ele usa seus óculos escuros à noite. Agora, definitivamente, não vai tirá-los.

– Humm, será que não posso ser punida, receber minha multa ou o que seja e dar o fora daqui? – pergunta Liz.

– Primeiro, tenho de mostrar uma coisa a você. Siga-me – ele diz.

Owen conduz Liz através do convés principal, até um telescópio montado na popa.

– Olhe – ele ordena a Liz.

Liz obedece. O telescópio funciona de forma muito parecida com os binóculos dos Conveses de Observação. Através do ocular, Liz torna a ver dentro de sua casa. Seu irmão está ajoelhado no closet dos seus pais, com as mãos tateando freneticamente em busca de tábuas soltas. Alvy não para de resmungar para si mesmo:

– Ela disse que era em seu closet.

– Ah, não! – exclama Liz. – Ele está no closet errado. Alvy, é em *meu* closet!

– Ele não pode ouvir você – diz Owen.

Através do telescópio, Liz pode ver o pai gritando com o pobre Alvy:

– Saia daí – berra o pai, puxando Alvy pela gola da camisa com tanta força que ela se rasga. – Por que está inventando histórias sobre Liz? Ela está morta e não vou permitir que invente histórias!

Alvy começa a chorar.

– Ele não está inventando! Ele apenas entendeu mal. – Liz sente o coração disparar.

– Não estou inventando – protesta Alvy. – Liz me disse. Ela me disse para... – Alvy para de falar, enquanto o pai de Liz levanta a mão para esbofeteá-lo no rosto.

– NÃO! – grita Liz.

– Eles não podem ouvi-la, srta. Hall – diz Owen.

No último momento, o pai de Liz se detém. Respira fundo e, vagarosamente, baixa a mão. Liz espia o pai se deixar cair no chão e começar a soluçar.

– Ah, Lizzie – ele soluça. – Lizzie! Minha pobre Lizzie! Lizzie!

A imagem no telescópio fica borrada e depois se apaga. Liz dá um passo para trás.

– Meu pai é contra bater nos filhos – diz ela, com uma voz que mal passa de um sussurro –, e quase bateu em Alvy.

– Agora está vendo? – pergunta Owen, gentilmente.

– Agora estou vendo o quê?

– Não é bom falar com os vivos, Liz. Você acha que está ajudando, mas só piora as coisas.

De repente, Liz vira-se para Owen.

– É tudo sua culpa! – ela diz.

– Minha culpa?

– Eu poderia fazer Alvy entender, se você não me puxasse antes de eu terminar de explicar! – Liz dá um passo para mais perto de Owen. – Na verdade, quero que me leve de volta agora!

– Como se eu fosse mesmo fazer isso. Honestamente, que atrevimento!

– Se não me ajudar, farei sozinha! – Liz corre para o lado do rebocador. Owen corre atrás dela, impedindo-a de pular para fora do barco. – DEIXE-ME IR! – ela implora.

Mas Owen é mais forte do que Liz, e ela já teve um longo dia. Imediatamente, Liz se sente muito cansada.

– Lamento – diz Owen. – Lamento sinceramente, mas é assim que as coisas têm de ser.

– Por quê? – pergunta Liz. – Por que tem de ser dessa maneira?

– Porque os vivos têm de continuar com suas vidas e os mortos também têm de continuar com as deles.

Liz abana a cabeça.

Owen tira os óculos escuros, revelando simpáticos olhos escuros, emoldurados por compridas pestanas escuras.

– Se isso faz alguma diferença – diz Owen –, sei como você se sente. Eu também morri jovem.

Liz olha para o rosto de Owen. Sem os óculos escuros, percebe que ele é apenas um pouco mais velho do que ela, tem provavelmente em torno de 17 ou 18 anos.

– Quantos anos você tinha quando chegou aqui?

Owen faz uma pausa.

– Vinte e seis.

Vinte e seis, pensa Liz, amargamente. Há um mundo de diferença entre 26 e 15. Com 26 se faz coisas com as quais apenas se sonha quando se tem 15. Quando Liz fala, afinal, é com a voz melancólica de uma pessoa muito mais velha.

– Tenho 15 anos, sr. Welles. Jamais farei 16, e não se passará muito tempo antes que eu fique novamente com 14. Não irei para o baile dos estudantes, para a universidade, para a Europa ou para qualquer outro lugar. Jamais conseguirei uma carteira de habilitação para dirigir no estado de Massachusetts ou um diploma da escola secundária. Jamais morarei com alguém, a não ser com minha avó. Não acho que saiba como me sinto.

— Você tem razão – diz Owen, brandamente. – Só quis dizer que é difícil para todos nós tocarmos nossas vidas.

— Estou tocando minha vida – diz Liz. – Apenas houve essa coisa que eu precisava fazer. Duvido de que fizesse alguma diferença para qualquer pessoa, a não ser eu, mas precisava fazer aquilo.

— O que era? – pergunta Owen.

— Por que eu deveria contar a você?

— É para o relatório que preciso preencher – diz Owen.

Claro que era apenas parcialmente verdade.

Liz suspira.

— Se precisa saber, havia um suéter de caxemira verde-mar escondido embaixo das tábuas do meu armário. Era um presente de aniversário para meu pai. A cor combinava com os olhos dele.

— Um suéter? – Owen está incrédulo.

— Que há de errado com um suéter? – pergunta Liz.

— Sem querer ofender, mas a maioria das pessoas que chega a ponto de fazer a viagem para o Poço tem coisas mais importantes para fazer.

Owen balança a cabeça.

— Era importante para mim – insiste Liz.

— Quero dizer, coisas do tipo vida-ou-morte. A localização de corpos enterrados, o nome de um assassino, testamentos, dinheiro. Você entende o que quero dizer.

– Sinto muito, mas nada de muita importância aconteceu algum dia comigo – diz Liz. – Sou apenas uma garota que se esqueceu de olhar para os dois lados antes de atravessar a rua.

Soa uma buzina de nevoeiro, indicando que o rebocador chegou à marina.

– Então, estou em apuros? – Liz tenta manter a voz leve.

– Como foi apenas seu primeiro delito, quase tudo o que você recebe é uma advertência. Não preciso dizer que terei de contar a seu conselheiro de adaptação. O seu é Aldous Ghent, não?

Liz faz um sinal afirmativo com a cabeça.

– Um bom homem, o Ghent. Durante as próximas seis semanas, você está proibida de entrar em qualquer dos Conveses de Observação, e tenho de confiscar seu equipamento de mergulho durante esse período.

– Ótimo – diz Liz, desdenhosamente. – Posso ir, então?

– Se descer novamente para o Poço, haverá consequências sérias. Eu não gostaria de vê-la numa situação difícil, srta. Hall.

Liz faz um sinal afirmativo com a cabeça.

Enquanto caminha para o ponto de ônibus, pensa em Alvy, no pai e em todos os problemas causados para sua família. Infeliz e ainda um pouco molhada, ela percebe que Owen Welles provavelmente tinha razão. Ele deve pensar que sou estúpida, Liz diz a si mesma.

Claro, Owen Welles não está pensando nada desse tipo.

As pessoas que trabalhavam para o departamento dele eram, com maior frequência, aquelas que tinham mais problemas para aceitar sua própria morte. Embora esses indivíduos tivessem grande simpatia pelos infratores da lei, eles entendiam muitíssimo bem a necessidade de serem firmes com aqueles que tentassem fazer contato em sua primeira experiência do gênero. Era uma coisa perigosa partir para o contato casual com os vivos.

Então, é algo incomum que Owen Welles se descubra indagando-se sobre o suéter de caxemira verde-mar. Ele não tem certeza do motivo. Supõe que seja porque o pedido de Liz foi tão específico. A maioria das pessoas que visitavam o Poço precisava ser detida para seu próprio bem, do contrário ficariam obcecadas com as pessoas da Terra. De forma nenhuma esse parecia ser o caso de Liz.

Qual seria o mal, realmente, para o pai dela ganhar aquele suéter?, Owen pergunta a si mesmo. Tornaria as coisas um pouco mais fáceis para pais que haviam vivido mais do que a filha, uma garota linda que morrera jovem demais.

Um pedaço de linha

Em ocasiões de estresse, Liz instintivamente acariciava os pontos em cima de sua orelha, e a viagem noturna para o Poço acabara, sem dúvida, por se tornar estressante. Aquela noite, na cama, Liz descobre que seus pontos se foram. Pela primeira vez, em meses, ela soluça sem parar.

Supõe que devem ter soltado durante o mergulho – provavelmente, uma combinação da intensa pressão e de toda a água. Liz se sente desesperada porque seu último vínculo com a Terra se foi para sempre. Até pensa na possibilidade de dar outro mergulho para procurar a linha. Mas, rapidamente, afasta a ideia. Primeiro, está proibida de mergulhar, e, segundo, mesmo se não estivesse proibida de mergulhar, a linha (na verdade, um fio de poliéster) tem menos de dez centímetros de comprimento e espessura mínima. Seria loucura tentar encontrá-lo.

Liz corre a ponta do dedo pela cicatriz em que o fio estava. Mal pode senti-la. Sabe que a cicatriz logo desaparecerá, também. E, quando isso acontecer, será como se ela jamais tivesse estado na Terra.

Liz ri. Todas essas lágrimas por causa de um pedaço de fio e todo esse drama por causa de um suéter. Sua vida se reduziu a um monte de fios. Pensando melhor, não tem tanta certeza de *quando* perdeu os pontos. Desde que começou com sua diversão, não precisara tocar tanto neles. Na verdade, não consegue sequer lembrar-se da última vez em que os tocou, antes desta noite. Quem sabe já não sumiram há algum tempo (e se fossem do tipo que se dissolve?) e ela nem notara? Liz torna a rir.

Com o som da risada de Liz, Betty enfia a cabeça no quarto dela.

– É alguma coisa engraçada? Gosto de uma boa piada.

– Fui presa – diz Liz, com uma risada.

Betty começa a rir e depois para. Acende a luz do quarto de Liz.

– Você não está falando sério.

– Estou. Mergulho ilegal no Poço. Eu estava tentando entrar em contato com papai. – Liz dá de ombros.

– Liz!

– Não se preocupe, Betty, aprendi minha lição. A viagem não valeu a pena, de forma nenhuma – diz Liz. – Contarei a você toda a história.

Betty se senta na cama de Liz. Depois que Liz termina, Betty diz:

– As pessoas se afogam lá, sabe. Ninguém as encontra jamais. Simplesmente ficam no fundo do oceano, meio mortas.

— Você não precisa se preocupar com a possibilidade de eu me afogar, porque não voltarei nunca – diz Liz, com firmeza. – A pior parte é que a última lembrança de Alvy será a de que menti para ele e lhe causei problemas. Ele não ia encontrar o suéter, de qualquer forma. Apenas desejaria ter dito: "Ei, Alvy, você é um grande irmão e eu o amo."

— Ele sabe disso, Liz – responde Betty.

A garota estende a mão para tocar em seus pontos, mas é claro que não estão lá.

— Betty – pergunta Liz –, como é que se para de sentir falta da Terra?

— Não se para – responde Betty.

— Então, não há esperança? – suspira Liz.

— Ora, eu não disse isso, disse? – Betty repreende Liz. – Eis o que se faz: faça uma lista de todas as coisas de que você realmente sente falta lá da Terra. Faça um esforço para não se esquecer de nada. Pode ser apenas um punhado de nomes também. Porque essas são pessoas de que você sente falta e temos muitas outras aqui também.

— Sim, então faço uma lista. E depois o quê?

— Depois, ou você joga a lista fora e aceita que nunca mais terá essas coisas ou sai por aí conseguindo tudo de volta.

— Como consigo alguma coisa de volta? – pergunta Liz.

— Gostaria de saber – diz Betty.

— Bem, que comprimento a lista deve ter?

— Ah, eu limitaria você a três ou quatro coisas. Ou cinco principais.

– Você está simplesmente inventando isso enquanto fala, não é?

– Você pediu meu conselho, lembre-se! – diz Betty. – E agora nós duas devemos ir dormir.

Betty caminha até a porta, parando a fim de desligar a luz do quarto de Liz.

– Ei, Betty – chama Liz. – Obrigada.

– Pelo que, boneca?

– Pelo... – A voz de Liz vai sumindo. – Você não se sai mal, afinal, em todo esse negócio de avó – sussurra Liz.

No dia seguinte, no trabalho, Liz faz sua lista.

As coisas da Terra de que mais sinto falta
por Elizabeth Hall
   1) *Bagel & salmão defumado com mamãe, papai & Alvy, na manhã de domingo*
   2) *A sensação de que alguma coisa boa pode estar bem próxima*
   3) *Vários cheiros: o cheiro doce de biscoito de mamãe; o cheiro acre, picante, de sabão, de papai; o cheiro de fermento, como se fosse de pão, de Alvy*
   4) *Meu relógio de bolso*

Liz torna a ler sua lista. Vendo-a toda escrita, não tem certeza do que fazer com ela. Será que a jogo fora ou tento conseguir tudo de volta? Será que é possível fazer uma combinação das duas coisas?

Ou, pensa Liz, será que Betty estava apenas brincando com ela?

Liz não tem uma resposta. Ri e joga a lista fora.

Por um momento, Liz reflete sobre seu relógio de bolso. Era estranho que ela mal tivesse pensado em seu relógio desde que chegou a Outrolugar. O relógio fora de seu pai antes de ser seu; e, durante anos, ela o cobiçara. Havia dois namorados numa gôndola desenhados na frente, e as iniciais de seu pai, A. S. H., gravadas na parte de dentro. O relógio tinha um som de tiquetaque especialmente agradável, quase como o de um sino muito baixo, e a prata era polida com tanta frequência que tinha a cor da lua. No décimo terceiro aniversário de Liz o pai dissera que ela já estava com idade suficiente para ter o relógio e dera-o a ela. Fizera-a prometer sempre limpá-lo e conservá-lo. Cerca de um mês antes de sua morte, o relógio parara, e ela ainda se sente culpada por não ter mandado consertá-lo. Detesta imaginar seu pai encontrando-o quebrado e pensando que Liz não se importara absolutamente com ele.

Owen Welles dá um mergulho

Owen Welles era filho de uma professora universitária e um pintor na cidade de Nova York. Seus pais estavam profundamente encantados com o único filho, um menino sorridente, bem-falante e bonito. A infância de Owen se passou com facilidade e sem traumas. Quando tinha 13 anos, conheceu a ruiva Emily Reilly, também de 13 anos. Emily era a garota da casa ao lado. Owen morava no apartamento 7C, e Emily, no 7D. Owen e Emily partilhavam uma parede do quarto e podiam dar pancadinhas em código Morse um para o outro, tarde da noite, quando se supunha que ambos estivessem dormindo. Não demorou muito e Owen seguiu o caminho de muitos garotos da porta ao lado: apaixonou-se por Emily. Uma série de bailes estudantis e outras oportunidades para tirar fotografias se seguiram, levando diretamente à formatura na escola secundária.

Depois da formatura, Emily foi para a universidade em Massachusetts, enquanto Owen ficou para cursar a universidade na cidade de Nova York mesmo. Depois de quatro anos de dispendiosos telefonemas a longa distância, casaram-se aos 22. Num acesso de tradicionalismo que surpreendeu a todos os interessados, Emily até adotou o último nome de Owen. Emily Reilly se tornou Emily Welles.

Para economizar dinheiro, Owen e Emily mudaram-se para o Brooklyn. Emily foi para a escola de medicina e Owen se tornou bombeiro. Não tinha certeza se queria ser bombeiro para sempre, mas gostava de seu trabalho e era bom nele.

No ano em que completou 26 anos, morreu combatendo o incêndio mais rotineiro do mundo. Uma mulher de 81 anos deixou um bico de gás aceso; seus quatro gatos ficaram presos no apartamento. Owen localizou facilmente os primeiros três gatos, mas o quarto, um filhote branco chamado Koshka, escapou-lhe. Sem perceber o incêndio, o gato adormecera num armário. Owen só encontrou Koshka na manhã seguinte. O gato estava todo feliz, lambendo as patas ao pé do beliche de Owen no *Nilo*. Tanto ele quanto Koshka haviam morrido asfixiados.

– Estou com sede – miou o gato.

Infelizmente, Owen não falava gatus.

Owen não aceitou bem sua morte. É muito mais duro morrer quando a pessoa está apaixonada.

Por causa de Emily, ele fez tudo o que podia para voltar à Terra. Tentou tomar o navio de volta, mas foi descoberto antes que ele saísse do porto.

Ele não foi a primeira pessoa a se tornar viciada no binóculo do Convés de Observação. Esgotando um enorme abastecimento de moedas emprestadas, Owen espiava Emily até seus olhos se embaçarem.

Tentou o mergulho nas profundezas do mar, indo até o Poço, num recorde de 117 vezes. Em algumas ocasiões, conseguiu comunicar-se com Emily, mas ele a enlouqueceu. Ela sentia intensamente a falta de Owen e as visitas semirregulares dele só pioravam as coisas. Emily saiu da escola de medicina. Ficava o tempo inteiro em casa, esperando que Owen voltasse. Finalmente, Owen percebeu o que estava fazendo com ela e sentiu que tinha de parar. Não queria ser responsável por arruinar a vida de Emily. Por causa da experiência de Owen com o contato ilegal, ele parecia naturalmente indicado para trabalhar nesse departamento.

Agora com 17 anos, Owen trabalhava no departamento havia nove. Não tinha muitos amigos e apenas uns poucos parentes, que raramente via. Uma vez por semana (nunca mais do que isso, nunca menos), permitia-se espiar Emily pelo binóculo. Na quinta-feira à noite, ele via Emily envelhecer, enquanto ele se tornava mais jovem. Aos 35 anos, Emily era agora uma especialista em queimaduras. (Ela voltara para a escola de medicina no outono seguinte à morte de Owen.) Nunca tornou a se casar e ainda usava sua antiga aliança de casamento. Owen também usava uma aliança. Ele comprara uma nova em Outrolugar para substituir a que deixara na Terra.

A certa altura, Owen percebeu que provavelmente jamais tornaria a ver Emily. Fez a conta. Com todas as probabilidades, quando Emily chegasse a Outrolugar, Owen estaria de volta à Terra. Ele aprendera a viver com esse fato, mas, mesmo dez anos adiante, a única pessoa que existia para ele era Emily Reilly.

Quando as pessoas lhe perguntavam se era casado, Owen lhes dizia que sim. Essa declaração parecia ao mesmo tempo uma mentira e a verdade. O que não era de surpreender, Owen se sentia muitas vezes um impostor. Como podia aconselhar as outras pessoas a fazerem o que ele próprio jamais conseguira? Quando encontrava uma pessoa como Liz, ficava particularmente envergonhado. Em sua opinião, ela desejava seguir em frente, legitimamente, e ele a atrapalhara nesse processo. Owen sentiu a necessidade de fazer uma reparação.

E, assim, Owen mergulha no Poço, seu primeiro mergulho, em muitos anos, por um motivo pessoal.

Ele espia por cima da beirada do Poço e rapidamente localiza a casa de Liz em Medford, Massachusetts. Owen encontra Alvy sentado à mesa da cozinha, bebendo um copo de suco de maçã.

Como Owen já deu tantos mergulhos, ele é bastante sofisticado ao fazer contato. Consequentemente, quando fala através do Poço, apenas uma torneira se abre na antiga casa de Liz.

– Olá – diz Owen.

Alvy suspira.

— Você está na casa errada. A única pessoa morta que conheço é minha irmã, Liz.

— Também conheço Liz.

— Sim — diz Alvy —, se você se encontrar com ela, diga que estou furioso, não achei nada no closet e me meti num grande problema.

— Você procurou no closet errado — diz Owen. — Está debaixo das tábuas do piso do closet de *Liz*.

Alvy coloca o copo em cima da mesa.

— Me diga, quem é você?

— Acho que você pode me considerar um amigo de Liz. Ela está triste por ter causado um problema para você.

— Bem, diga a Liz que sinto falta dela — diz Alvy. — Ela foi uma irmã muito boa, a maior parte do tempo. Ah, e diga também a ela que lhe desejo um feliz Dia de Ação de Graças.

O pai de Liz entra na cozinha. Fecha a torneira.

— Por que deixou isso com a água correndo, novamente? — o pai de Liz pergunta a Alvy.

— Abriu sozinha — responde Alvy. — E sabe, papai? Por favor, não fique zangado, mas preciso lhe mostrar uma coisa no closet de Liz.

Owen fica observando Alvy levar o pai de Liz pela escada acima. Ele espia enquanto Alvy levanta uma tábua solta do piso, do lado esquerdo. Ele espia Alvy puxar uma caixa embrulhada em papel laminado, com um cartão na frente no qual está escrito PARA PAPAI.

Quando Owen chega à superfície, uma hora depois, seus colegas do departamento estão esperando por ele.

– Só pensei que você gostaria de saber que ele recebeu o suéter. – Owen está em pé, desajeitadamente, em frente à escrivaninha de Liz, no trabalho, na noite da véspera do Dia de Ação de Graças.

Embora Ação de Graças não seja um feriado oficial em Outrolugar, muitos americanos ainda o comemoram, de qualquer jeito.

– Você foi ao Poço para mim?
– Seu irmão... Alvy, não é?
Liz faz um sinal afirmativo com a cabeça.
– Alvy mandou desejar a você um feliz Dia de Ação de Graças. – Owen se vira para ir embora.
– Espere. – Liz agarra o braço de Owen. – Espere um minuto, você não pode simplesmente ir embora! – Liz puxa Owen e o abraça. – Obrigada.
– De nada – diz Owen, com certa rispidez.
– Ele gostou do suéter? – pergunta Liz.
– Adorou. Combina com os olhos dele, exatamente como você disse. – Ao dizer isso, Owen percebe que o suéter combina também com os olhos de Liz.

A garota se senta na cadeira de sua escrivaninha.
– Realmente, não sei como lhe agradecer.
– É apenas parte do meu trabalho.
– É parte do seu trabalho dar um suéter ao meu pai?
– Bem, tecnicamente não – admite Owen.
– Que mais disse Alvy?

– Ele disse que você era uma boa irmã. De fato, ele disse que você era uma boa irmã a maior parte do tempo.

Liz ri e pega Owen pela mão.

– Venha para o jantar do Dia de Ação de Graças em minha casa. Bem, é a casa de Betty e também é minha casa. Betty é minha avó.

– Eu... – Owen desvia o olhar.

– Claro – diz Liz –, tão em cima da hora assim, você provavelmente já tem outros planos.

Owen pensa um momento. Ele nunca tem outros planos. Habitualmente, foge de feriados como o Dia de Ação de Graças, feriados passados entre os entes queridos. Mesmo depois de dez anos, fazer outros planos lhe dá, de alguma forma, a sensação de trair Emily. Normalmente, Owen janta sozinho num restaurante, comendo algum prato especial do feriado.

– É uma coisa estranha essa questão do Dia de Ação de Graças – diz Owen, finalmente. – Quero dizer, por que tantos de nós comemoramos esse dia aqui? Será apenas um hábito? Só estamos fazendo isso porque sempre fizemos?

– Ouça, você não precisa ir se...

Owen a interrompe:

– E as pessoas mal pensam sobre toda a coisa dos peregrinos e dos índios por aqui, e a festa não tem absolutamente nada a ver com qualquer coisa daqui. No entanto, quando chega perto do Dia de Ação de Graças, à minha própria revelia sempre fico com aquela sensação do Dia de Ação de Graças e quero me tornar uma pessoa melhor e comer torta. Estou condicionado a fazer isso. Por que será?

– Sei o que você quer dizer. Setembro passado, eu ainda queria comprar material escolar, embora não vá mais para a escola – diz Liz. – Embora seja um pouco diferente, no caso do Dia de Ação de Graças. Acho que é, simplesmente, alguma coisa que a pessoa pode fazer para ser como os outros lá na Terra. Ou para estarmos próximos das pessoas que ficaram lá. Você come torta porque sabe que elas também estão comendo.

Owen faz um aceno afirmativo com a cabeça. Toda essa conversa sobre torta fez, de repente, que ele desejasse exatamente isso.

– Então – diz ele, casualmente –, a que horas devo chegar lá?

Dia de Ação de Graças

—Espero que não se importe, mas convidei outra pessoa – Liz anuncia a Betty, aquela noite.

Liz já convidou Aldous Ghent e sua esposa, Rowena, Thandi e sua prima Shelly, e Paco, o chihuahua, além de vários conselheiros dela no Setor de Animais Domésticos. Também convidou Curtis Jest, mas ele recusou, dizendo que é inglês e, de qualquer forma, acha o feriado muito piegas.

– Quanto mais gente, mais alegria – diz Betty. Na Terra, Betty gostava de feriados festivos, e isso só se intensificou na vida após a morte. – Quem é? – pergunta Betty.

– Owen Welles.

– Você não está falando daquele terrível rapaz que lhe causou todo o problema no Poço, não é? – pergunta Betty.

A "história de Liz com a lei" (como Betty chama o fato) continua sendo uma fonte de aborrecimento para ela.

– Aquele mesmo – responde Liz.

– Pensei que você não gostasse dele – diz Betty, erguendo a sobrancelha esquerda.

– Não gosto, de fato. Mas ele me fez um favor e eu fui pega pelo momento – suspira Liz. – A verdade é que, Betty, não imaginei que ele dissesse sim. E então não tive saída, não podia "desconvidar" Owen, não é mesmo?

– Não – concorda Betty, e ri. – Então, quem vem em seguida, Liz? Quem sabe você não gostaria de convidar um assassino da machadinha aposentado?

– Verei se consigo encontrar algum. – Liz ri também. – Diga, há esse tipo de pessoa por aqui?

Como na Terra, ou pelo menos como nos Estados Unidos, o Dia de Ação de Graças cai numa quinta-feira.

Aldous e Rowena Ghent chegam primeiro, seguidos por Thandi e Shelly, que trazem tortas, e Paco, fantasiado de peru para comemorar a ocasião.

O último a chegar é Owen Welles. Ele passou a manhã inventando bons motivos para cancelar a ida. (Explosão do tanque séptico? Emergência no trabalho?) No último momento, ele decide ir. Naqueles dias, está com um pouco de tempo livre, tendo sido suspenso por um mês, por causa do mergulho do suéter. Ele leva uma planta num vaso para a avó de Liz.

Fora a presença de pessoas mortas, o Dia de Ação de Graças em Outrolugar se parece muito com o Dia de Ação de Graças em qualquer outra parte em que a data é comemorada. Embora adore feriados, Betty não adora cozinhar. Ela encomenda a refeição, por coincidência, no mesmo restaurante em que Owen em geral vai em busca do prato especial. Na mesa de Betty há molho de uva-do-monte (em conserva e feito em casa), batatas (como purê e em forma de doces), broa de milho recheada, molhos, pãezinhos de fermento em forma de rolo, caçarola de feijão-verde, cogumelos recheados, as quatro tortas de Thandi e Shelly (maçã, noz-pecã, abóbora e batata-doce) e peru de tofu (substituto vegetariano para o peru e, definitivamente, um gosto já aceito).

Betty enche grandes taças de vinho branco para todos. Embora Liz já tivesse bebido vinho, é a primeira vez em que Betty lhe serve, e isso a faz sentir-se, de alguma forma, adulta.

Depois que o vinho é servido, Betty diz:

– Gostaria de fazer um pequeno discurso, para brindar. – E pigarreia. – Bem, todos tivemos de fazer uma longa viagem para chegar aqui. – Faz uma pausa.

– À sua saúde! À sua saúde! – diz Aldous.

– Ainda não terminei – diz Betty.

– Ah, desculpe – diz Aldous. – Pensei que você tinha dito que faria um discurso curto.

– Não *tão* curto assim – protesta Betty.

– E você fez uma pausa – acrescenta Aldous.

– Foi para enfatizar minhas palavras! – exclama Betty.

Rowena Ghent diz:

– Mas seria lindo com esse comprimento mesmo.

– Na verdade, gosto de discursos rápidos para brindar – diz Thandi. – Algumas pessoas falam sem parar. A vida é curta, vocês sabem.

– E a morte é mais ou menos do mesmo comprimento – diz Owen.

– Foi uma piada? – pergunta-lhe Liz.

– Foi – responde Owen.

– Humm – diz Liz, após um momento de reflexão –, não foi ruim.

Owen pisca para Liz.

– Quando a pessoa precisa pensar tanto tempo sobre uma piada, isso em geral significa que...

Betty pigarreia muito alto e começa novamente.

– Todos tivemos de fazer uma longa viagem para chegar aqui. – Faz uma pausa e ninguém a interrompe desta vez. Ela olha através da mesa para Rowena, Aldous, Owen, à sua direita, e Liz, Shelly e Thandi, à sua esquerda. Olha para debaixo da mesa, onde Paco e Sadie têm seus próprios pratos. O estômago de Sadie resmunga.

– Desculpem – late Sadie.

– Não consigo lembrar o que eu queria dizer, de qualquer jeito. Vamos simplesmente comer – diz Betty, com uma risada.

Shelly ergue sua taça.

– Vamos brindar à risada – diz. – Era o brinde que costumávamos fazer na casa de nosso avô.

– Ah, isso é lindo! – diz Rowena. – À risada!

– À risada e ao esquecimento! – acrescenta Liz, com um sorriso travesso na direção de Betty.

– À risada e ao esquecimento! – dizem todos na mesa, em coro.

Os outros convidados erguem suas taças. Liz dá um pequeno gole em seu vinho. Acha que ele é amargo e, ao mesmo tempo, doce. Dá outro pequeno gole e decide que ele é, na verdade, mais doce do que amargo.

Depois que todos terminam de comer e passam para a tradicional apatia pós-refeição, Owen se oferece para ajudar Liz com os pratos.

– Você lava a louça, eu seco – diz-lhe Liz.

– Mas lavar é a parte difícil – protesta Owen.

Liz sorri.

– Você disse que queria *ajudar*. Você não disse especificamente *secar*.

Owen enrola e sobe sua manga esquerda e depois a direita. Liz nota uma tatuagem em seu antebraço direito. É um grande coração vermelho com as palavras "Emily para Sempre" dentro dele.

– Eu não sabia que você seria assim. – A voz dele tinha uma cadência travessa.

– Assim como?

– O tipo de pessoa que joga em cima de um sujeito a responsabilidade por lavar toda a louça – ele diz.

Liz espia enquanto ele tira a aliança de casamento, colocando-a cuidadosamente na beira da pia. Ela ainda está acostumando-se com a ideia de que alguém da idade de Owen, 17 anos, podia ser casado. Claro, em Outrolugar isso é relativamente comum.

Liz e Owen logo chegam a um ritmo satisfatório de lavar e secar. Owen assovia uma melodia, enquanto lava. Embora Liz não seja exatamente uma fã de assobios, ela acha o assobio de Owen, se não agradável, pelo menos tolerável. Gosta de quem assobia, se não do assobio em si.

Depois de vários minutos assobiando, Owen vira-se para Liz.

– Estou aceitando pedidos de músicas.

– Owen, é uma oferta realmente simpática, mas a coisa é que... – Liz faz uma pausa – não gosto realmente de assobios.

Owen ri.

– Mas estou assobiando há uns dez minutos. Por que você não disse nada?

– Bem, eu já sou uma pessoa que obriga outra a lavar a louça; não queria ser uma pessoa que obriga outra a lavar a louça *e* não a deixa assobiar.

– Quem sabe você prefere que eu cantarole?

– Assobiar está ótimo – diz Liz.

– Ei, só estou tentando divertir você aqui. – Owen torna a rir.

Depois de um segundo, Liz se junta a ele. Embora nada particularmente engraçado tenha sido dito, Liz e Owen descobrem que não podem parar de rir. A garota precisa interromper a secagem dos pratos e se sentar. Fazia muito tempo que não ria tanto. Ela tenta lembrar-se da última vez.

Na semana anterior à morte de Liz, Zooey e ela estavam experimentando suéteres no shopping. Examinando a si mesma no espelho da cabine, Liz disse a Zooey:

— Meus seios parecem pequenas tendas de índios peles-vermelhas.

Zooey, que tinha seios ainda menores do que os de Liz, replicou:

— Se os seus são tendas de índios, os meus são tendas de índios que os caubóis vieram e queimaram.

Por algum motivo, esse comentário pareceu às duas garotas incrivelmente engraçado. Elas riram durante tanto tempo e tão alto que a vendedora teve de se aproximar e perguntar-lhes se precisavam de ajuda.

— Que há de errado? – pegunta Owen.

— Eu estava pensando que fazia muito tempo que eu não ria assim – diz Liz. – Um tempo realmente longo. – Ela suspira. – Foi quando eu ainda estava viva. Eu estava com minha melhor amiga, Zooey. E não foi nada sequer tão engraçado assim, sabe?

Owen faz um sinal afirmativo com a cabeça.

— As melhores risadas são assim.

Ele lava o último prato e o entrega a Liz para que o seque. Fecha a torneira e torna a colocar a aliança no dedo.

— Acho que sinto um pouco de saudade de casa – Liz admite –, mas é o pior tipo de saudade de casa, porque sei que nunca poderei voltar para lá e vê-los.

— Isso não acontece apenas com as pessoas de Outrolugar, Liz – diz Owen. – Mesmo na Terra, é difícil algum dia voltar para os mesmos lugares ou pessoas. Você se vira, nem que seja por um momento, e, quando torna a dar a volta, tudo está mudado.

Liz faz um sinal afirmativo com a cabeça.

– Tento não pensar a respeito, mas algumas vezes isto me ocorre de repente. Puxa! E então me lembro de que estou morta.

– Você precisa saber que está se saindo realmente bem, Liz – diz Owen. – Logo que cheguei a Outrolugar fiquei bastante viciado nos COs durante um ano inteiro.

– Isso aconteceu comigo também – diz Liz –, mas estou melhor agora.

– É comum, na verdade. É chamada a Síndrome do Observador, e algumas pessoas nunca se recuperam dela.

De repente, Owen olha para o relógio. Já são nove e meia e os Conveses de Observação fecham às dez.

– Desculpe ser tão brusco – diz Owen –, mas preciso correr. Vou ver minha esposa, Emily, toda quinta-feira à noite.

– Eu sei – diz Liz. – Algum tempo atrás, eu estava sentada a seu lado, no CO, e lhe perguntei quem você estava ali para ver.

Nas profundezas de sua mente, Owen se lembra vagamente de uma garota envergonhada, com o cabelo sujo e um pijama velho. Ele olha para a garota de olhos claros em pé diante dele e imagina se é possível que sejam a mesma pessoa.

– Pijama? – pergunta ele.

– Eu estava um pouco triste na época.

– Você está com um aspecto muito melhor agora – diz Owen. – Obrigado pelo jantar e agradeça por mim também à sua avó.

Sadie perambula pela cozinha exatamente quando Owen está saindo. Ela coloca a cabeça felpuda e dourada no colo de Liz, indicando que Liz deve acariciá-la.

– Ninguém jamais me amará desse jeito – diz-lhe Liz.
– Eu amo você – diz Sadie.
– Também amo você – Liz diz a Sadie.

Liz suspira. O único amor que ela inspira é do tipo canino.

Owen chega ao Convés de Observação cinco minutos antes do fechamento. Embora não deva permitir que pessoas entrem nos conveses nos últimos dez minutos antes de o local fechar, Esther conhece Owen e faz um aceno para que ele passe.

– Está atrasado esta noite, Owen – comenta a assistente.

Owen se senta em seu binóculo habitual, coloca um único eternim na fenda e ergue os olhos. Encontra Emily numa pose bastante típica. Está sentada diante do espelho de seu banheiro, escovando o longo cabelo ruivo com uma escova de prata. Owen observa Emily escovar seu cabelo durante cerca de trinta segundos mais e depois se afasta.

– Estou desperdiçando minha morte – diz Owen a si mesmo. – Sou como uma daquelas pessoas que passam a vida inteira assistindo à televisão, em vez de ter relacionamentos reais. Estou aqui há quase dez anos e meu relacionamento mais significativo ainda é com Emily. E Emily acha que estou morto. E *estou* morto. Isso não faz nenhum bem a ela e também não faz nenhum bem a mim.

Ao sair, Owen diz a Esther:

– Que será mesmo que estou fazendo aqui?

– Não tenho ideia – responde Esther.

No caminho de volta para seu carro, Owen decide telefonar para Liz no trabalho, na semana seguinte. Pode ser um bom começo adotar um cachorro, ele pensa.

Um mistério

Por que duas pessoas chegam a se apaixonar? É um mistério.

Quando Owen telefona para Liz, na terça-feira, ele vai direto ao ponto:

– Alô, Liz. Estive pensando que poderia adotar um cachorro – diz ele.

– Claro – diz Liz. – Que tipo de cão você tinha em mente?

– Bem, eu realmente não cheguei a pensar a respeito. Mas acho que gostaria de um cachorro que eu pudesse levar para o trabalho comigo.

– Um cachorro pequeno?

– Pequeno está ótimo, desde que não seja pequeno demais e eu possa levá-lo para correr, fazer caminhadas pelo campo e coisas desse tipo.

– Então, pequeno está ótimo, desde que ele seja grande? – Liz ri.

– Certo, um cachorro pequeno grande. – Owen também ri. – E, de preferência, um macho.

– Por que não vem ao Setor de Animais Domésticos? – sugere Liz.

Mais tarde, aquele dia, Liz apresenta Owen a vários possíveis candidatos. Para que ocorra uma adoção em Outrolugar, o cachorro e o ser humano precisam aceitar um ao outro. Na verdade, a decisão, habitualmente, é mais do cachorro do que do ser humano.

Um por um, os cachorros se aproximam de Owen e cheiram sua mão e seu rosto. Alguns lambem sua mão um pouquinho, quando acham Owen particularmente aceitável. Como Owen não fala canino, Liz serve de tradutora para os cachorros, quando eles querem fazer-lhe perguntas.

– Posso dormir na cama dele ou ele planeja usar uma cama de cachorro? – quer saber uma golden retriever chamada Jen.

– O que ela está dizendo? – pergunta Owen.

– Ela quer saber se pode dormir em sua cama.

Owen olha para a golden retriever e coça sua cabeça, entre as orelhas.

– Puxa, eu realmente não tinha pensado nisso. Será que não podemos deixar para combinar na hora, garota?

A cadela de caça faz um sinal afirmativo com a cabeça.

– Claro, mas realmente gosto de assistir à televisão no sofá. Você não vai dizer, o tempo inteiro, que eu saia do sofá, não é?

– Ela quer saber se pode ficar no sofá – traduz Liz.

– Claro – diz Owen. – Não tenho nada contra.

– OK – diz Jen, a golden retriever, após um momento de reflexão. Ela lambe a mão de Owen três vezes. – Diga que vou com ele.

– Ela diz que quer ir com você – Liz conta a Owen.

– Não é um tanto rápido demais? – pergunta Owen. – Não quero magoá-la, mas... – Owen baixa a voz. – Eu queria um cachorro macho, sabe.

Liz dá de ombros.

– Ela já decidiu. Mas não se preocupe, os cachorros são realmente bons nisso.

– Ah – diz Owen, chocado pela rapidez com que tudo parece estar acontecendo.

– Além disso – diz Liz, alegremente –, Jen já lambeu sua mão três vezes. Depois disso, é negócio fechado.

– Não tinha consciência disso – responde Owen.

– Então, só precisarei que você preencha alguns formulários e oficializaremos tudo – diz Liz.

– OK, mas será que você poderia perguntar a ela se tem enjoo do mar ou algo parecido? Fico no barco durante uma boa parte do trabalho – diz Owen.

– Posso entender os humanos, você sabe. Apenas não sei falar a sua língua – diz Jen. – E adoro barcos, não fico enjoada. Não muito, pelo menos. Só se o mar estiver realmente agitado.

– Jen entende inglês e adora barcos – relata Liz.

Jen continua com suas instruções:

– Não deixe de dizer a ele que gosto que a água seja trocada pelo menos três vezes por dia. Prefiro comida de cachorro molhada à coisa seca. Gosto de bolas de tênis, de longas caminhadas pelo parque e de frisbes para correr e pegar com a boca. Ah, e sei usar a privada, então diga a ele que, por favor, deixe a porta do banheiro aberta. Ai, ai, ai, ai, estou tão entusiasmada! – Jen coloca uma das patas no ombro de Owen. – Sei que você será ótimo, Owen!

– O que ela está dizendo? – pergunta Owen.

– Ela acha que você será ótimo – resume Liz, sabiamente.

Depois que preenchem todos os documentos exigidos, Liz acompanha Owen e Jen até o jipe dele. A golden retriever imediatamente pula para o assento traseiro e se deita.

– Obrigado por sua ajuda – diz Owen.

– Não há de quê. – Liz sorri. – O que fez você decidir ficar com um cachorro?

Owen sorri.

– Eu não tinha de fato decidido com certeza até chegar aqui, e então Jen mais ou menos decidiu por mim.

Liz faz um sinal afirmativo com a cabeça.

– Foi como aconteceu comigo também, no caso de Sadie.

– Bem, a questão é que – diz Owen, mudando o apoio do peso de seu corpo de um pé para outro – eu mais ou menos imaginei se você não gostaria de lavar pratos novamente.

– Pratos? – pergunta Liz.

– Correto – diz Owen. – Foi minha maneira desajeitada de convidar você para jantar.

– Ah, era isso? Eu não tinha percebido.

E não tinha mesmo. Sua experiência em questões do gênero é um tanto limitada.

– Sabe, para agradecer a você por Jen. Você não teria de lavar os pratos. A não ser que quisesse, claro. Nesse caso, eu não a impediria.

– Humm – diz Liz.

Sadie grita para Liz do outro lado do estacionamento:
– Liz, telefone!

– Estão telefonando para mim – desculpa-se Liz, caminhando em direção ao seu escritório. Depois de um momento, ela para. – Ligue para mim uma hora dessas! Estou sempre no trabalho!

Owen espia Liz correr para dentro. Seu rabo-de-cavalo louro (só recentemente seu cabelo ficara suficientemente crescido para fazer esse penteado) oscila para cima e para baixo, ritmadamente, a cada um de seus passos. Há alguma coisa agradável e esperançosa naquele rabo-de-cavalo, ele pensa. Espera até ela desaparecer dentro do prédio e então entra em seu carro e sai dirigindo.

No caminho para casa, Jen coloca a cabeça para fora da janela e deixa suas orelhas douradas serem sopradas pelo vento. Late durante todo o percurso.

– Não sei por que gosto de minha cabeça para fora da janela, mas o fato é que gosto – diz Jen, quando eles param num sinal vermelho. – Sempre gostei assim, mesmo quando era filhote. Será que é estranho? Será que é estranho gostar de alguma coisa e nem mesmo saber por que se gosta dela?

Owen interpreta os latidos de Jen como excitação e, de fato, sua interpretação é perfeitamente correta.

Por que duas pessoas chegam a se apaixonar? É um mistério.

Uma semana depois, Liz e Sadie se descobrem no apartamento um tanto pequeno de Owen Welles. Jen dá um salto para cumprimentá-las.

– Oi, Liz! Oi, Sadie! – diz Jen, que está realmente entusiasmada por vê-las. – Que bom ver vocês! Owen é um rapaz ótimo! Ele me deixa dormir na cama dele! Estou tentando convencê-lo a se mudar para um lugar maior, com um pátio! Ele está tentando cozinhar, mas não acho que esteja muito bom! Mas sejam simpáticas! Não o magoem!

Owen sorri, quando vê Liz e Sadie à porta.

– O jantar está pronto. Espero que gostem de massa.

Apesar da opinião de Jen, Owen não é mau cozinheiro. (Quem já disse que um cachorro sabe muita coisa sobre culinária?) E Liz fica muito grata por seus esforços. É a primeira vez que outra pessoa, além de alguém de sua família, cozinha para ela.

Depois do jantar, Liz se oferece para lavar os pratos.

– Lavarei, desta vez – ela diz –, e você não precisa secar. Nem assobiar.

Depois de lavados os pratos, Liz, Owen, Sadie e Jen vão para o parque perto da casa de Owen.

– Como vão as coisas entre você e Jen? – pergunta Liz.

– Ela é ótima – Owen sorri. – Não consigo acreditar que nunca tive um cachorro.

– Você não tinha um na Terra?

– Não podíamos – diz ele. – Emily era alérgica. Ainda é, suponho.

Liz faz um sinal afirmativo com a cabeça.

– A maneira como você pronuncia o nome dela... – ela diz. – Não posso imaginar ninguém, algum dia, pronunciando meu nome dessa maneira.

– Ah, duvido – diz Owen.

– É verdade.

– Você morreu cedo demais – reflete Owen. – Os rapazes, provavelmente, ficavam apenas intimidados por você. Quem sabe da próxima vez?

– Talvez – diz Liz, com um tom de dúvida. – Tenho uma porção de planos para a próxima vez.

– Se eu conhecesse você, poderia ter dito seu nome dessa maneira – diz Owen.

– Ah – diz Liz –, mas uma pessoa só tem permissão para dizer o nome de outra pessoa dessa maneira apenas uma vez, e já aconteceu com você. É uma regra, você sabe.

Owen faz um sinal afirmativo com a cabeça, mas não fala.

Seu silêncio provoca uma estranha mas não inteiramente desagradável sensação em Liz. Seu silêncio desperta nela certa ousadia, e a garota decide pedir a Owen um favor.

– Você pode dizer não, se quiser – começa Liz.

– Isso soa meio assustador – diz Owen.
Liz ri.
– Não se preocupe. Não é assustador, pelo menos eu não acho que seja.
– E, claro, eu já sei que posso dizer não.
– Então, a coisa é a seguinte: já estou meio cansada de ver Betty me levando de carro para toda a parte, mas preciso aprender a fazer retorno de emergência e a entrar em vaga demarcada, para tirar minha carteira de motorista. Morri antes...
– Claro – diz Owen, antes mesmo de Liz terminar. – Não há problema.
– Eu poderia pedir a Betty, mas tivemos uma história meio desagradável com o carro...
Owen interrompe Liz.
– Eu disse que não há problema. É um prazer.
– Ah, obrigada – diz Liz.
– Mas eu gostaria de ouvir essa história desagradável – diz Owen. – Na verdade, talvez eu deva ouvi-la *antes* de começarmos.

Por que duas pessoas se apaixonam? É um mistério.
Liz e Owen se encontram todos os dias depois do trabalho, durante a semana seguinte. Ela domina com relativa facilidade as manobras do retorno de emergência, porém acha mais difícil entrar em vagas apertadas.
– Você só precisa visualizar a si mesma no espaço – diz Owen, pacientemente.

– Mas parece impossível – diz Liz. – Como pode alguma coisa cujas rodas se movimentam para a frente e para trás de repente moverem-se de um lado para outro?

– São os ângulos – diz Owen. – Você precisa virar o volante o máximo possível e depois, vagarosamente, entrar em marcha a ré.

Outra semana se passa e Liz ainda não está nem perto de dominar a fugidia vaga demarcada. Ela quase já perdeu as esperanças de que algum dia vá conseguir e começa a se sentir uma idiota.

– Ouça, Liz – diz Owen –, estou começando a pensar que é psicológico. Não existe motivo para você não poder fazer isso. Há algo impedindo você de querer aprender a entrar em vagas apertadas. Quem sabe a gente deva dar uma parada por uma noite?

Aquela noite, Liz reflete sobre o motivo de sua inépcia e decide telefonar para Thandi.

– Bem, me conte sobre como tem sido sua morte – diz Thandi.

– Tenho trabalhado muito – responde Liz –, e Owen Welles está me ensinando a dirigir.

– Ah, com certeza.

– Que quer dizer com isso? – pergunta Liz.

– Quando fomos ver a corrida de cachorros, Sadie contou a Paco que você tem visto muito o sr. Welles.

Liz olha para Sadie, que está deitada de costas, para que ela esfregue sua barriga.

– Traidora – ela sussurra.

– Ele está apaixonado por outra pessoa – responde Liz a Thandi – e, além disso, somos apenas amigos.

– Humm, humm – diz Thandi.

Liz conta a Thandi seus problemas para aprender a entrar em vagas apertadas e lhe pergunta, sendo a amiga uma motorista experiente, com quase 11 meses de volante, se tem alguma sugestão a fazer.

– Acho que você não quer aprender a estacionar com pouco espaço, Liz.

– Claro que quero aprender! – ela insiste. – Só que é difícil! Não é como o resto da atividade de dirigir! Não é lógico! Envolve visualização, atos de fé e destreza! A pessoa tem de ser um mágico maluco!

Thandi ri.

– Talvez você não queira que suas aulas com Owen terminem, se entende onde quero chegar. Quero dizer, se você quisesse apenas aprender a entrar em vagas demarcadas e a fazer retorno de emergência, podia ter pedido a mim.

– Você? Mas você não tem nem um ano de volante!

– E Betty? – sugere Thandi.

– Vamos! Você conhece nossa história!

– Acho que você está se apaixonando por ele, Liz – zomba Thandi. – Acho que você já pode estar a-pai-xo-na-da! – Ela ri.

E então Liz desliga o telefone. Thandi de vez em quando banca uma incrível sabe-tudo. Há ocasiões em que Liz não pode sequer acreditar que Thandi seja sua melhor amiga.

Na noite seguinte, Liz consegue entrar em vagas demarcadas três vezes consecutivas, sem errar.

– Eu lhe disse que você podia fazer isso, com concentração – diz Owen. Ele olha através da janela. – Acho que terminamos aqui – acrescenta.

Liz faz um sinal afirmativo com a cabeça.

– E então, você tem ideia de qual era seu bloqueio? – pergunta Owen.

– É um mistério – responde Liz.

Entrega-lhe as chaves e sai do carro.

Liz apaixonada

— Como você sabe que está apaixonado por alguém? – pergunta Liz a Curtis Jest, durante um intervalo para o almoço.

Curtis levanta uma das sobrancelhas.

— Você quer dizer que está apaixonada por alguém?

— É um amigo – diz Liz, rapidamente.

Curtis sorri.

— Quer dizer que está apaixonada por um amigo? Está tentando me contar alguma coisa, Lizzie?

As faces de Liz ardem.

— Meus interesses são puramente antropológicos – responde.

— Antropológicos, hein? – Os olhos dele dançam de uma maneira que Liz considera inadequada.

— Se você não falar sério, vou embora! – diz Liz indignada.

— Meu Deus, como você é sensível! Que mal faz um pouco de brincadeira entre amigos, Lizzie? – Como não está chegando a lugar nenhum, com o estado de espírito de Liz, Curtis cede: – Está bem, querida, vamos falar sobre o amor.

– E então?

– Na minha humilde opinião, amor é quando uma pessoa, homem ou mulher, acredita que não pode viver sem outra, homem ou mulher. Você é uma garota inteligente, e imagino que isso não é nada que já não tenha ouvido.

– Mas, Curtis – ela protesta –, estamos mortos! Temos de *viver* sem pessoas o tempo inteiro e não paramos de amá-las e elas não param de nos amar.

– Eu disse *acredita*. Ninguém de fato precisa de outra pessoa ou do amor de outra pessoa para sobreviver. Amor, Lizzie, é quando nos convencemos, irracionalmente, de que precisamos.

– Mas, Curtis, isso não tem nada a ver com ser feliz, fazer um ao outro rir e ter momentos divertidos?

– Ah, Lizzie. – Curtis ri. – Seria muito bom se fosse assim.

– É muito grosseiro rir de uma pergunta perfeitamente natural – diz Liz.

Curtis para de rir.

– Desculpe – diz ele, parecendo verdadeiramente lamentar suas palavras. – É porque só alguém que nunca esteve apaixonado faria uma pergunta tão absurda. Há muito tempo decidi ficar fora do caminho do amor, e desde então tenho sido um homem muito mais feliz.

No ônibus de volta para o trabalho, Liz pensa sobre o que Curtis disse. De maneira indireta, ele respondeu à sua verdadeira pergunta: estou apaixonada por Owen? A resposta é não. Claro que Liz não está apaixonada por ele. Pensando em retrospecto, quase se sente tola. Antes de qualquer coisa, Owen está apaixonado por sua esposa. Em segundo lugar, rir, divertir-se e ser feliz não tem nada a ver com estar apaixonado. Liz se sente aliviada. Ela pode continuar a ver Owen tanto quanto quiser, com a crença de que não o ama e ele não a ama. Todo esse negócio de amor é problema, de qualquer forma. Liz decide que é provavelmente jovem demais para amar. Centralizará sua atenção no trabalho e em seus amigos, e esse será o fim daquilo.

De certa forma, Liz está aliviada. Mas de outra forma, não está. Na verdade, ela gostara de alimentar a ideia de que Owen poderia amá-la, nem que fosse um pouquinho.

Na noite seguinte àquela em que Liz aprendeu a entrar em vagas demarcadas, Owen se viu sem nada para fazer. Passara quase dez anos sozinho e apenas três semanas com Liz. No entanto, não consegue lembrar-se do que costumava fazer com suas noites durante os dez anos anteriores a essas três semanas. Owen caminha a passos pesados de um lado para outro de seu apartamento. Ocupa-se com o tipo de afazeres domésticos que a pessoa costuma fazer quando está tentando preencher o tempo:

limpa o espaço entre o fogão e a geladeira com uma comprida pá de madeira, mas que não é comprida o suficiente para alcançar seu objetivo; varre debaixo da cama; tenta ler *Os irmãos Karamazov*, a nova tradução que ele tem tentado ler desde antes de morrer, sem jamais passar da página 62; tenta equilibrar um ovo numa das extremidades, colocando um montículo de sal em cima do balcão da sua conzinha (não funciona); entalha um barco no sabão; e joga fora todas as meias que perderam seus pares. Tudo isso leva uma hora e depois Owen cai em cima do sofá, cheio de desânimo.

– Você deve telefonar para Liz – Jen, a golden retriever, diz a Owen. Infelizmente, Owen ainda não fala canino, de modo que não capta a sabedoria de Jen.

– Aposto que Liz e Sadie estão fazendo alguma coisa divertida – diz Jen. – Por que não vamos visitá-las?

Owen não responde.

– Owen, você deve aprender a falar canino, porque assim poderei dizer a você coisas importantes – Jen late, irritada. – Você está apaixonado por Liz, sabe! É perfeitamente evidente para todo mundo! – Jen arranha a porta da frente e uiva. – Veja o que preciso fazer!

– Quer sair? – pergunta-lhe Owen.

– O que você acha? – diz Jen, sarcasticamente. – Vamos! Vou levar você para dar um passeio!

Jen faz Owen atravessar a cidade inteira, correndo, e não muito depois vão parar na frente da casa de Liz.

Liz, Sadie e Betty estão todas fora da casa, enfeitando-a para o feriado. Liz está em pé em cima de uma escada, prendendo luzes de Natal no telhado. Sadie late, quando vê Jen e Owen se aproximarem.

– Olá, Jen! Olá, Owen! – diz Sadie.

Owen sorri timidamente para Liz.

– Foi ideia de Jen vir até aqui. Não quero incomodar vocês nem causar problemas.

– Você não incomoda, Owen – diz Betty. O afeto de Betty por Owen aumentou desde que ele ensinou Liz a entrar em vagas demarcadas. Betty observou que as aulas de direção fizeram o bom humor de Liz aumentar muito. – Liz, eu posso terminar. Por que não vai falar com seu amigo?

Liz desce da escada.

– Eu já ia dar uma parada, de qualquer jeito – diz ela, friamente.

– Desculpe – diz ele –, foi ideia de Jen. Devíamos ter telefonado primeiro.

– Obrigada mais uma vez pelas aulas – diz Liz, num tom ligeiramente mais amável. – Lamento ter demorado tanto para aprender.

– O prazer foi todo meu – diz ele, repentinamente rígido e desajeitado. – Quando você vai tirar a carteira de motorista?

– Bem, acontece que o Departamento de Trânsito de Outrolugar funciona mais para cancelar as carteiras de motorista das pessoas. As novas só são emitidas na segunda e na quarta terças-feiras do mês, mas em dezembro não, de jeito nenhum. Tenho de esperar até janeiro.

Owen faz um sinal afirmativo com a cabeça.

– Boa sorte em seu exame. – Ele torce a aliança no dedo, um tique nervoso que Liz acha irritante.

– Preciso voltar para ajudar Betty com as luzes – diz Liz. – Talvez você queira passar aqui novamente um dia desses. – Liz sorri e se afasta.

Owen grita para ela:

– Talvez eu passe em sua casa *todos* os dias!

Liz se vira e olha para Owen dentro dos olhos.

– Mas eu acho que vou esquecer como entrar em vaga demarcada, você não acha?

– Realmente, nós não treinamos vagas demarcadas em ladeira. Duvido que isso apareça no teste, mas...

– Sabe – Liz o interrompe –, é melhor estar totalmente segura com relação a vagas demarcadas.

– Sempre pensei assim – diz Owen.

Como presente de Natal, Liz dá a Owen um livro intitulado *Aprenda a falar canino*. Owen dá a Liz um par de dados felpudos para ela pendurar em seu espelho retrovisor. (Ou melhor, no espelho retrovisor de sua avó, pois o carro de Betty é ainda o único que Liz dirige, além do de Owen.)

Durante as semanas anteriores ao exame de motorista de Liz, Owen e ela praticam o estacionamento em vagas demarcadas em todos os tipos de superfícies. Estacionam em estradas sujas, junto de rios, debaixo de pontes, na rodovia, perto de estádios, na praia e, sim, em ladeiras. Quando se aproxima o dia do exame, Liz se descobre quase desejando não passar.

Na noite anterior ao exame, Owen agarra a mão de Liz, quando ela está saindo do carro.

– Liz, gosto muito de você – diz ele.

– Oh – ela diz –, também gosto muito de você!

Owen não tem certeza se ela disse "O" de Owen ou simplesmente "Oh". Mas também não tem certeza se faria qualquer diferença, fosse um caso ou outro. Ele sente a necessidade de esclarecer.

– Quando eu disse "gosto muito de você", na verdade queria dizer "Eu te amo".

– O – ela diz –, na verdade, eu quis dizer a mesma coisa.

Ela fecha a porta do carro depois de sair.

– Ora – ele diz para si mesmo, enquanto dirige de volta para seu apartamento –, não é fantástico?

Na manhã seguinte, Liz chega ao Departamento de Trânsito de Outrolugar às sete da manhã, a primeira hora marcada do dia. Passa com facilidade. O fiscal do teste comenta que a habilidade de Liz para estacionar em vaga demarcada é "das melhores" que ele já vira.

– Parabéns – diz Owen a Liz, aquela noite –, mas, você sabe, há um lugar onde ainda não praticamos estacionamento. Você pode ter sua carteira de motorista, mas não me sentirei inteiramente seguro até fazermos isso.

– É mesmo? Onde? – pergunta Liz.

– Seja paciente. Você é minha aluna de direção e não posso, com consciência tranquila, soltar você no mundo até fazermos essa última coisa.

— Está bem — Liz dá de ombros. — Você se importa de me dizer onde ocorrerá esse rito de passagem em torno do ato de dirigir um carro?

— Não — responde Owen, com um sorriso. — Não me importo.

Então, Owen e Liz entram outra vez no carro de Owen. Liz dirige e Owen dá ocasionais indicações. Finalmente, ele lhe diz que pare diante do letreiro vermelho, em neon, de um drive-in.

— Vamos ao cinema? — pergunta Liz, erguendo os olhos para a imensa tela cinematográfica.

— Não — diz Owen, enquanto paga à bilheteira —, estamos praticando suas habilidades ao volante.

— Acho que você está me levando para o cinema — insiste Liz. — Acho que você está me levando para um encontro.

— Bem, você vê as coisas à sua maneira e eu vejo as coisas à minha. — Owen ri.

— A propósito, que filme vamos ver, enquanto eu *pratico minhas habilidades ao volante*? — pergunta Liz.

— É uma nova versão de uma história de amor qualquer. Nathalie Wood é a moça e River Phoenix faz o papel do rapaz.

— Parece bom — diz Liz —, mas detesto refilmagens.

— Felizmente, você não está aqui para ver o filme.

Depois de uma rápida parada para pegar pipocas e refrigerantes, Liz estaciona na primeira fileira de carros. Eles comem a pipoca e esperam o filme começar.

– Acho estranho – diz Liz a Owen – você nunca chamar uma coisa pelo nome.

– Que quer dizer?

– Ora, quando você me convidou para jantar, disse que era para "lavar pratos". E agora você fez a coisa simpática de me trazer para o cinema e chama a isso de "praticar minhas habilidades ao volante".

– Desculpe – diz Owen.

– Ah, não estou zangada. Na verdade, gosto disso – responde Liz. – É como se você estivesse falando em código. Isso me dá alguma coisa para fazer. Sempre tenho de decifrar você.

– Tentarei falar de uma forma mais simples de agora em diante – diz Owen.

Quando o filme começa, Owen sussurra para Liz:

– Pensei que talvez, agora que você tem sua carteira de motorista, eu não a visse novamente.

Liz ergue os olhos.

– Você às vezes é tão tolo, Owen.

Uma semana depois, Owen e Liz se descobrem novamente no drive-in.

E uma semana mais tarde, novamente.

E uma semana depois, mais uma vez.

– Não acha estranho o fato de que nunca fomos para o assento de trás, durante todo esse tempo que passamos em carros?

– Agora, quem está falando em código? – responde Owen.

– Responda à pergunta. Não acha estranho?

– Não é que eu não sinta nada por você, Liz, porque sinto. – Owen faz uma pausa. – Apenas não tenho certeza de que seria correto.

– Por quê?

– Antes de mais nada, sou mais velho do que você.

– Apenas dois anos – ela diz.

– Apenas dois anos e mais ou menos uma vida. Mas não é só pelo fato de que sou mais velho do que você. – Owen respira fundo. – Já passei por isso. E a verdade é que intimidade não tem tanto a ver com assentos traseiros de carros. A verdadeira intimidade é quando os dois escovam os dentes juntos.

Owen tira o casaco. Liz olha para sua tatuagem "Emily para Sempre", que a faz tomar consciência, por algum motivo, de que Owen, tempos atrás, fazia sexo com Emily. De repente, Liz nota que a tatuagem parece estar mais resplandecente e vívida do que antes. Quase parece brilhar.

– Owen – diz Liz –, o que há com a tatuagem?

– Ah, fiz isso quando tinha 16 anos, lá na Terra. Foi uma idiotice, realmente.

– Não. Quero dizer, por que está tão nítida?

Owen olha para o braço.

– Eu sei. É estranho, não é? Eu pensava que ela desbotaria e sumiria, mas foi ficando cada vez mais clara.

– Você pode tatuar meu nome em seu braço, se quiser – acrescenta Liz.

– Posso, mas tatuagens não funcionam em Outrolugar. Desaparecem logo que a pessoa as coloca – responde Owen. – Não compensa toda a dor.

– Você não entende? O que vale é o *gesto* – brinca Liz.

– Pelo que estou entendendo, você desejaria que eu suportasse horas de dor e sofrimento só para fazer um belo gesto?

– Sim – diz Liz, com uma fingida seriedade. – Quero ver "Liz Agora" tatuado em seu bumbum.

– Em meu bumbum?

– Sim, em seu bumbum. É apenas um total de oito letras. Não deve doer tanto assim.

– Você é sádica – diz Owen.

– Pensei que estava sendo muito bondosa, na verdade. Não quero nem fazer você escrever "Elizabeth".

– Quanta generosidade – ele diz.

Liz segura o braço de Owen e examina de perto a tatuagem de Emily. Liz pensa: uma vez, ele amou alguém o bastante para escrever o nome dela em seu braço.

– Não foi um grande problema – diz Owen. – Eu era jovem e idiota.

– Doeu mesmo tanto assim? – pergunta Liz.

Owen faz um sinal afirmativo com a cabeça.

Liz pega o braço tatuado e pressiona nele seus lábios. Ela beija o braço e depois o morde.

– Ai – diz Owen.

Então, isso é o amor, pensa Liz.

Chegadas

Se fôssemos ler o livro de Thandi, ele discorreria sobre uma maratona ortográfrica há muito esquecida (ou seja, esquecida por todos, menos por Thandi), na qual uma menina soletra e-c-o e, no momento decisivo, o último, acrescenta outro "o" ao fim da palavra; e narraria o primeiro amor de Thandi, um menino com excesso de peso chamado de Magrinho, que começou a namorar Beneatha, a prima em segundo grau de Thandi, na semana seguinte ao funeral de Thandi; e contaria a maneira como uma bala na cabeça muda tudo, e muito tempo depois de sarado o ferimento as cores ainda parecem diferentes, os cheiros têm um cheiro diferente, até as lembranças são diferentes; e o livro falaria sobre um pai que Thandi não conheceu, um pai que agora mora em Outrolugar e ela não tem nenhuma vontade de ver. Mas, como essa não é a história de Thandi, vamos ver o que ela faz num dia sem nada de excepcional. Pelo menos, para ela.

Na emissora de televisão em que trabalha, Thandi recebe todo dia, depois do almoço, por volta de uma hora, sua porção dos nomes de quem está chegando a Outrolugar. Ela só precisa lê-los no programa das cinco horas, e então usa as quatro horas que sobram para examinar a pronúncia de cada nome. Essa prática extra é, na maioria dos casos, desnecessária. Thandi raramente comete um erro; tem uma habilidade natural para pronunciar até os nomes estrangeiros. No entanto, nesse dia, em particular, Thandi esbarra num nome simples, fonético, facilmente pronunciável, e decide telefonar para Liz a fim de falar sobre ele.

– Como é o nome daquela mulher com quem Owen foi casado na Terra? Quer repetir, por favor? Ellen alguma coisa? – Thandi espera estar lembrando o nome errado.

– Emily Welles. – Liz sabe o nome tão bem quanto seu próprio. – Por quê?

– Emily Welles. Deve ser um nome muito comum.

– Thandi, onde quer chegar? – pergunta Liz.

– Não adianta tentar fugir do assunto, Liz. O nome dela está na lista que recebi hoje, com os nomes de quem está chegando. Ela vem para cá no navio de amanhã.

O coração de Liz bate muito depressa e ela fica sem conseguir falar.

– Não significa necessariamente nada – diz Thandi.

– Não, eu sei. Claro que não. Você tem razão. – Liz respira fundo. – Pergunto a mim mesma se Owen sabe. Ele não assiste ao programa há anos.

Liz decide encontrar-se pessoalmente com Owen. É difícil vê-lo durante o dia, por causa de todo o tempo que ele passa no mar. Mas ele algumas vezes atraca para almoçar e, então, por volta das duas horas, ela se aventura e espera por Owen no cais.

Ele sorri quando vê Liz.

– Ora, mas isto é uma surpresa – ele diz, abraçando-a.

Liz pretendia contar imediatamente a Owen sobre a chegada de Emily, mas não consegue.

– Está tudo bem? – pergunta ele.

Liz faz um sinal afirmativo com a cabeça, mas não diz nada, durante algum tempo. Apenas olha fixamente para a água, a distância.

– Eu estava imaginando se há outros mundos como Outrolugar em pontos diferentes – diz ela, afinal. – Parece estranho eu nunca ter pensado sobre isso, mas será que todos, em toda a parte, vêm para o mesmo local? Deve haver outros navios, certo? E quem sabe eles não vão para locais diferentes?

Owen abana a cabeça.

– Todos, no fim, acabamos em Outrolugar.

– Eu só queria dizer que isto aqui parece um tanto pequeno. Será que todo mundo pode caber aqui?

– Outrolugar, na verdade, é muito grande; tudo depende de nossa perspectiva. – Ele pega a mão de Liz e a vira de modo que a palma fica para cima. – É uma ilha, na verdade – ele diz. Com o dedo, vai traçando levemente um mapa de Outrolugar na mão dela. – Aqui é onde chegam os navios – ele diz –, e ali é o Rio de volta para a Terra. Não sei se você sabia, mas o Rio localiza-se, na verdade, no meio do oceano. O oceano só se divide uma vez por dia, para permitir que os bebês voltem para a Terra. – Owen desenha a linha retorcida do Rio em cima das veias azuis do pulso de Liz. Vai seguindo com seu desenho até onde está o polegar dela. – E aqui está o Poço, onde nos encontramos pela primeira vez.

Liz olha fixamente para a palma de sua mão. Ainda pode sentir onde Owen desenhou as fronteiras invisíveis. De repente, ela fecha a mão e o mundo inteiro se apaga.

– Emily vem para cá – diz ela.

– Ela está morta? – Owen pergunta isso num tom comedido, solene.

– Thandi viu o nome dela na lista dos que estão chegando. Ela estará aqui amanhã.

Owen balança a cabeça.

– Não consigo acreditar.

– Então, o que você vai fazer? – pergunta Liz, com a voz praticamente transformada num sussurro.

– Vou encontrá-la no cais – responde Owen.

– E depois?

– Vou levá-la para minha casa.

– Então, você acha que ela, provavelmente, ficará com você?

– Liz, claro que ela ficará comigo.

– E nós? – sussurra Liz.

Owen não lhe responde por um tempo longuíssimo. Finalmente, ele diz:

– Te amo de verdade, mas eu a conheci primeiro. – Põe a mão sobre a dela. – Não tenho certeza sobre o que fazer, sobre o que é correto.

Liz olha para Owen. Ele parece verdadeiramente infeliz, e Liz não quer ser a causa dessa infelicidade. Tira a mão de debaixo da mão dele. Quando ela fala, é com uma voz forte, muito adulta:

– A verdade, Owen, é que nos conhecemos há pouco tempo. Você tem uma responsabilidade para com sua esposa. – Liz espera para ver o que Owen dirá.

– Não quero perder nossa amizade – ele diz.

– Ainda seremos amigos – diz Liz.

Ela está desapontada por ele ter concordado tão depressa com sua ponderação.

– Ah, Liz, você é maravilhosa! – Owen a abraça novamente. – Emily é uma ótima garota. Acho que você realmente gostará dela.

Mais tarde, aquela noite, enroscada na cama ao lado de Sadie, Liz fica pensando como alguém pode declarar que ama uma pessoa num minuto e não amá-la no minuto seguinte.

Claro, Liz é bastante inexperiente nesses assuntos. Como muitos já descobriram, é inteiramente possível (embora não muito desejável) amar duas pessoas com todo o nosso coração. É inteiramente possível ansiar por duas vidas, sentindo que uma única vida não pode chegar perto de conter tudo isso.

O navio chega ao entardecer. Owen pergunta a si mesmo se Emily o reconhecerá. Afinal, faz quase dez anos desde que se viram pela última vez. Nota que outras pessoas no cais estão carregando letreiros de papelão com os nomes das pessoas escritos. Quem sabe ele também não deveria ter feito um desses?

Emily é a segunda pessoa a sair do navio. Mesmo quinhentos metros afastado, a distância entre sua posição no cais e a prancha de desembarque do navio, Owen sabe que é ela. A visão de seu característico cabelo vermelho faz com que Owen sinta vontade de cantar. Ela deve estar com 36 anos agora, mas para ele tem exatamente o mesmo aspecto de quando ele morreu.

Ao localizar Owen, Emily sorri e acena.

– Owen – ela chama.

– Emily! – Owen abre caminho através da multidão.

Logo que alcançam um ao outro, Owen e Emily se abraçam e se beijam. Owen tem a sensação de que aquilo é um filme. Esperou tanto tempo por ela, e agora ela está ali.

– Sentiu falta de mim? – pergunta Emily.

– Ah, só um pouquinho – diz ele.

Emily segura Owen à distância de um braço, olhando-o de cima a baixo.

– Você parece bem – declara ela.

– Você também não está com o aspecto lá muito ruim – diz Owen.

Emily empurra o cabelo de Owen para trás das orelhas.

– Você parece mais jovem – diz ela, franzindo a testa. Olha em torno do cais. – Todos somos jovens aqui?

– No fim, sim – responde Owen.

– O que você quer dizer com "no fim"? – pergunta Emily.

Owen sorri.

– Não se preocupe – ele diz –; no fim, as coisas se acertam. Explicarei tudo depois. – Owen segura a mão de Emily.

Enquanto ele a conduz para o estacionamento, sente que os tempos tristes ficaram para trás, de uma vez por todas.

No carro, Emily pergunta:

– Então, como é que as coisas funcionam? Fico com você?

– Claro que sim – responde Owen. – Você é minha esposa.

– Sou? Ainda?

– Mas claro que sim. – Owen ri. – Quem mais você seria?

– Mas e aquela frase "até que a morte nos separe" e tudo o mais? – pergunta ela.

– Sempre pensei em nós como casados – diz Owen –, e agora não estamos mais separados.

Emily faz um sinal afirmativo com a cabeça, mas não diz nada.

– *Você* não pensou sempre em nós como casados? – pergunta Owen.

– De certa forma, suponho que sim – diz Emily. – Sim.

– Já lhe disse como estou feliz de ver você? – pergunta Owen.

Aquela noite, na cama, Owen diz a Emily:

– Está errado eu *amar* a gripe? Está errado eu querer cantar canções em louvor à gripe?

– Estou satisfeita com o fato de minha morte transformar você num trovador. Mas aqui estou morta, você sabe. É preciso alguma seriedade. – Mas Emily ri e diz: – A gripe. Que maneira inteiramente idiota para eu partir. – Depois, espirra. – Ei, pensei que não houvesse nenhuma doença aqui – diz ela.

– Não há – diz Owen.

E então ela torna a espirrar. E Owen se lembra de que ela é alérgica a cachorros. (Ele decidira deixar Jen com Liz, na primeira noite de Emily na cidade – suspeitara de que ele e Emily poderiam desejar ficar sozinhos.)

– O caso é que... – começa Owen. – Bem, tenho uma cachorra. Sei que você costumava ter alergia, mas...

Emily o interrompe.

– Talvez eu não seja mais alérgica. Quero dizer, talvez eu não seja alérgica aqui.

Owen está em dúvida.

– Talvez.

– Quem sabe não estou espirrando apenas porque ainda me recupero da gripe? Será que isso é possível?

Owen não acha que seja possível, mas prefere não dizer isso.

– Talvez.

No dia seguinte, enquanto Emily está em seu encontro de adaptação, Owen traz Jen de volta para casa. Embora a fidelidade de Jen seja para com Liz, Jen é pragmática. Sabe que é importante ela causar uma boa impressão inicial em Emily. Por sua experiência, sabe que muito poucas pessoas resistem a uma cauda abanando, e, no momento em que Emily entra pela porta, Jen começa a abaná-la agitadamente.

– Olá, Emily. Sou a cadela de Owen, Jen. Prazer em conhecer você.

– Olá, Jen – diz Emily.

Jen estende uma das patas para Emily apertar e esta espirra em cima dela.

– Grosseria – diz Jen. Em seguida, pensando melhor, brada: – Saúde!

– Obrigada – diz Emily. E depois: – Owen, não é estranho sua cachorra estar falando?

– Fantástico, Emily, você entende canino! – diz Owen. – Eu não entendo, mas desejaria entender. Algumas pessoas falam esse idioma naturalmente, como... – ele faz uma pausa – minha amiga Liz.

Emily torna a espirrar.

– Você é alérgica a cachorros? – pergunta Jen.

– Eu era, na Terra – admite Emily –, mas aqui acho que não serei, certo?

Jen parece em dúvida. Emily continua:

– Provavelmente, apenas penso que sou alérgica porque era antes. Talvez seja psicossomático. – Emily espirra.

– Que é "psicossomático"? – pergunta Jen, num tom de preocupação.

– Significa que está tudo em minha cabeça. E então, no fim, deixarei de ser alérgica a você, tenho certeza.

– Acha que sim? – Jen inclina a cabeça para um lado.

– Humm, talvez. – Emily torna a espirrar. – Vamos esperar que sim.

Mas, na manhã seguinte, os olhos de Emily estão inchados e vermelhos, e ela espirra e tosse sem parar. Apesar de suas alergias, Emily ainda funciona como tradutora entre Jen e Owen.

– Ouça, Owen – diz Jen. – Não quero morar com uma pessoa que espirra constantemente quando estou por perto. – Baixa a cauda, pateticamente. – Isso me faz sentir rejeitada.

– Desculpe minha alergia – diz Emily a Jen. Depois, ela diz a Owen: – Jen diz que não quer morar comigo porque o fato de eu espirrar lhe causa constrangimento.

– OK – diz Owen.

Está satisfeito por Jen ter feito essa sugestão, antes de ele precisar fazê-la.

– Owen, você não vai protestar, pelo menos um pouquinho? – Jen agora baixa as orelhas. – Quero dizer, eu vim morar aqui primeiro. Quem sabe *ela* poderia morar em algum outro lugar?

– Ela está sugerindo que eu poderia morar em outro lugar, porque ela veio morar aqui primeiro. Owen, quem sabe se ela não tem razão? – Emily espirra.

– Não – diz Owen. – Você é minha esposa. E encontraremos uma solução.

Aquela noite, Jen, que não é o tipo de cão para ficar do lado de fora, dorme na varanda.

– Vamos encontrar uma solução – repete Owen, tentando acalmar Jen.

– Será que não posso, pelo menos, ficar no sofá? – gane Jen. – Quando nos conhecemos, você prometeu que eu podia ficar sempre no sofá.

Infelizmente, Owen não entende uma só palavra do que ela está dizendo.

Três dias depois, Owen deixa Jen na casa de Liz. Emily ainda acredita que sua alergia é apenas temporária, mas Jen está cansada de dormir do lado de fora.

– Como vão as coisas? – pergunta Liz a Owen.

Ela acha que ele parece cansado, mas feliz.

– Ótimas – ele diz. E depois sussurra: – Espero poder pegar novamente Jen dentro de alguns dias, mas é tudo um tanto demais para Emily.

– Claro. – Liz dá um sorriso tenso.

– Como você vai ao volante? – pergunta Owen. – O estacionamento em vaga apertada está dando a você algum problema, porque eu poderia...

Ela o interrompe.

– Não.

– Obrigado por ficar com Jen.

– De nada. – Liz dá de ombros. – Algumas vezes, essas coisas simplesmente não funcionam.

Owen começa a se afastar.

– A propósito – pergunta Liz –, de que Emily morreu?

– De gripe.

– Mas pensei que ela fosse médica! Deve ter tomado uma vacina.

– Tomou. Não funcionou. Não é sempre uma coisa garantida, você sabe.

– É, sei – responde Liz.

Observando Owen afastar-se de carro, Liz pensa na gripe. Pensa que todas as demais pessoas que conhece morreram de causas muito mais respeitáveis. Aldous e a esposa (desastre de avião), Betty (câncer de mama), ela própria e Sadie (atropelamento), Curtis e a prima de Thandi, Shelly (overdose), Thandi (tiro na cabeça), Owen (incêndio), Esther (motivos relacionados com a Doença de Alzheimer), Paco (afogamento). Ora, essas foram mortes de verdade, pensa Liz. Pelo amor de Deus, quem é que morre de gripe, fora os idosos? Liz pensa em como tudo está mudando, só porque a estúpida Emily não se preocupou com lavar as mãos como deveria.

Quando Owen volta, Emily está lendo o xerox de um folheto com o título "Escritório de Serviços de Diversão de Outrolugar – Guia para Profissões Alternativas". Ela diz:

– Parece que não posso mais ser médica. Poderia trabalhar num centro de cura, eu acho, mas seria mais enfermagem.

– Lamento – diz Owen.

– Não se desculpe. Mesmo se eu ainda pudesse ser médica, não tenho certeza de que desejaria ser, de qualquer jeito.

— Sabe o que quer fazer, em vez disso? — pergunta ele.

— Talvez eu gostasse de ser uma daquelas pessoas que captam, por meio dos COs, gente que está lendo, e depois transcrevem para cá os livros da Terra.

— Será que você quer dizer uma guardadora de livros?

— É exatamente o que quero dizer. É preciso ser bom na pontuação, e eu sou, e boa ouvinte, e também sou, e com a tendência a ficar acordada tarde da noite, quando as pessoas fazem a maior parte de sua leitura, e também gosto disso.

— Mas parece meio chato — diz Owen.

Emily encolhe os ombros.

— Nunca tive nenhum tempo para ler por prazer quando era médica. E, além disso, é apenas uma coisa que faço; não é minha vida toda.

Owen só faz balançar a cabeça.

— Você sempre foi tão ambiciosa. Uma guardadora de livros? Simplesmente não parece você.

— Talvez eu seja diferente agora — diz Emily.

Owen decide mudar de assunto:

— Como vão seus pais?

— Vão bem — diz Emily.

— E sua irmã?

— Allie está se divorciando de Joe — diz Emily.

Owen diz:

— Eles estavam tão apaixonados.

— Não por muito tempo, O.

— Não consigo acreditar — retruca Owen.

– Você não vê os dois já faz algum tempo – diz Emily.
– Perdeu algumas coisas.

– Certo – diz Owen. – Conte-me tudo sobre os últimos dez anos em trinta segundos; comece!

– Humm – diz ela –, eu...

– Mais rápido – diz ele, olhando para o relógio –, você só tem 25, 24 segundos restantes.

Emily ri. Tenta falar tão rápido quanto pode:

– Terminei a escola de medicina. Especializei-me em queimaduras em sua homenagem. Ser médica era bom. Doença, acidentes, morte. Eu passava muito tempo com minha irmã...

– Restam dez segundos.

– Ah, meu Deus, então tenho realmente de me apressar. Allie teve um bebê, um menino, e deu a ele o nome de Owen. Fui uma boa tia. – E então sua voz muda: – Sabia que, quando você morreu, eu estava grávida? Tivemos um bebê; eu o perdi, O.

– O tempo se esgotou – grita Owen, tristemente. – Eu não sabia.

– O que acontece com os bebês, quando morrem antes de nascer? – pergunta Emily.

– Acho que, antes de mais nada, eles não fazem todo o caminho pelo Rio abaixo. Apenas flutuam de volta e reúnem forças até poderem começar de novo a nadar. Mas não tenho certeza absoluta.

– Então o bebê se torna outro bebê? O bebê de outra pessoa?

– Mais ou menos isso – concorda Owen.

– Ah, gostaria de ter sabido disso antes. Não ficaria tão triste.

– Gostaria de ter podido ajudar você – diz ele.

Emily suspira.

– Tivemos um bebê – repete Owen. – Por que eu não soube?

– Porque eu também não soube, antes de você morrer. Eu o perdi no segundo mês, e não estava realmente aparecendo muito.

– Mas ainda acho que devia saber! Tudo o que eu fazia era espiar você.

– Algumas coisas não podemos ver. Algumas coisas não queremos ver – ela diz.

– E pensei que você estivesse triste apenas por minha causa – ele sussurra.

– Claro que também houve isso.

– Como eu gostaria de conhecer esse bebê – diz Owen. – Você deu um nome a ele?

Emily faz um sinal afirmativo com a cabeça.

– Dei, sim.

– Qual era o nome?

Emily sussurra o nome no ouvido de Owen.

– Gosto desse nome – diz ele, suavemente. – Não é muito sofisticado nem simples demais. Acho que ele também teria gostado.

À noite, Emily começa a dormir no sofá, enquanto Owen fica no quarto. Eles têm horários diferentes e rapidamente descobrem que é mais fácil dessa maneira. Além disso, ele se sente feliz apenas por saber que ela está atrás da parede à sua frente. Lembra-lhe de quando eles eram garotos, crescendo em Nova York, e costumavam bater o código Morse um para o outro.

Cada dia com Emily é um pequeno milagre para ele. Lá está ela, em sua cadeira. E lá está ela usando sua camisa. E lá está ela lavando os pratos. E lá está ela dormindo. E ela está em toda parte. Ele nem consegue acreditar em quantos lugares ela está. Tem vontade de mordê-la só para se certificar de que ela é real. Quer tirar fotos dela, simplesmente porque pode. E, quando se supõe que ele deveria estar fazendo outras coisas, Owen apenas fica ali sentado, olhando fixamente para ela. E Emily é tão surpreendente. Ela quer ver as coisas, então ele a leva para todos os seus locais favoritos em Outrolugar. E ela faz uma porção de perguntas. (Ele se esquecera disso, a respeito de Emily.) E Owen faz o melhor que pode para responder a elas, mas Emily sempre fora mais inteligente do que ele (e agora ainda mais), de modo que não tem certeza se todas as suas respostas chegam a ser satisfatórias para ela.

Bem, uma ou duas coisas de fato o aborrecem. Ele fica envergonhado até de mencioná-las. Ela é desarrumada. E gosta de iniciar projetos de melhoria na casa, mas jamais realmente os conclui. E fica acordada até tarde e é barulhenta até quando tenta ser silenciosa. E nunca limpa do ralo os fios de cabelo que ficam presos lá. E realmente faz muitas perguntas. E algumas vezes eles ficam sem assunto para conversar, porque tudo o que têm em comum é o passado. Então uma porção de suas conversas começa assim: "Lembra-se daquele tempo...?" E a coisa que mais o incomoda não tem nada a ver com ela.

Mas Owen tenta ignorar essas coisas. Essa é Emily, afinal.

Uma tarde de sábado, Liz dá uma passada na casa de Owen para pegar a bola favorita de Jen. Há uma semana Jen atormenta Liz para ela fazer isso, mas Liz estava evitando a tarefa, por um motivo ou por outro. Quando Liz finalmente vai, Owen não está lá, mas Emily sim. Liz pergunta a si mesma se Emily sequer sabe quem ela é.

– Sou Liz – ela diz, constrangida. – Sou a pessoa que está cuidando de Jen. Você deve ser Emily.

– Ah, Liz, é um prazer conhecer você. – Emily aperta sua mão. – Obrigada por tomar conta de Jen – ela diz. – Espero não ser alérgica para sempre e que ela possa voltar, finalmente.

Liz faz um sinal afirmativo com a cabeça.

– Estou aqui apenas para pegar a bola de Jen, depois irei embora.

– Claro, vou pegá-la. – Emily volta com a bola. Olha para Liz. Esta lhe faz lembrar alguém, mas Emily não consegue exatamente localizar quem. – Como é que você conhece Owen? – Emily pergunta.

– Eu... – Ela faz uma pausa. – Eu o ajudei a adotar Jen. Trabalho para o Setor de Animais Domésticos. Acho que, de alguma forma, nos tornamos amigos por intermédio de Jen.

— Entendo — diz Emily. — Será que você aceita um refrigerante, ou alguma outra coisa? É apenas porque não encontrei nenhum dos amigos de Owen e estou meio curiosa.

— Realmente tenho de ir — diz Liz. — Desculpe.

— Ah, está bem. Quem sabe em outra ocasião?

Liz faz um sinal afirmativo com a cabeça. Entra no carro o mais rápido que pode e se afasta.

— Ei, Liz — Emily grita para ela —, você se esqueceu de levar o brinquedo da Jen!

Em casa, na cama, Liz chora com o rosto enterrado no travesseiro. Betty tenta consolá-la:

— Não chore, boneca. Você conhecerá outros rapazes — diz Betty.

— Não estou ficando nem um pouquinho mais velha, se você ainda não notou — diz Liz, muito infeliz. — Não tenho tempo para conhecer outros rapazes.

— Ora, você ainda pode ser amiga de Owen, não é?

Liz não diz nada.

— Realmente, deveríamos convidá-los para jantar — diz Betty.

— Quem?

— Owen e a esposa, claro.

— Por quê?

— Porque é uma coisa simpática e porque ele é seu amigo.

— Acho essa ideia péssima — responde Liz.

– Vamos convidá-los para o próximo sábado – diz Betty. – Estou realmente curiosa com relação a ela.
– Eu a conheci hoje – diz Liz.
– É mesmo? Como ela é?
– Ela é muito bonita – admite Liz. – E muito adulta.

Liz sai da cama e se olha no espelho em cima da cômoda. Fica imaginando se já começa a parecer mais jovem.

Cerca de uma semana depois, Emily e Owen vão jantar na casa de Betty. Owen está feliz por ver Jen e orgulhoso de apresentar Emily a todos. Betty e Emily passam a maior parte da noite conversando uma com a outra. A conversa delas é pontuada pelos espirros de Emily, embora os cachorros tenham sido banidos para o quarto de Liz, durante o jantar. Liz fica calada a maior parte do tempo. Owen não para de tentar fazer contato com ela, mas Liz evita intencionalmente seu olhar. Por causa da alergia de Emily e do mau humor de Liz, a noite termina rapidamente.

Depois que Owen e Emily partem, Betty diz:
– Agora, você não se sente melhor por ter feito isso?
– Realmente não – diz Liz.
– Ela foi simpática – acrescenta Betty.
– Não disse que não foi – responde Liz, rangendo os dentes.

No carro, a caminho de casa, Emily diz a Owen:
– Você gosta de Liz, não é?
Owen não responde.

– Você não precisa sentir-se mal por causa disso – continua Emily. – Seria a coisa mais natural do mundo se gostasse. Ela é da sua idade e você não podia saber que eu viria para cá.

Owen balança a cabeça.

– Amo você, Em. Sempre amarei você.

– Sei que ama – diz Emily.

Naquela mesma noite, Liz está prestes a pular na cama quando nota uma grande poça amarela.

– O que aconteceu aqui? – pergunta Liz a Sadie.

– Não olhe para mim! Foi Jen – responde Sadie. – Acho que ela está com um problema de rejeição. Pensou que Owen vinha pegá-la esta noite.

– É isso! – grita Liz. – Vou de carro até lá! – Pega as chaves de Betty, no aparador, e bate a porta.

Com o coração disparado, Liz toca a campainha de Owen.

– Você planeja ir pegar Jen algum dia? – grita Liz. – Ou pretende, simplesmente, deixar a cachorra comigo pelo resto da sua vida?

– Owen, quem está na porta? – grita Emily.

– É apenas Liz – grita Owen, em resposta.

– Olá, Liz – grita Emily.

– Apenas Liz? – Liz está indignada.

Owen sai, fecha a porta e conduz Liz para a varanda.

– Você não me disse uma só palavra a noite inteira e depois vem aqui gritar comigo!

– Owen – diz Liz –, não acho justo o que você está fazendo com Jen. Ela se sente abandonada e confusa.

– Ah, que nada! Tenho certeza de que ela está ótima morando com você. Jen a adora – diz Owen.

– Jen pode me adorar, mas não sou sua dona. Ela fez xixi em minha cama. Os cachorros domesticados só fazem xixi na cama das pessoas quando estão com problemas.

– Bem – retruca Owen –, lamento.

– Então, quando planeja ir pegá-la? – exige Liz.

– Logo, logo, assim que Emily estiver inteiramente instalada.

– Já se passaram duas semanas. Não acha que já houve tempo suficiente para ela se instalar?

– Você sabe que Emily é alérgica. – Owen suspira. – Não sei o que fazer.

– Você assumiu um compromisso com Jen. Disse que tomaria conta dela – diz Liz.

– Mas assumi um compromisso com Emily muito antes de conhecer Jen.

– Ah, pelo amor de Deus! Me poupe! Estou tão cansada de Emily! – grita Liz.

– E acho que isto não tem nada a ver com Jen! – Owen grita, em resposta.

– Fique sabendo que não quero nada com você. Não estaria aqui, se você não tivesse deixado sua cachorra comigo!

– Ah, é?

– É sim.

E então, como não resta nada a dizer, eles se beijam. Liz não teve certeza se Owen a beijara ou se fora ela que, de fato, o beijara. Fosse como fosse, não aconteceu exatamente como ela imaginara que seria o primeiro beijo dos dois.

Quando Liz, finalmente, se afasta de Owen, vê Emily olhando-a fixamente. Emily não parece exatamente zangada, apenas mais ou menos curiosa.

– Olá – diz Emily. – Ouvi gritos. – Ela sorri, um sorriso muito estranho. – Acho que deixarei vocês dois sozinhos – diz ela, não de forma agressiva.

– Emily – diz Owen. Mas Emily já se foi. – Tudo isso é sua culpa! – grita Owen para Liz.

– Minha culpa? Mas você me beijou.

– Quero dizer, o fato de você estar aqui. De existir. Você está tornando minha vida tão mais difícil – diz Owen.

– Que quer dizer? – pergunta Liz.

– Eu amei Emily. Eu a *amo* – diz Owen –, e talvez, se tivesse encontrado você primeiro, as coisas fossem diferentes. Mas é assim que as coisas são.

Owen se deixa cair nos degraus da varanda. Parece vazio.

– Ela é minha esposa, Liz. Não há nada que eu possa fazer. Mesmo se quisesse fazer alguma coisa, não há nada que eu possa fazer.

– Continuarei tomando conta de Jen – diz Liz, antes de ir embora.

A Cláusula da Saída Furtiva

Certa noite, depois do trabalho, Aldous Ghent para no Setor de Animais Domésticos. Liz é uma das clientes favoritas de Aldous e ele, muitas vezes, deixa todo o negócio a cargo dela até o fim do dia. Aquela noite, ele encontra Liz, Sadie e Jen confinadas no escritório da garota. Chovera o dia inteiro, e todas as três estão num estado de espírito especialmente sombrio. Numa discussão a respeito de qual era a tigela de água de cada uma, Sadie mordera a pata traseira de Jen. Embora não fosse uma mordida séria, o orgulho de Jen está ferido e agora ela não fala mais com Sadie.

– Olá, senhoras – cumprimenta Aldous, alegremente.

Por sorte, Aldous é o tipo de homem que não dá importância ao estado de espírito sombrio da maioria das pessoas, porque ele quase sempre tem um bom estado de espírito.

— Jen, Sadie, preciso falar com Liz em particular, por um momento.

As duas cachorras levantam-se com má vontade. Jen finge que está mancando, mas de forma pouco convincente.

— Como vai Owen? — pergunta Aldous a Liz, com um sorriso de quem sabe das coisas.

— Não sei dizer — responde Liz.

— Que diz Shakespeare? "O curso do verdadeiro amor nunca correu suavemente." — Aldous brinca com ela.

— Não sei dizer — repete Liz.

— Se lembro bem, a frase é de *Sonho de uma noite de verão*.

— Só chegamos a *Macbeth* nas aulas de inglês, e então morri.

— Bem, Elizabeth, temos Shakespeare aqui, você sabe.

— A questão, com relação a Shakespeare, é que a gente só o lê quando alguém nos manda — diz Liz. — Em Outrolugar, ninguém faz a gente ler Shakespeare e nem outro autor. — Liz suspira. — Aldous, o que você quer agora?

— Tenho certeza de que você descobrirá que qualquer briga entre você e Owen rapidamente será esquecida — diz Aldous.

— Duvido — retruca Liz. — A esposa de Owen chegou da Terra.

— Meu Deus, estou surpreso — diz Aldous, momentaneamente desconcertado pela revelação de Liz. E, depois, o sorriso sempre presente volta a seu rosto. — Quando você tiver vivido tanto quanto eu, descobrirá que o mundo tem uma maneira de resolver as coisas – diz Aldous.

– Seja lá o que isso signifique – diz Liz, num sussurro.

– Vim para lhe lembrar que na próxima semana será o aniversário de um ano de sua chegada a Outrolugar – diz Aldous. – Então, parabéns, Elizabeth.

– É só isso? – diz Liz.

Aldous leva um tempo ridiculamente longo para chegar ao assunto. Normalmente, ela o acha divertido, mas hoje está com vontade de gritar.

– Ora, é apenas uma formalidade, de fato, mas preciso me assegurar de que você não quer usar a Cláusula da Saída Furtiva.

– O que é mesmo isso? Poderia repetir?

– A Pessoa Furtiva é um adolescente, ou pessoa mais jovem, que volta à Terra antes de sua passagem adequada – diz Aldous. – Deve lembrar-se de que você tinha um ano para decidir, e seu ano está praticamente terminado.

Liz reflete sobre o que Aldous acabou de dizer. De alguma forma, toda a sua experiência com Owen e Emily a fez sentir-se inteiramente exausta e pessimista. De que adianta amar alguém? Para Liz, todo o esforço de trabalhar, viver, amar, conversar, começou a parecer apenas isto: esforço. Dentro de 15 anos (menos, de fato), ela se esqueceria de tudo, de qualquer jeito. Considerando todas as coisas, começa a parecer preferível acelerar um pouquinho o processo.

– Então, ainda posso ir? – pergunta Liz.

– Não está dizendo que quer ir, não é? – pergunta Aldous.

Liz faz um sinal afirmativo com a cabeça.

Aldous olha para Liz.

– Bem, devo dizer que estou surpreso, Elizabeth. Nunca a considerei uma Pessoa Furtiva. – Os olhos de Aldous se enchem de lágrimas. – E eu pensava que você tivesse tido uma adaptação tão bem-sucedida.

– O que eu precisaria fazer? – pergunta Liz.

– Informe a seus amigos e pessoas queridas de sua decisão. Por carta ou pessoalmente, a escolha é sua. Talvez você devesse conversar com Betty sobre isso, Elizabeth.

– É o que quero fazer, Aldous – diz Liz. – Espere, você não dirá a ela, não é?

Aldous balança a cabeça, parecendo, de forma pouco característica, torturado.

– Tudo o que conversamos é sempre confidencial. Não poderia dizer a ela nem que quisesse. Embora provavelmente devesse.

Então, Aldous começa a chorar de verdade.

– Foi alguma coisa que eu fiz? – pergunta. – Ou que não fiz?

– Não, acho que foi uma questão minha mesmo – Liz o consola da melhor maneira que pode.

Fica estabelecido que a liberação de Liz acontecerá na manhã de sábado, quando sua chegada a Outrolugar completa um ano, o último dia possível para ela se valer da cláusula. Ela partirá pelo Rio na companhia de todos os bebês. Será estranho, pensa Liz, estar no meio de tantos bebês. Além disso, Liz terá de ser embrulhada em bandagens, o que seria totalmente humilhante, se alguém a visse. Claro, ninguém a verá, de qualquer jeito.

A única pessoa a quem Liz decide contar é Curtis Jest. As escolhas óbvias – Betty, Thandi ou Sadie – tentariam fazê-la desistir de seu plano, e Liz não está disposta a enfrentar mais drama. Não está falando com Owen. Então, basicamente, resta Curtis. Ele sempre parece divertido com a vida das outras pessoas, mas decididamente distanciado e apático. Ele ficaria triste de vê-la ir embora, mas não faria nada para tentar impedir. E é isso, exatamente, o que Liz quer.

Mesmo assim, Liz demora o maior tempo possível para falar com Curtis. Ela só lhe conta o que fará no sábado, à noite, pouco antes da partida.

– Então, suponho que não adianta tentar fazer você desistir? – pergunta Curtis, os dois sentados no cais, com as pernas pendentes por sobre a beira.

– Não, não adianta, de jeito algum – responde Liz. – Está decidido.

– E não é por causa de Owen?

Liz suspira.

– Não – ela diz, finalmente –, na verdade, não. Mas talvez eu desejasse ter o que ele tem.

– Não entendo, Liz.

– A questão é que Owen tinha Emily antes, na Terra. Não tenho nada de antes, de quando eu estava na

Terra. Emily foi o primeiro amor de Owen, e eu quero isso, quero ser o primeiro amor de alguém. Consegue entender isso? Algumas vezes, tenho a impressão de que, nesta vida às avessas, nada do que acontece comigo é jamais novo. Tudo o que acontece já aconteceu antes com outra pessoa. A impressão é de que estou recebendo tudo de segunda mão.

– Liz – diz Curtis, com seriedade –, acho que você descobriria, mesmo se ainda estivesse na Terra, vivendo uma vida em evolução, que tudo o que acontecesse com você já teria acontecido com outra pessoa.

– Sim – admite Liz –, mas não seria tão predeterminado. Eu não saberia quando iria morrer. Não saberia que, em menos de 15 anos, seria outra vez um estúpido bebê. Eu chegaria a ser uma adulta. Teria uma vida própria.

– Você tem uma vida própria.

Liz dá de ombros. Não sente nenhuma necessidade de ter essa conversa.

– Liz, acho que você está cometendo um grave erro.

De repente, Liz vira-se contra ele.

– Você é mesmo ótimo para falar! Olhe para si mesmo; você fica sentado neste cais o dia inteiro, dia após dia, sem fazer nada! Não vê ninguém! Não canta! Você está, na verdade, meio morto!

– Estou, na verdade, inteiramente morto – brinca Curtis.

– Tudo é piada para você, tudo é divertido. Ora, por que não está cantando? Por que não canta alguma coisa, Curtis?

– Porque já fiz isso uma vez – diz Curtis, com firmeza.

– Então, não sente falta daquilo tudo? Não pode, honestamente, esperar que eu acredite que você é feliz, sendo apenas um pescador. E nunca vi você pegando um peixe sequer!

– Pego peixes, sim, mas torno a jogar todos no mar.

– Isso é completamente idiota e inútil!

– De jeito nenhum. Encaminhamos os peixes de volta para a Terra e, além disso, mantemos o cais pitoresco. Pescar é uma ótima e nobre profissão – diz Curtis.

– Não quando se espera que você faça outra coisa!

Curtis não responde, durante algum tempo.

– Na semana passada, encontrei um jardineiro chamado John Lennon.

– E o que isso tem a ver? – pergunta Liz.

Ela não está disposta a escutar as besteiras de Curtis.

– Nada. É apenas para dizer que só porque alguém fez alguma coisa antes, isso não significa que precise continuar a fazer.

– Sabe o que penso? – pergunta Liz. – Acho que você é um covarde! – Ela se levanta e se afasta.

– Cada um sabe de si, Lizzie, minha garota! – Curtis grita para ela.

Liz passa a noite inteira acordada, esboçando uma carta para Betty.

Querida Betty,

~~Todo dia faço a mesma coisa que na véspera, e não consigo mais suportar isso. Sinto que nunca chegarei à parte boa. A morte é apenas uma grande reprise, sabe?~~

~~Não tem nada a ver com Owen.~~

~~A esta altura, você provavelmente já sabe que voltei para a Terra.~~

Voltei para a Terra como uma Pessoa Furtiva.

Por favor, não se preocupe.

~~Desculpe, mas tem de ser assim.~~

Desculpe.

Tome conta de Sadie e Jen para mim.

Com amor,
Liz

Omitindo as partes riscadas, Liz reescreve a carta numa nova folha de papel e vai dormir.

Tarde, aquela noite, Owen ouve algumas batidas na parede. Fica ouvindo as batidas, que parecem ter um ritmo familiar, constante: é Emily batendo o código Morse para ele.

– Quer que eu vá embora? – ela bate.
Ele não responde.
– Eu quero ir – ela bate.
Ele não responde.
– Bata duas vezes, para eu saber que você me ouviu.
Ele respira fundo e bate duas vezes.
– Isto não está funcionando – ela bate.
– Eu sei – Owen bate em resposta.
– Sempre o amarei – ela bate –, mas os períodos de nossas vidas não estão em harmonia.
– Eu sei – bate Owen.
– Sou uma mulher de 35 anos, sou diferente agora – ela bate.
– Eu sei – Owen bate.
– Você tem 17 anos – ela bate.
– Dezesseis – ele bate.
– Dezesseis! – ela bate.
– Sinto muito – ele bate, baixinho.
– Não é sua culpa, é apenas a vida – ela bate.
– Mas estamos mortos – ele bate.

Owen pode ouvir Emily rir, no outro cômodo. Nenhuma batida se segue e depois ela aparece no quarto dele.

– Logo que você morreu, eu também queria morrer. Não queria estar viva sem você – diz Emily. – Você era toda a minha vida. Eu não tinha lembranças que não incluíssem você, de alguma forma.

Owen faz um sinal afirmativo com a cabeça.

– Mas eu segui em frente. Parei de esperar por você. Na verdade, não acreditava que algum dia tornaria a vê-lo – diz Emily.

– Você nunca se casou – diz Owen.

– Já tinha feito isso. E, para sequer considerar tornar a fazer, você era o padrão de comparação com o qual todos os outros tinham de ser julgados. – Ela ri. – Engraçado é que eu, na verdade, encontrei alguém, alguns meses antes de morrer. Não era sério, ainda não, mas tinha possibilidades.

– Nunca vi isso! Nem uma única vez vi você com outro sujeito – diz Owen.

– Bem, acho que você não estava me espiando com muita frequência, durante esse tempo – diz Emily.

Owen desvia o olhar.

– Em certo nível, sempre pude sentir você me observando, Owen, e notei quando você parou – diz Emily.

Owen não responde.

– Está certo, para você, estar apaixonado por outra pessoa. Você não devia sentir-se culpado – diz Emily, serenamente.

– De início, pensei que gostava dela porque ela me lembrava você – ele diz, tranquilamente.

– O que eu era há vinte anos.

Owen olha para Emily e, pela primeira vez, desde que ela chegou a Outrolugar, realmente a vê. Ela é bonita, talvez ainda mais do que quando era uma mocinha. Mas está diferente. Está mais velha, mais angulosa. Seus olhos mudaram, mas ele não sabe dizer como.

– Na verdade, não a conheço mais, não é? – diz ele, tristemente.

Ela o beija na testa e ele tem vontade de chorar.

– Com alguns casais, funciona; outros casais se formam aqui – diz Owen. – Por que não podemos ser essas pessoas?

– Eu não me preocuparia muito com isso – diz Emily. – E, de qualquer forma, estou satisfeita por ter chegado a ver você de novo.

– Mas parece injusto, não é? Supunha-se que envelheceríamos juntos e tudo o mais.

– Ora, isso não aconteceria, de qualquer jeito. Não aqui, pelo menos – argumenta Emily. – E acho que tivemos mais sorte do que a maioria – ela diz. – Tivemos uma vida ótima juntos e tivemos também uma segunda chance. Quantas pessoas podem dizer isso?

– É por causa daquela noite na varanda? – pergunta Owen.

– De jeito nenhum – garante-lhe Emily. – Mas, já que você falou a respeito, gostaria de saber o que eu vi lá fora? – Ela faz uma pausa. – Vi duas crianças apaixonadas.

Owen fecha os olhos e, quando torna a abri-los, ela se foi. Ele sente uma estranha dor no braço. Examina sua tatuagem, que está mais nítida do que nunca, pelo que ele lembra, mais até do que na ocasião em que foi feita. O coração bate e pulsa quase como um coração de verdade. E então, num instante, a tatuagem se vai também. Além de uma leve vermelhidão, sua pele não está mais marcada. É como se a tatuagem nunca tivesse estado ali.

Exatamente antes de adormecer, ele jura que a primeira coisa que fará de manhã é procurar Liz.

Para a Terra

Na manhã da libertação de Liz, ela acorda às quatro horas. Todos os lançamentos são realizados ao amanhecer, quando a maré expõe o Rio, e ela chega cerca de 15 minutos mais cedo.

Uma equipe de enfermeiras de lançamento prepara os bebês para serem libertados no Rio. A enfermeira de Liz se chama Dolly.

– Meu Deus – diz Dolly, quando vê Liz –, é raro aparecerem meninas grandes como você.

– Sou uma Pessoa Furtiva – responde Liz.

– Joleen normalmente cuida das Pessoas Furtivas, mas ela está de férias. Pessoa Furtiva ou não, você tem de tirar toda a sua roupa e depois eu a envolverei com bandagens.

– Não posso ficar, pelo menos, com minha roupa de baixo? – pergunta Liz.

– Desculpe, mas todos precisam usar a roupa com que nasceram na volta para a Terra – diz Dolly. – Sei que, provavelmente, é um pouco embaraçoso, em sua idade, mas é feito assim. A maioria dos bebês não sabe a diferença. Além disso, ninguém saberá, de qualquer jeito, que você está nua sob as bandagens. – Dolly entrega a Liz um roupão de papel. – Nesse meio-tempo, você pode usar isto.

Nua, apenas com o roupão, Liz se deita numa mesa com rodas, parecendo uma maca de hospital, do tipo usado para transportar pacientes de cirurgia. A enfermeira do lançamento começa a envolver Liz com bandagens de linho branco. Ela começa com os pés de Liz, vai amarrando as pernas e depois segue até a cabeça. Quando chega ao meio, tira o roupão de papel de Liz e começa a amarrar os braços dela aos lados de seu corpo.

– Por que você precisa amarrar os braços? – pergunta Liz.

– Ah, se você estiver mais compacta, isso ajuda a correnteza a puxar você para a Terra, e também mantém os bebês aquecidos – responde Dolly.

Dolly deixa o rosto de Liz descoberto, mas o restante de seu corpo está todo amarrado, apertado. Liz parece uma múmia. Ela se sente mal, toda amarrada desse jeito, e mal consegue respirar.

Com as rodinhas da maca rolando, Dolly leva Liz até a beira da praia. Baixa-a para dentro da água. Liz sente a água fria impregnar as bandagens.

– O que acontece com as bandagens, quando eu chegar à Terra?

– Não se preocupe. O pano, a essa altura, terá provavelmente deteriorado e o Rio lava o que restar – diz Dolly. – Quando o sol começar a se elevar sobre o horizonte, você poderá ver o Rio. Eu lhe darei um empurrão e a correnteza a carregará por todo o caminho até a Terra. Disseram-me que a viagem dá a impressão de demorar uma semana, mas você provavelmente perderá a noção do tempo muito antes disso.

Liz faz um sinal afirmativo com a cabeça. Pode perceber o início de uma luz avermelhada pouco acima do horizonte. Não irá demorar.

– Importa-se se eu lhe fizer uma pergunta? – diz Dolly a Liz.

Liz balança a cabeça e isso faz praticamente todo o seu corpo se sacudir, por causa do pano apertado.

– O que faz uma pessoa querer voltar logo para a Terra? – pergunta Dolly.

– Que quer dizer? – responde Liz.

– Quero dizer, tudo é vida, não é? Por que está com tanta pressa de voltar?

Nesse momento, o sol aparece no céu. O oceano se divide em dois e o Rio é revelado.

– O amanhecer – diz Dolly. – Hora de ir. Boa viagem! – Dolly dá um empurrão em Liz Rio abaixo.

Curtis Jest não consegue dormir. Remexe-se e se vira em seu catre de madeira. Finalmente, desiste de dormir e levanta.

Curtis pede carona para o outro lado da cidade, até a casa de Liz. Sabe que Liz está morando com a avó. Decide que deve informar a essa mulher a decisão de Liz, mesmo que isso signifique desmerecer a confiança da amiga. Pela primeira vez, há muito tempo, ele lamenta ter perdido seu status de astro do rock. (Os astros do rock sempre têm automóveis velozes.)

Às 6:15 ele toca a campainha da porta de Betty.

– Olá, estou procurando a avó de Lizzie – diz Curtis. Ele olha atentamente para Betty. – Meu Deus, não é você, é?

– Sim. Sou a avó de Elizabeth. E você, quem é?

– Sou... – começa Curtis.

Por um momento, ele se esquece completamente de seu nome e do motivo para ir até ali. Em vez disso, reflete sobre como se poderia descrever a cor dos olhos de Betty. Azul-acinzentado, ele decide. Azul-acinzentado como uma manhã enevoada, como a água de uma fonte de pedra, como a lua ou talvez as estrelas. Betty dos olhos azuis-acinzentados. Aquilo poderia dar uma boa canção...

– Sim? – Betty interrompe seu devaneio.

Curtis pigarreia, baixa a voz, fica em pé mais ereto e recomeça a falar:

– Sou Curtis Sinclair Jest, antigamente da banda Machine. Sou confidente de Elizabeth e por isso vim procurar você a esta hora. Preciso contar-lhe uma coisa muito urgente sobre Lizzie.

– Que há com Liz? – pergunta Owen, aproximando-se por trás de Curtis, pela estrada de acesso à garagem. – Preciso falar com ela agora mesmo.

Curtis diz:

– Liz está com problemas, Betty. Precisaremos de seu carro.

Betty respira fundo.

– Que aconteceu? O que aconteceu com Elizabeth? – Ela desiste de tentar disfarçar o terror em sua voz: – Quero saber o que aconteceu com Elizabeth! – grita.

Curtis pega a mão de Betty.

– Ela está voltando para a Terra, e precisamos impedir isso.

– Será possível que ela tenha optado pela saída furtiva? – pergunta Owen.

Curtis faz um sinal afirmativo com a cabeça.

– Mas já amanheceu! – exclama Betty.

Os três olham para o céu amarelo, que se torna mais brilhante a cada segundo.

– Meu carro é mais rápido – diz Owen, correndo de volta pelo caminho de acesso à garagem.

– Que Deus nos ajude – sussurra Betty, antes de segui-lo.

Ao ser puxada, cada vez mais rapidamente, em direção à Terra, Liz começa a pensar em Outrolugar e em todas as pessoas que conheceu lá. Pensa em como essas pessoas se sentirão, quando descobrirem que ela foi embora sem sequer contar-lhes o que faria.

Pensa em Thandi.
Pensa em Betty.
Pensa em Sadie.

Pensa em Paco, em Jen, em todos os cachorros...
E pensa em Owen.
Mas, principalmente, pensa em si mesma. Continuar Rio abaixo significará, para todos os efeitos, o fim de Liz. E, quando ela examina a situação dessa maneira, de repente pergunta a si mesma se não cometeu um erro enorme.

E então pergunta a si mesma se será tarde demais para corrigi-lo.

Porque não seria por Owen, nem por nenhuma daquelas pessoas, que ela voltaria para Outrolugar. Com ou sem Owen, quase 15 anos é um longo tempo. Quase 15 anos é uma dádiva. E qualquer coisa podia acontecer ali em Outrolugar, o lugar em que a vida de Liz supostamente terminara.

Se eu interromper esta vida, jamais saberei como minha vida supostamente transcorreria. Uma vida é uma boa história, percebe Liz, mesmo uma vida incomum, às avessas, como a sua. Agarrar-se à sua antiga vida na Terra era inútil. Ela jamais teria novamente sua antiga vida, que evoluía no curso regular. Pensando bem, essa vida às avessas *é* sua vida para o futuro. Não é ainda sua hora, e seu desejo de saber como a história terminará é forte demais.

E, além disso, pensa Liz, para que essa pressa?

Na água, o tecido das bandagens está rígido como gesso. Liz balança-se para a frente e para trás, tentando rasgá-lo. O movimento não a liberta, mas faz com que ela gire 180 graus, ficando de frente para a correnteza. Por toda parte, em torno dela, bebês passam flutuando.

As ondas batem em seu rosto exposto. Entra água em seus pulmões. Liz sente as pernas começarem a afundar. Inclina o pescoço para a frente e tenta rasgar com os dentes o tecido das bandagens. Depois de muito esforço, consegue rasgar um minúsculo buraco, que lhe permite girar o ombro repetidas vezes. Dói demais, mas ela solta, finalmente, seu bíceps esquerdo, depois seu antebraço esquerdo, em seguida uma das mãos. Estende a mão para cima da superfície da água.

Luta para puxar a si mesma para fora da água, com a mão livre, mas é tarde demais. Água em excesso encheu seus pulmões.

Ela afunda. É um longo caminho até o fundo do oceano. E vai ficando cada vez mais escuro. Liz bate no fundo, com uma pancada. Uma nuvem de areia e outros fragmentos de rochas se forma em torno dela. E depois ela desmaia.

Quando Liz acorda, na manhã seguinte, não pode mover-se e se pergunta se está morta. Mas então percebe que pode abrir os olhos e seu coração está batendo, embora muito vagarosamente. Ocorre a Liz que ela pode estar aprisionada para sempre no fundo do oceano. Nem morta nem viva. Um fantasma.

— Ouça, cara, lamento, mas é tarde demais — diz Curtis a Owen. — Ela já foi embora.
— Simplesmente não acredito que Liz pudesse ter feito uma coisa dessas — responde Owen, balançando a cabeça. — Não parece coisa dela, de jeito nenhum.

Betty também balança a cabeça.

— Também não consigo acreditar. — Suspira. — Por algum tempo, logo que chegou aqui, ela ficou muito deprimida. Pensei que tivesse superado tudo, mas acho que não superou.

— Vou atrás dela em meu barco — diz Owen.

— Ela foi embora. A enfermeira do lançamento confirmou. Não há nada que se possa fazer agora.

Betty lança a Curtis um olhar sombrio e ele desvia os olhos.

— Vou atrás dela, em meu barco — repete Owen.

— Mas... — diz Betty.

— Ela pode ter mudado de ideia. E, se mudou, talvez precise de nossa ajuda — diz Owen.

— Vou com você — dizem Curtis e Betty, ao mesmo tempo.

Durante dois dias e duas noites, eles procuram ao longo da costa de Outrolugar, no pequeno barco de Owen, por algum sinal de Liz. Ela não é encontrada em parte alguma. Na segunda noite, Owen diz a Curtis e Betty que voltem para casa.

— Posso fazer isso sozinho — ele diz.

— Não adianta, Owen. Detesto dizer isso, mas ela foi embora. Ela foi mesmo embora. Você devia ir para casa também — diz Betty.

Owen balança a cabeça negativamente.

— Não, vou procurar por mais um dia.

Abatidos, Betty e Curtis concordam em voltar para casa.

– Acha que deveríamos ter ficado com ele? – pergunta Curtis a Betty, já de volta à casa dela, na cozinha.

Betty suspira.

– Acho que ele está tentando encontrar a paz. Acho que ele *queria* ficar sozinho.

Curtis faz um sinal com a cabeça, concordando.

– Lamento não ter vindo procurar você no sábado à noite. Brigamos a respeito disso, e Liz me fez jurar que não diria nada.

– Não é sua culpa. Eu devia ter adivinhado que alguma coisa estava errada. Só queria que ela tivesse me procurado.

Naquele momento, Curtis espia um bilhete preso na geladeira, com o nome de Betty escrito nele.

– Veja, Betty, parece que ela deixou um bilhete.

Betty corre através da cozinha e arranca o bilhete da geladeira.

– Mas não é possível que eu não tenha visto isto antes!

Curtis olha através da janela, para dar a Betty um pouco de privacidade, enquanto ela lê. Menos de um instante depois, ela se deixa cair numa cadeira.

– O bilhete não diz o motivo! Não diz nada, na verdade – ela fala, num tom de choro. – Você foi o último a falar com ela. Por que acha que ela fez isso?

– Não estou inteiramente certo – ele diz, depois de um momento. – Acho que ela sentiu que não podia ter uma vida normal aqui. Queria ser adulta. Queria se apaixonar.

– Ela podia apaixonar-se aqui! – Betty protesta. – Achei que já estivesse apaixonada.

– Creio que isso foi parte do problema – diz Curtis, delicadamente.

– Mas ela poderia apaixonar-se de novo! Poderia ser por Owen ou por outra pessoa que ainda não conhecesse.

– Acho que ela sentiu que, com as condições daqui, isso provavelmente não resultaria num amor duradouro – explica Curtis.

Betty abraça Curtis. Ele cheira ternamente o cabelo dela e acha que tem um odor de rosas misturado com água salgada.

– Vale repetir que as condições, seja onde for, raramente são muito boas, mas o amor, mesmo assim, surge o tempo inteiro – diz Curtis, meigamente.

Liz percebe que nunca será capaz de se recuperar o suficiente para tornar a nadar de volta à superfície. Envelhecerá para trás apenas o suficiente para se manter viva e respirando; mas, a menos que alguém a encontre, para todos os fins práticos está morta. Realmente morta, desta vez.

No entanto, também não está morta. Estar morta quase seria preferível. Lembra-se de uma história que Owen lhe contou, certa vez, sobre um homem que se afogara a caminho do Poço. Ninguém o encontrara durante trinta anos e, quando finalmente o localizaram, ele era um bebê, pronto para voltar para a Terra.

"Se ninguém souber que você está viva, ninguém que você ama, você pode estar morta que tanto faz", pensa Liz.

Liz fica olhando fixamente para o alto do lugar onde está, pois não há nada mais a fazer, no fundo do oceano.

Na segunda noite que Liz passa dentro d'água, duas sereias, uma ruiva e uma loura, passam nadando. Param, a fim de olhar para Liz.

– Você é uma sereia? – a ruiva pergunta a Liz.

Liz não pode falar, porque sua laringe fechou-se, numa reação automática, quando ela começou a se afogar. Pisca os olhos duas vezes.

– Não creio que seja – diz a sereia loura. – Como é idiota alguém que não pode falar.

– E ela tem seios muito pequenos – acrescenta a ruiva, rindo.

– Acho que é uma lesma – diz a loura.

– Ah, não diga isso – responde a ruiva. – Acho que você magoou a criatura. Veja, está chorando.

– Não me importa quem seja. Ela é muito chata. Vamos embora – diz a loura.

E as duas sereias saem nadando, muito satisfeitas.

As sereias (animais maldosos e fúteis) são algumas das muitas criaturas que vivem no fundo do oceano, no território entre Outrolugar e a Terra.

No fundo do oceano, no território entre Outrolugar e a Terra

Em seu terceiro dia dentro d'água, Liz é acordada por um estranho som. O som poderia ser o de uma distante buzina de nevoeiro, ou de um sino tocando baixo, quem sabe de um motor. Ela abre os olhos. Um familiar lampejo prateado brilha a distância. Liz envesga um pouquinho os olhos. É uma gôndola! E então ela vê que a gôndola está desenhada em cima de uma lua prateada e que a lua está presa a uma corrente de prata. E o som se parece muito com um tiquetaque. O coração de Liz bate loucamente. É meu velho relógio de bolso, ela pensa. Alguém o consertou, e se eu, pelo menos, conseguir estender o braço, poderei pegá-lo de volta.

E então ela reúne todas as suas forças.

E levanta sua única mão livre.

Mas o relógio está mais distante do que pensou no início.

E reúne um pouco mais de força.

Ela arranca as bandagens até que sua outra mão fica livre.

E bate os braços.

Mas não pode nadar sem bater os pés.

E ela arranca mais do tecido até ficar nua como no dia em que nasceu.

E fica nua.

Mas, pelo menos, seus braços e suas pernas estão livres.

E começa a nadar.

Liz nada sem parar, sempre mantendo à vista a lua prateada. E a gôndola fica cada vez maior. E o restante do relógio parece sumir. E Liz chega finalmente à superfície, arquejando em busca de ar, arquejando em busca de vida.

E quando seus olhos se ajustam, afinal, à luz do dia, a gôndola não pode ser vista em parte alguma. Em vez disso, ela vê um familiar rebocador branco.

– Liz! – grita Owen. – Você está bem?

Liz não pode falar. Seus pulmões estão repletos de água e ela está congelando. Owen nota que os lábios da garota estão azuis.

Ele a puxa para dentro do barco e a cobre com um cobertor.

Liz tosse durante um tempo bem longo, tentando expelir a água de seus pulmões.

– Você está bem? – Owen torna a perguntar.

– Parece que perdi minhas roupas – resmunga Liz, com a voz áspera e irritada.

– Eu percebi.

– E quase morri – diz Liz. – De novo – acrescenta.
– Sinto muito.
– E estou muito furiosa com você – diz Liz.
– Desculpe por causa disso também. Espero que você me perdoe, algum dia.
– Veremos – ela diz.
– Devo levar você para casa agora?
Liz faz um sinal afirmativo com a cabeça.
Exausta, ela se deita no convés. O sol traz uma agradável sensação de calor a seu rosto. Ela pensa como é bom estar num barco, de volta para casa. Logo começa a se sentir melhor.
– Talvez eu gostasse de aprender a pilotar um barco – diz Liz, quando estão quase de volta.
– Posso ensinar, se você quiser – diz Owen. – Parece muito com dirigir um automóvel.
– Quem lhe ensinou a pilotar barcos? – pergunta Liz.
– Meu avô. Ele era capitão de um navio que faz a viagem de ida e volta para a Terra. Mas acabou de se aposentar.
– Você nunca disse que tinha um avô.
– Bem, ele agora tem uns seis anos de idade...
– Espere, ele não era o capitão do SS *Nilo*, era?
– Sim. O capitão. Exatamente – responde Owen.
– É o barco em que eu vim! Eu o conheci no primeiro dia em que cheguei aqui – diz Liz.
– Que mundo pequeno – diz Owen.

Recuperação

Liz se recupera, durante duas semanas, num centro de cura. Embora se sinta melhor depois de poucos dias, ela gosta de seu período de convalescença. É bom receber os cuidados dos amigos e dos entes queridos (em especial quando a recuperação da pessoa está garantida).

Um de seus visitantes é Aldous Ghent.

– Bem, minha querida, parece que você não está na Terra – declara ele.

Liz faz um sinal afirmativo com a cabeça.

– É o que parece.

– Uma situação como esta demanda um grande volume de papelada – Aldous suspira e depois sorri.

– Sinto muito. – Liz retribui seu sorriso.

– Eu não sinto. – Aldous abraça a garota.

Ele funga alto.

– Aldous, você está chorando!

– Outra vez minha alergia. Descubro que ela aparece com mais frequência durante reuniões felizes – Aldous assoa o nariz.

– Li, finalmente, *Sonho de uma noite de verão* – diz Liz.

– Pensei que só se podia ler Shakespeare para a escola.

– Tive algum tempo livre, recentemente.

Aldous sorri.

– E qual sua opinião?

– Fez com que eu me lembrasse daqui – responde Liz.

– De que maneira? – insiste Aldous.

– Você parece um professor – Liz o repreende.

– Ora, muito obrigado. Eu era, sabe. Que estava dizendo, Elizabeth?

Liz pensa durante um momento.

– Há o mundo das fadas e o mundo real. E, da maneira como Shakespeare escreve, não existe de fato nenhuma diferença entre os dois. As fadas são como as pessoas reais, com problemas humanos e tudo o mais. E os seres humanos e as fadas vivem lado a lado. Estão juntos e separados. E o mundo das fadas poderia ser um sonho, mas o mundo real também poderia ser um. Gostei disso. – Liz dá de ombros. – Nunca fui muito boa em língua inglesa. Minhas matérias favoritas eram biologia e álgebra.

– Belas matérias, de fato.

– Estou lendo *Hamlet* agora – comenta Liz. – Mas já posso dizer que não estou gostando tanto quanto de *Sonho de uma noite de verão*.

– Não?

– Bem, Hamlet está obcecado com a morte, como se isso fosse solucionar alguma coisa. – Liz balança a cabeça. – Se ele soubesse o que nós sabemos.

– Se ele soubesse! – concorda Aldous.

Um dia, Curtis Jest visita Liz.

– Lizzie – diz Curtis, com uma seriedade na voz que Liz nunca ouviu antes –, preciso fazer-lhe uma pergunta.

– Sim, o que é?

– É sobre Betty – sussurra Curtis.

– O que há? – pergunta Liz.

– Ela recebe alguma visita masculina? – o sussurro de Curtis se torna ainda mais baixo.

– Não, acho que não, e por que você está sussurrando? – pergunta Liz.

– Há algum a*vô* seu em cena? – Curtis continua a sussurrar.

– Não, vovô Jake casou-se outra vez e mora num barco, perto de Monterey, na Califórnia.

Curtis respira fundo.

– Então, você está dizendo que posso ter uma chance?

– Curtis, uma chance do quê?

– Uma chance com Betty.

– Uma chance com Betty? – repete Liz, em voz alta.

– Liz, baixe a voz. Pelo amor de Deus, estou contando isso a você confidencialmente. – Os olhos de Curtis percorrem toda a sala. – Acho sua avó uma criatura profundamente encantadora.

– Curtis, está dizendo que *gosta* de Betty? – sussurra Liz.

– Estou a fim dela. Sim, sim, é isso mesmo.

– Será que Betty não é um pouco velha para você? – pergunta Liz. – Ela tinha cinquenta anos quando morreu, você sabe. E agora tem mais ou menos 33.

– Sim, exatamente! Ela tem tanta sabedoria! E calor humano! E, no momento, tenho 29 anos. Acha que ela me considerará imaturo demais?

– Não, Betty não é assim. – Liz sorri. – Diga-me uma coisa. Ela já sabe?

– Não, ainda não, mas andei pensando que talvez escreva uma canção para ela.

– Curtis, acho essa ideia maravilhosa. – Liz torna a sorrir. – Ah, e se ficar sem coisas para dizer, fale bem do jardim dela.

– Sim, sim, o jardim dela! Farei isso e lhe agradeço muito pela dica.

Depois que Liz tem permissão para voltar para a casa de Betty, ela passa os dias preguiçosamente no jardim da avó e continua a se recuperar. Liz fica deitada na rede, enquanto Betty cuida do jardim.

Sem ter intenção, Betty faz frequentes interrupções em seu trabalho, só para verificar se Liz ainda está na rede, onde deveria estar.

– Não vou para lugar nenhum – Liz a tranquiliza.

Betty respira fundo, bruscamente.

– Faço isso apenas porque pensei que tinha perdido você para sempre.

– Ah, Betty, você não sabe que não existe isso de "para sempre"?

Liz se balança na rede e Betty retorna para a jardinagem. Cinco minutos depois, elas são novamente interrompidas por Curtis Jest.

Curtis está vestido de forma estranha, com um terno branco e óculos escuros redondos.

– Olá, Lizzie – diz ele, formalmente. – Olá, Betty – diz, suavemente.

– Oi, Curtis. – Liz imita o tom de voz dele.

Curtis pisca para Liz. Ela se vira na rede e finge dormir. Sadie se enrosca atrás da sua dona. Desde a volta de Liz, Sadie tem ficado o mais perto dela possível.

– Nossa, Betty – diz Curtis, tirando os óculos escuros –, você tem mesmo um jardim lindo.

– Obrigada, sr. Jest – responde Betty.

– Será que posso ficar aqui algum tempo? – pergunta Curtis.

– Liz está dormindo e eu já ia entrar em casa.

– Ah, precisa mesmo ir?

– Sim, preciso.

– Talvez algum outro dia, então – gagueja Curtis. – Tenha um bom dia, Betty. Um abraço para Liz.

– Ah, Betty – diz Liz, logo que Curtis já não pode ouvir –, você foi muito cruel com Curtis.

– Foi você quem pegou no sono assim que ele chegou.

– Acho que ele veio para ver você – diz Liz.

– Eu? E por que, pelo amor de Deus?

– Acho que ele veio, humm – Liz faz uma pausa –, para paquerar você.

– Paquerar! – Betty ri. – Ora, essa é a coisa mais absurda que já ouvi em toda a minha vida! Curtis Jest é um garoto e sou velha o bastante para ser sua...

– Namorada – conclui Liz. – Na verdade, a diferença entre vocês é de apenas quatro anos biológicos.

– Querida, não quero mais saber de romance, e isso já faz algum tempo.

– Dizer que não quer mais saber de romance é o mesmo que dizer que não quer mais saber da vida, Betty. A vida é melhor com um pouco de romance, você sabe.

– Depois de tudo o que aconteceu, você ainda tem coragem de dizer isso? – Betty levanta uma das sobrancelhas.

Liz sorri um pouco e prefere ignorar a pergunta de Betty.

– Dê a Curtis uma chance, Betty.

– Duvido muito de que eu vá partir o coração dele, se não der. Tenho certeza de que amanhã ele já terá desistido – diz Betty, ceticamente.

Uma semana depois, Betty e Liz são acordadas no meio da noite pelos sons de um violão.

– Esta é para você, Betty – grita Curtis do jardim, lá embaixo.

Começa a cantar pela primeira vez em quase dois anos. É uma nova canção, que Liz nunca ouviu, e que mais tarde será conhecida como "A canção de Betty".

De forma alguma é o melhor desempenho de Curtis Jest, tampouco é seu melhor momento como compositor. A letra é (não podemos deixar de dizer) um tanto banal, girando principalmente em torno dos poderes de transformação do amor. Na verdade, a maioria das canções de amor é exatamente assim.

Owen mostra-se dedicado a Liz, durante sua recuperação. Ele a visita todos os dias.

– Liz – pergunta Owen –, quando você estava no fundo do oceano, o que lhe deu força para voltar à superfície?

– Pensei ter visto meu relógio flutuando na superfície. Mas, na verdade, era seu barco.

– Que relógio? – pergunta Owen, depois de um momento.

– Quando eu vivia na Terra, tinha esse relógio. Na verdade, precisava ser consertado.

Owen balança a cabeça.

– Um relógio quebrado trouxe você de volta?

Liz dá de ombros.

– Sei que pode parecer sem importância.

– Você pode conseguir um relógio novo em Outrolugar, sabe?

– Talvez. – Liz torna a dar de ombros.

No dia seguinte, Owen dá a Liz um relógio de ouro. O antigo dela era de prata, mas Liz não lhe diz isso. O novo também não é um relógio de bolso. É um relógio feminino, com uma pulseira feita de minúsculos elos de ouro. Não é o tipo de coisa que Liz normalmente escolheria para si mesma, mas também não diz isso a ele.

– Obrigada – diz Liz, enquanto Owen prende o relógio em torno do pulso estreito da garota.

– Combina com seu cabelo – diz Owen, orgulhoso do pequeno relógio de ouro.

– Muito obrigada – repete Liz.

Naquela mesma tarde, Jen visita Liz. (Ela voltara para Owen depois que Emily fora embora para ser treinada como guardadora de livros.)

– Você gostou do relógio? – pergunta Jen. – Ajudei Owen a escolher.

– É realmente bonito – diz Liz, afagando Jen entre as orelhas.

– Ele não tinha certeza se compraria um relógio de prata ou de ouro, mas eu lhe disse ouro. Dourado é uma bela cor, não acha? – pergunta Jen.

– A melhor – concorda Liz. – Diga, Jen, não dizem que os cachorros são cegos para as cores?

– Não são. Quem foi que disse isso?

– É uma coisa que se diz sobre os cachorros, na Terra.

– Aquele pessoal da Terra é engraçado com relação a isso – diz Jen, sacudindo a cabeça. – Como eles sabem que somos cegos para as cores, se nunca sequer nos perguntaram nada sobre isso? Quero dizer, eles nem falam nossa língua.

– Você lembrou bem – diz Liz.

– Voltando à Terra, uma vez vi uma reportagem na televisão que informava que os cachorros não têm nenhuma emoção. Pode acreditar numa coisa dessas? – Jen inclina a cabeça para um lado. – Ouça, Liz, eu queria agradecer a você por me deixar ficar aqui o tempo inteiro.

– Não foi nenhum incômodo.

– E desculpe aquela ocasião... – Jen baixa a voz – em que fiz xixi em sua cama.

– Já esqueci. – Liz tranquiliza Jen.

– Ah, que bom! Eu ficaria muito triste se você estivesse zangada comigo.

Liz balança a cabeça.

– Não fiquei zangada com você.

– Owen está muito melhor agora – diz a cachorra. – Está aprendendo a falar canino e tudo o mais.

– Você não está zangada com ele, nem um pouquinho? – pergunta Liz.

– Talvez tenha ficado um pouquinho, no começo, mas muito pouquinho mesmo, porém não estou mais. Sei que ele é uma boa pessoa. E ele disse que sentia muito. E eu o amo. E, quando a gente ama uma pessoa, tem de perdoá-la algumas vezes. É o que penso.

Liz faz um sinal afirmativo com a cabeça.

– É uma boa filosofia – ela diz.

– Será que você pode afagar minha barriga? – pergunta Jen, deitando-se de barriga para cima, toda feliz.

Mais tarde, aquela noite, Liz examina atentamente o relógio de ouro. Ah, bem, Liz pensa consigo mesma.

O relógio não é exatamente como o antigo, aliás nem sequer se parece com ele. Mas a intenção é boa. Liz sacode o pulso e os elos provocam um agradável tilintar, como o de um sininho. Ela aproxima o pulso da orelha e se deleita com o tiquetaque do segundo ponteiro. Cinco tiquetaques depois, Liz decide perdoar o relógio por suas imperfeições. Beija com ternura seu mostrador. "Realmente, que presente maravilhoso", pensa.

Não demora muito e Liz perdoa Owen também. Ele tem falhas, mas é um excelente professor de direção. Quando se vai perdoar uma pessoa, decide Liz, é melhor fazer isso logo e não deixar para depois. O depois, Liz sabe por experiência própria, pode vir mais cedo do que a gente pensava.

Parte III: Terras Antigas

O tempo passa

Haverá outras vidas.

Haverá outras vidas para rapazes nervosos com as palmas das mãos suando, para agridoces agarramentos nos assentos traseiros dos carros, para barretes acadêmicos e becas azul-escuras e carmesim, para as mães que prendem bonitos colares de pérolas em torno do pescoço sem rugas das filhas, para o nome completo da pessoa ser lido num auditório, para valises novinhas em folha nos transportarem até novos povos estranhos, em novas terras estranhas.

E haverá outras vidas para as dívidas não pagas, para transas descomprometidas, para Praga e para Paris, para sapatos de bico pontudo que doem nos pés, para indecisões e revisões.

E haverá outras vidas para os pais que conduzem as filhas através de naves de igrejas.

E haverá outras vidas para os doces bebês, com peles que parecem feitas de leite.

E haverá outras vidas para um homem que você não reconhece, para um rosto no espelho que não é mais o seu, para os funerais de entes queridos e próximos, para se enrugar, para dentes que caem, para cabelo em seu queixo, para se esquecer de tudo. De tudo.

Ah, há tantas vidas. Como desejamos poder vivê-las ao mesmo tempo, em vez de uma por uma. Poderíamos selecionar os melhores pedaços de cada uma e uni-los, como um fio de pérolas. Mas não é assim que funciona. Uma vida humana é uma linda confusão.

No ano em que Liz fará novamente 13 anos, ela sussurra no ouvido de Betty:

– A felicidade é uma escolha.

– Então, qual é sua escolha? – pergunta Betty.

Liz fecha os olhos e, num átimo, ela escolhe.

Cinco anos se passam.

Quando a pessoa está feliz, o tempo passa depressa. A impressão de Liz é que uma noite ela vai para a cama com 14 anos e, na manhã seguinte, acorda com nove.

Dois casamentos

— Alguém da Terra está tentando contatar você — anuncia Owen, certa noite, depois do trabalho.

Agora ele é o chefe do Departamento de Crime e Contato Sobrenatural e, em geral, uma das primeiras pessoas em Outrolugar a saber a respeito desses assuntos.

— O quê? — Liz mal levanta os olhos de seu livro. Recentemente, ela adotou o hábito de reler seus livros favoritos de quando começou a aprender a ler na Terra.

— O que você está lendo? — pergunta Owen.

— *A menina e o porquinho* — diz Liz. — É realmente triste. Um dos personagens principais acaba de morrer.

— Você devia ler o livro do fim para o princípio — brinca Owen. — Dessa forma, ninguém morre e sempre há um final feliz.

— Essa é uma das coisas mais idiotas que já ouvi em toda a minha vida. — Liz baixa os olhos e retoma a leitura.

– Não quer saber quem está tentando entrar em contato com você? – pergunta Owen.

Do bolso de seu casaco, ele tira uma garrafa verde de vinho cuja rolha foi recolocada no lugar e que tinha no lugar do rótulo um pedaço de papel com coisas escritas, mas já um tanto ilegíveis. Dentro da garrafa há, enrolado, um envelope de papel sofisticado. (O envelope, na verdade, está mais dobrado do que enrolado, por causa da grossura do papel.)

– Apareceu no cais, hoje – diz Owen, entregando a garrafa a Liz. – Os rapazes do Departamento de Artefatos da Terra tiveram de tirar a rolha para ver a quem se destinava, mas o conteúdo do envelope não foi tocado. Quando recebemos uma MNG, tentamos, tanto quanto possível, preservar a privacidade da pessoa.

– Que é uma MNG? – pergunta Liz, colocando de lado o livro, para examinar a garrafa.

– Mensagem numa garrafa – responde Owen. – É uma das poucas maneiras de receber correspondência da Terra destinada a Outrolugar. Ninguém sabe exatamente como funciona, mas funciona.

– Nunca recebi alguma – diz Liz.

– Não são mais tão comuns quanto antigamente.

– Por quê? – pergunta Liz.

– As pessoas da Terra não escrevem mais tantas cartas. Provavelmente, não lhes ocorre colocar mensagens em garrafas. E nem sempre é uma coisa garantida.

Liz tira a rolha da garrafa. Retira o grosso envelope, que está notavelmente bem preservado, considerando-se sua viagem pela água. Na parte da frente há um endereço escrito com elegante caligrafia, feita com uma tinta viva de um tom preto-esverdeado:

Srta. Elizabeth "Liz" "Lizzie" Marie Hall, Hóspede no céu, ou
O País Oculto, ou
A Terra das Sombras, ou
O Grande Sono, ou
O Grande Desconhecido, ou
O Outro Mundo, ou
Campos Elíseos, ou
Valhala, ou
Ilhas Felizes, ou
Ilha dos Abençoados, ou
O Reino da Alegria e da Luz, ou
Paraíso, ou
Éden, ou
O Firmamento, ou
onde quer que você esteja, seja lá que nome tenha

– Uma lista bastante completa – diz Owen –, mas eles nunca incluem Outrolugar.

– Ninguém, na Terra, chama este lugar dessa maneira – lembra-lhe Liz.

Ela vira o envelope para o outro lado. O endereço para devolução foi escrito na mesma caligrafia:

Rua Reed, 192
Medford, Massachusetts, 02109

– É o endereço de Zooey – diz Liz, levantando a aba do envelope.

Dentro, ela encontra um convite de casamento com três dobras, em papel de linho rústico, e um longo bilhete escrito à mão. Liz enfia o bilhete no bolso.

– "Você está convidada para o casamento de Zooey Anne Brandon-Paul Scott Spencer" – Liz lê em voz alta. – Então minha melhor amiga está se casando?

– Não se preocupe, agora você tem um melhor amigo: eu – brinca Owen.

Liz não presta atenção a ele.

– O casamento é no primeiro fim de semana de junho. Faltam menos de duas semanas. – Liz joga o convite para um lado. – Puxa, como ela demorou para me convidar – diz Liz, zangada.

– É melhor você perdoar sua amiga. É muito difícil mandar coisas para cá, sabe? Provavelmente, ela mandou isso meses atrás. – Owen pega o convite. – Será que madame levará um convidado?

– Não – responde Liz.

– E que tal eu? – pergunta Owen, com os olhos arregalados, fingindo que se sente ofendido.

– Lamento desapontar você, O – diz Liz, pegando o cartão de resposta da mão dele –, mas acho que teríamos alguns problemas para marcar passagem.

Cuidadosamente, ela põe de volta no envelope o cartão de resposta e o convite.

– Podemos espiar do CO – sugere Owen.

– Não quero espiar – diz Liz.

– Então, podemos mergulhar – diz Owen. – Do Poço, você poderia dar os parabéns a ela e tudo o mais.

– Nem consigo acreditar que você esteja sugerindo isso. – Liz balança a cabeça. – Trabalhando no que você trabalha.

– Ah, deixa disso, Liz! Onde está seu espírito de aventura? Uma última escapada, antes de sermos jovens demais para qualquer outra escapada! O que acha?

Liz pensa um momento antes de responder:

– Quando morri, Zooey não foi ao meu funeral, então não vejo nenhuma necessidade de comparecer a seu casamento.

Aquela noite, na cama, Liz lê o bilhete de Zooey. Nota que a caligrafia dela ainda é a mesma de quando tinham 15 anos e costumavam mandar bilhetes uma para a outra:

Querida Liz,
É uma grande loucura minha escrever para você, depois de todo esse tempo, mas, como vê, vou me casar! Senti muita falta de você. Fico imaginando onde você está e o que tem feito. E, se tem pensado no que ando fazendo, conto que estou em meu primeiro

ano da escola de direito, aqui em Chicago, onde moro agora.

Então, se tiver tempo e vontade e se, por acaso, estiver em Boston (queríamos Chicago, mas mamãe ganhou), deve aparecer em meu casamento. O nome do rapaz é Paul, e ele tem um cheiro bom e braços bonitos.

Sei que você, provavelmente, jamais receberá esta carta (é mais ou menos como escrever para Papai Noel, coisa realmente inusitada, considerando-se que sou judia), mas vale a pena tentar. Já tentei um médium e o rabino Singer, da Congregação B'nai B'rith, que meus pais ainda frequentam durante os serviços religiosos, lá no Brooklin. A propósito, mamãe e papai mandam lembranças. Foi ideia de Paul colocar o convite na garrafa. Mas acho que ele tirou isso de um filme.
Com amor,
De sua melhor amiga na Terra (espero),
Zooey
P.S.: Desculpe não ter ido a seu funeral.

— Gostaria de fazer um brinde — anuncia Liz a Owen na manhã seguinte.

— Perfeitamente — diz Owen, sentando-se, com sua xícara de café na mão. — Sou todo ouvidos.

— Agora não, seu tolo — responde Liz. — Estou falando do casamento de Zooey. Sua ideia de ir ao Poço pode não ser tão ruim quanto pensei de início.

– Então, está dizendo que quer mergulhar? – Os olhos de Owen se iluminam.

– Sim, e preciso de sua ajuda para fazer o brinde. Foi meio desastrosa a última vez em que tentei comunicar-me do Poço – diz Liz.

– Foi a noite em que você me conheceu, creio.

– Como eu disse, foi um tanto desastrosa – brinca Liz.

– Não é engraçado. – Owen balança a cabeça.

Liz continua:

– Todas as torneiras da casa se abriram e...

– Um erro de principiante – interrompe Owen.

– E ninguém conseguiu entender o que eu estava dizendo – conclui Liz.

– E você foi presa – acrescenta Owen.

– É, isso também – admite Liz. – Então, como faço para que o pessoal do casamento me entenda e não saia correndo, aos gritos?

– Bem, antes de qualquer coisa, você precisa lembrar-se de não gritar. Quando conseguir captar a atenção deles, sussurrar é muito mais eficaz. Fantasmas gritando assustam as pessoas, você sabe – diz Owen.

– Uma boa dica.

– E você precisa escolher uma fonte de água correndo e concentrar nela sua atenção. E um bom controle de respiração é indispensável – recomenda Owen. – Irei com você, claro, mas só se você quiser que eu vá.

– Você não será demitido, se souberem que está me ajudando a fazer contato?

Owen dá de ombros.

— Agora sou chefe do departamento inteiro e as pessoas tendem a ignorar essas coisas.

Liz sorri.

— Então, acho que está combinado. — Ergue o copo de suco de laranja. — Ao nosso mergulho! — proclama.

— Ao nosso mergulho! — repete Owen, erguendo a xícara de café. — Adoro uma aventura; você também não adora?

Na noite da recepção do casamento de Zooey, Owen e Liz se encontram na praia às oito horas. A recepção começa às oito e meia e o mergulho em si deve demorar quarenta minutos, segundo os cálculos de Owen.

— Quando chegarmos lá, você terá apenas pouco mais de meia hora — Owen a adverte. — Eu disse aos rapazes lá do trabalho para nos pegarem às nove e meia.

— Acha que o tempo é suficiente? — Liz se mostra preocupada.

— Não é bom passar tempo demais lá embaixo. Continua sendo ilegal, você sabe.

Liz faz um sinal afirmativo com a cabeça.

— Não quero ser grosseiro, mas sua roupa de mergulho está um tanto folgada na parte inferior, Liz — diz Owen.

— Ah, é? — Liz puxa o tecido elástico em torno das nádegas. — A roupa de mergulho está ficando velha. Há quase seis anos não a uso.

— Parece que você está usando uma fralda.

– Sim, ora, acho que eu também estou encolhendo. Estou com nove anos, você sabe – diz Liz.

– É pouco.

– Bem, atualmente tenho nove-seis e teria vinte e um, de modo que não é a mesma coisa que ter simplesmente nove anos – diz Liz. – Além disso, Owen, você tem 11 anos. Não é muito mais velho do que eu.

– Eu tenho 11 anos? – pergunta Owen. – Com certeza não me sinto com 11 anos.

– Bem, sem dúvida você age como se tivesse mesmo 11, durante a maior parte do tempo – zomba Liz.

– E se eu tivesse vivido, teria 41 – acrescenta Owen.

– Puxa vida, seria velho à beça! – Liz abana a cabeça. – Imagine! Se você tivesse 41, e eu 21, e se ainda vivêssemos na Terra, provavelmente nunca nos conheceríamos.

O mergulho se passa sem incidentes. Já tendo feito isso tantas vezes, Owen é um guia excelente.

Quando chegam ao Poço, só conseguem encontrar uma fonte de água corrente que tenha uma vista para a recepção – é uma grande fonte externa, num pátio. Dessa localização, o que eles enxergam apenas é através das janelas altas de vidro, enfileiradas nas paredes do salão de baile no qual se realiza a recepção de Zooey.

– Não estamos muito perto – queixa-se Liz. – Se eu só quisesse espiar, bastava que a gente fosse ao CO.

– Não se preocupe. Encontraremos um lugar melhor para você desejar seus parabéns – garante-lhe Owen.

Através do pátio, pelas janelas, Liz vê uma festa de casamento muito parecida com todas as outras que já viu: rosas amarelas em abundância, os vestidos cor-de-rosa das damas de honra, um cantor de casamento com um ar entediado, Zooey com um vestido de noiva clássico, não totalmente branco, mais para gelo, justo no busto e alargando-se para baixo, o noivo com um smoking cinzento, com abas. Liz vê a mãe e o pai de Zooey no meio da multidão. E, atrás deles, vê sua própria mãe e seu pai.

– Veja, Owen, aqueles são minha mãe e meu pai. Papai está mais velho e mamãe mudou o cabelo – diz Liz. – Olá, mamãe! Olá, papai! – Liz acena. – Ah, e lá está meu irmão! Olá, Alvy!

– Quem é Zooey? – pergunta Owen.

– Ora – responde Liz –, é aquela com o vestido branco.

– Ah, certo!

Liz levanta os olhos.

– Sem a menor dúvida, você está ficando mais tolo à medida que fica mais novo, O.

Liz olha para Zooey. A amiga agora tem 21 anos, é uma mulher. Que estranho, pensa Liz, o fato de eu ter nove anos e ela vinte e um.

– Na verdade, precisamos procurar um lugar de onde você possa fazer seus cumprimentos – diz Owen. – Só nos restam 25 minutos.

Primeiro, eles tentam a pia do banheiro.

– PARABÉNS, ZOOEY! AQUI É ELIZABETH MARIE HALL! – grita Liz. Mas o banheiro é muito afastado, ninguém a ouve. – Quem sabe espero até ela entrar aqui? – diz Liz a Owen. – Assim, poderei falar com ela.

– Não há tempo suficiente. E as noivas sempre se queixam de que nunca conseguem comer nem ir ao banheiro. Vamos tentar a cozinha – sugere Owen.

– AMO VOCÊ, ZOOEY! PARABÉNS PARA VOCÊ E PAUL! – Liz torna a gritar, desta vez da pia da cozinha.

Um ajudante de garçom solta um berro e deixa cair uma bandeja cheia de pratos sujos de salada.

– DESCULPE – diz Liz. – Isso está ficando ridículo – diz Liz a Owen. – Tudo o que consegui fazer foi assustar um garçom. Precisamos encontrar um lugar mais próximo.

Num momento de desespero, Liz sugere um samovar, mas Owen, que entende mais dessas coisas, rejeita a ideia, dizendo que a fonte de água precisa estar ligada a um encanamento de verdade. Apesar das advertências de Owen em contrário, Liz tenta um bule, mas não funciona. (Ela fica satisfeita por não funcionar, pois se sentiria totalmente idiota fazendo uma saudação de dentro de um bule.)

– Ah, vamos voltar para a fonte – diz Liz, desanimada. – Talvez, se nós dois gritarmos juntos, ela nos ouça.

– PARABÉNS! PARABÉNS! PARABÉNS! – gritam Owen e Liz da fonte.

Eles continuam a gritar por mais cinco minutos, mas ninguém os ouve com o barulho da fonte e a barreira das paredes.

– Bem – diz Liz, com um suspiro –, pelo menos consegui ver Zooey vestida de noiva. Mas também poderíamos ter feito isso dos COs, eu acho.

– Mas não seria tão divertido – comenta Owen.

– Vamos nadar de volta? – pergunta Liz.

– Não, também podemos esperar – diz Owen. – O navio estará aqui em dez minutos.

Enquanto esperam, Liz espia a recepção de Zooey, dentro do salão de baile. Da posição deles, na fonte, ela pode ver a mãe e o pai dançando.

– Sua mãe se parece com você – comenta Owen.

– O cabelo de mamãe está mais escuro. Na verdade, ela se parece mais com Alvy do que...

A voz de Liz vai sumindo. Pelo canto dos olhos, ela vê Alvy sair do salão de recepção, pela porta lateral. Ele caminha em direção à fonte.

– Liz? – diz Owen.

– Acho que meu irmão está vindo para cá – diz Liz.

Alvy caminha diretamente para a fonte e olha para dentro da água. Liz prende a respiração.

– Lizzie – Alvy sussurra para a fonte.

– Lembre-se – diz Owen –, não grite.

– Sou eu – sussurra Liz.

– Achei que tinha ouvido você – diz Alvy. – Primeiro, pensei que vinha do banheiro. Depois, da cozinha. E depois, daqui.

Os olhos de Liz deixam escapar algumas lágrimas. Ah, o querido Alvy.

– Alvy, é tão bom falar com você.

– Vou chamar Zooey! Você está aqui para dar os parabéns a ela, não é? Vou chamar também papai e mamãe – diz Alvy. – Com certeza eles vão querer falar com você.

Owen balança a cabeça.

– Os caras chegarão aqui em cinco minutos.

– Não há tempo, Alvy – diz Liz. – Apenas transmita meu amor a Zooey, mamãe e papai. Mas de um jeito que não os assuste, claro.

– Vou correr bem depressa e trazer todo mundo aqui.

– Não! – diz Liz. – Talvez eu não esteja aqui quando você voltar. Vamos só conversar um pouquinho, eu e você. Tenho de ir embora logo.

– Está bem – concorda Alvy.

– Como vai o oitavo ano? – pergunta ela.

– Estou no nono, na verdade. Pulei um.

– Alvy, isso é fantástico! Você sempre foi tão inteligente. Então, como vai o nono ano?

– É ótimo – diz Alvy. – Estou no grupo de debate este ano, o que é melhor, sem dúvida, do que estar na banda, como fiquei no ano passado. Meu Deus, Lizzie, você na verdade não quer saber de nada dessas coisas, não é?

– Quero. Quero, sem a menor dúvida.

Alvy balança a cabeça.

– Penso em você, sabe?

– Eu também penso em você.

– É legal o lugar onde você está?

– É diferente.

– Diferente como?

– É... – ela faz uma pausa – difícil de explicar. Não é como você pensa. Mas é legal aqui. Estou bem, Alvy.

– Você é feliz?

E, pela segunda vez, desde que foi para Outrolugar, Liz faz uma pausa e reflete sobre essa pergunta.

– Sou – ela diz.. – Tenho uma porção de amigos. E tenho uma cachorra chamada Sadie. E vejo Betty. Ela é nossa avó, aquela que morreu. Você gostaria tanto dela. O senso de humor de Betty é como o seu. Sinto falta de vocês o tempo inteiro. Ah, meu Deus, Alvy, tem tanta coisa que eu gostaria de conversar com você.

– Eu sei! Também há tanta coisa que quero contar a você e lhe perguntar, mas não consigo lembrar o quê.

– Desculpe aquela história do suéter.

– Você ainda está pensando naquilo? – Alvy dá de ombros. – Nem fale mais no assunto. Deu tudo certo.

– Desculpe se criei problemas para você.

– Por favor. Mamãe e papai ficaram péssimos depois que você morreu. Tudo os perturba. Sei que o suéter, com certeza, ajudou papai.

– Desculpe se foi difícil para você naquela ocasião. Difícil por minha causa.

– Lizzie, a única coisa que tem sido difícil é sentir falta da minha irmã.

– Você tem um coração tão bom. Sabe de uma coisa? Você sempre foi o melhor garoto do mundo. Se eu ficava alguma vez aborrecida com você, ou qualquer coisa, era apenas porque você era tão mais novo do que eu, e eu estava acostumada a ser filha única.

– Sei disso, Lizzie, e também amo você.

Owen ouve o som da rede vindo na direção deles. Sussurra para Liz:

– Eles estão quase aqui.

– Quem está com você? – pergunta Alvy.

– É Owen. Ele é meu... – ela faz uma pausa – namorado.

Alvy faz um sinal afirmativo com a cabeça.

– Ótimo.

– Prazer em conhecer você, Alvy – diz Owen.

– Nós já nos encontramos, não? Sua voz é conhecida. Você foi o sujeito que me disse qual era o closet certo, não foi? – pergunta Alvy.

– Sim – diz Owen. – Fui eu.

Nesse momento, Liz sente uma rede conhecida puxando ela e Owen, para fora do Poço.

Liz suspira. Então o casamento não foi exatamente como ela imaginava. Mas o que é nesta vida?

– Seu irmão é um garoto realmente ótimo – diz Owen, na viagem de volta à superfície.

– Ele é – concorda Liz. – Considerando tudo, foi um um lindo casamento, não acha?

– Foi – concorda Owen.

– E Zooey estava linda – acrescenta Liz.

Owen dá de ombros.

– Não tive realmente uma boa oportunidade de olhar para ela. De qualquer jeito, todas as noivas se parecem.

Liz prende os dedos na rede.

– Algumas vezes, desejaria poder ter um vestido branco.

– Você tem um vestido branco, Liz – diz Owen –, embora se pareça mais com um pijama.

– Você sabe o que quero dizer. Um vestido de noiva.

A rede se aproxima da superfície. Exatamente quando estão prestes a chegar ao ar fresco da noite, Owen se vira para Liz.

– Eu me casarei com você, se quiser – ele diz.

– Agora sou jovem demais – ela responde.

– Teria casado antes, mas você não quis – ele diz.

– Eu era jovem demais já antes, e não nos conhecíamos o bastante.

– Ah – diz Owen.

– Além disso – acrescenta Liz –, não parecia adiantar muito. Você tinha sido casado, e já sabíamos como era, eu acho.

– Ah – diz Owen –, mas eu me casaria, você sabe.

– Sei que sim – diz Liz –, e saber que você se casaria comigo foi quase tão bom quanto um casamento de verdade.

Nesse momento, a rede chega à superfície e eles são baixados no convés de um rebocador.

– Ei, chefe – um detetive do departamento pergunta a Owen –, quer pilotar o barco, na volta?

Owen olha para Liz.

– Será ótimo se você quiser pilotar – diz Liz. – Estou com sono, de qualquer jeito.

Liz boceja. Tinha sido um dia ótimo, ela pensa. Caminha até uma pilha de capas de chuva e se deita.

Owen espia e vê Liz usando uma das capas de chuva como cobertor. Exatamente naquele momento, ele decide dizer a Liz, no dia seguinte, na próxima semana ou em alguma data realmente próxima, que quer se casar com ela.

– Liz – grita ele.

Mas o ruído do barco é alto demais, Liz não consegue ouvi-lo, e nunca mais tocaram no assunto.

Na segunda-feira seguinte, Curtis Jest visita Liz no Setor de Animais Domésticos. É um tanto incomum Curtis ir ao trabalho de Liz, mas ela não diz nada.

– Como foi o casamento? – Curtis pergunta a Liz.

– Foi mais ou menos – responde Liz –, mas eu gostei muito. É bom ver pessoas que a gente não via há algum tempo.

Curtis faz um sinal afirmativo com a cabeça.

– Mas todos os casamentos são mais ou menos a mesma coisa, não são? Flores, smokings, vestido branco, bolo e café – Liz ri. – De certa forma, parece que quase não vale a pena tudo isso.

Curtis faz outro sinal afirmativo com a cabeça. Liz olha para ele. Nota que ele está incomumente pálido.

– Curtis, o que está acontecendo?

Curtis respira fundo. Liz nunca o viu tão nervoso.

– É isso mesmo, Lizzie. Parece que quase não vale a pena, a não ser que seja o casamento da própria pessoa.

– Não entendo.

– Vim... – Curtis pigarreia – vim para lhe pedir permissão...

– Minha permissão? Para quê?

– Pare de interromper, Liz! Isto já é bastante difícil – diz Curtis. – Vim pedir sua permissão para me casar com Betty.

– Quer se casar com Betty? Minha Betty? – gagueja Liz.

– Estou visitando Betty há cinco anos, como você sabe, e, recentemente, fui dominado pela profunda convicção de que tenho de ser marido dela – diz Curtis. – Você é o parente mais próximo que ela tem, de modo que senti que devia tratar do assunto primeiro com você.

Liz abraça Curtis.

– Meu Deus, Curtis. Parabéns!

– Ela ainda não disse sim – responde Curtis.

– Você acha que ela dirá? – pergunta Liz.

– Só podemos esperar que sim, minha querida. Só podemos esperar.

Curtis cruza os dedos. Ele os mantém cruzados até Betty dizer sim, dois dias depois.

O casamento é marcado para a última semana de agosto, duas semanas depois do dia em que seria o vigésimo segundo aniversário de Liz.

Betty convida Liz para ser sua dama de honra. Thandi é a outra dama de honra e as duas meninas usam vestidos iguais, de xantungue de seda dourado-escuro, costurados pela própria Betty.

O casamento é realizado no jardim de Betty. A pedido de Betty, nenhuma flor é cortada para a cerimônia.

Betty chora, Curtis chora, Owen chora, Thandi chora, Sadie chora, Jen chora, Aldous Ghent chora. Mas Liz não chora. Ela está feliz demais para chorar. Duas das pessoas que mais ama no mundo estão se casando, e isso não acontece todos os dias.

Depois que a cerimônia acaba, Curtis canta a canção que escreveu para Betty, quando Liz estava se recuperando.

Liz se aproxima de Thandi, que está comendo um enorme pedaço de bolo de casamento.

– A primeira vez em que a vi, achei que você parecia uma rainha – diz Liz a Thandi.

– Mas isso não impediu você de me acordar – responde Thandi.

– Você se lembra disso? – pergunta Liz. – Na ocasião, você quase nem chegou a acordar inteiramente.

– Quase não esqueço nada, Liz. Minha memória é incrível. – Thandi sorri, revelando que os dois dentes da frente estão faltando.

– O que aconteceu com seus dentes? – pergunta Liz.

Thandi encolhe os ombros.

– Caíram. Não estamos ficando nem um pouco mais velhas, você sabe.

– Nove anos não é um pouco velha demais para perder os dentes definitivos?

– Os meus nasceram tarde, da primeira vez – responde Thandi.

Liz faz um sinal afirmativo com a cabeça.

– Ficar mais nova é estranho, não?

– Na verdade, não. Apenas dá a impressão de que todas as coisas pouco importantes estão se desprendendo e caindo. Como uma cobra mudando de pele. – Thandi dá outra mordida do bolo. – Ser velha é tão pesado. Eu me sinto mais leve a cada dia. Algumas vezes, tenho a sensação de que poderia sair voando.

– Algumas vezes, você tem a impressão de que é um sonho? – pergunta Liz.

– Ah, não! – Thandi balança a cabeça. – Não vamos começar com isso novamente, não é?

Liz ri. Curtis Jest começa a cantar uma velha canção da Machine.

– Adoro essa canção – diz Liz. – Vou pedir a Owen para dançar comigo.

– Faça isso, garota sonhadora. – Thandi sorri e dá outra mordida no bolo.

Liz logo encontra Owen.

– Estava procurando você – diz ele.

– Vamos dançar – diz ela, puxando Owen para a pista de dança improvisada, no meio do jardim de Betty.

Owen e Liz dançam. Do outro lado da sala, Betty ergue sua taça de champanhe.

– *Mazel tov* – Liz grita para ela.

– Você está bonita hoje – Owen sussurra no ouvido de Liz. – Gosto de seu vestido.

Liz dá de ombros.

– É apenas um vestido.

– Bem, com certeza é melhor do que sua roupa de mergulho.

Liz ri. Fecha os olhos. Ouve a música e sente os doces perfumes do jardim de Betty. Um vento frio sopra o vestido de dama de honra de Liz contra suas pernas, levando embora o verão.

Para o que der e vier, esta é minha vida, ela pensa.

Esta é minha vida.

Minha vida.

A mudança

No ano em que Liz completa oito anos, Sadie se torna novamente um filhote.

Nos meses anteriores à sua libertação, Sadie fica menor, seu pelo se torna mais macio, seu hálito, mais doce, seus olhos, mais claros. Ela fala cada vez menos, até não falar mais nada, absolutamente. Antes que seus dentes caiam, mordisca vários livros de Liz. Embora Sadie passe a maior parte de seu tempo cochilando no jardim de Betty, ela tem estranhos surtos de louca atividade, quando tudo o que quer fazer é lutar com Paco e Jen. Ambos os cachorros mais velhos toleram os surtos de Sadie com considerável serenidade.

Nas semanas anteriores à sua libertação, Sadie se torna tão pequena que mal se pode dizer que ela é um filhote. Poderia ser um camundongo grande. Seus olhos ficam fechados, selados, e Liz precisa alimentá-la com gotinhas minúsculas de leite, usando o dedo mindinho.

Sadie ainda parece reconhecer seu nome, quando Liz o diz.

Ao amanhecer do dia da libertação, Liz e Owen levam Sadie de carro para o Rio. É a primeira libertação a que Liz comparece, desde sua própria tentativa fracassada, seis anos antes.

Quando o sol se levanta, um vento começa a soprar. A correnteza carrega os bebês cada vez mais depressa pelo Rio abaixo, de volta para a Terra. Liz espia Sadie na correnteza por tanto tempo quanto possível. Sadie se torna uma pequena mancha, depois um pontinho, e depois nada mais.

Na viagem de volta para casa, Owen nota que Liz está incomumente calada.

– Você está triste por causa de Sadie – ele diz.

Liz balança a cabeça. Ela não chorou e não se sente particularmente triste. Não que se sinta feliz também. Na verdade, não sentiu grande coisa, a não ser uma sensação geral de aperto na barriga, como se seu estômago estivesse dando um nó.

– Não – diz Liz. – Não exatamente.

– O que é, então? – pergunta Owen.

– Não estou tão triste assim – diz Liz –, porque Sadie não era Sadie há algum tempo e eu sabia que isso aconteceria no fim. – Liz faz uma pausa, tentando articular precisamente seus sentimentos. – O que estou é assustada, feliz e excitada, tudo misturado, eu acho.

– Todas essas coisas de uma só vez? – pergunta Owen.

– Sim. Estou feliz e excitada porque é bom pensar em minha amiga em alguma parte da Terra. Gosto de pensar numa cachorra, que não será chamada de Sadie, mas, mesmo assim, ainda será da mesma forma minha Sadie.

– Você disse que está assustada também.

– Eu me preocupo com relação às pessoas que tomarão conta dela na Terra. Espero que sejam boas com ela e a tratem com bom humor e amor, que escovem seu pelo e a alimentem com outras coisas além de apenas ração de cachorro, porque ela fica entediada de comer sempre a mesma coisa. – Liz suspira. – É uma coisa tão terrivelmente perigosa ser um bebê, pensando bem. Tanta coisa pode dar errado.

Owen beija Liz de leve, na testa.

– Sadie vai ficar bem.

– Você não sabe se será assim! – protesta Liz. – Sadie poderá acabar na mão de pessoas que a mantenham presa o dia inteiro, ou que coloquem pontas de cigarro em seu pelo.

Os olhos de Liz se enchem de lágrimas com esse pensamento.

– Sei que Sadie ficará ótima – diz Owen, calmamente.

– Mas como você sabe?

– Sei – ele diz – porque prefiro acreditar que será assim.

Liz levanta os olhos.

– Algumas vezes, Owen, você pode ser um completo...

Owen fica magoado. Ele não fala com Liz durante o restante da viagem de volta para casa.

Mais tarde, aquela noite, Liz chora por causa de Sadie. Ela chora tão alto que acorda Betty.

– Ah, boneca – diz Betty –, você pode conseguir outro cachorro, se quiser. Sei que não será Sadie, mas...

– Não – responde Liz, em meio às lágrimas. – Não posso. Simplesmente não posso.

– Tem certeza?

– Nunca terei outro cachorro – diz Liz, firmemente – e, por favor, nunca mais, mas nunca mais mesmo, torne a falar nisso comigo.

Um mês depois, Liz muda de ideia, quando uma pug idosa chamada Lucy chega a Outrolugar. Com 13 anos de idade, Lucy morrera pacificamente durante o sono, no quarto da infância de Liz. (As coisas de Liz haviam sido encaixotadas há anos, mas Lucy nunca parara de dormir lá.)

Da praia, Liz espia Lucy, ligeiramente artrítica e grisalha, descer, bamboleando, a prancha de desembarque. Bamboleia-se até onde está Liz e abana três vezes o rabo meio cacheado. Inclina a cabeça para o lado, envesgando para Liz seus protuberantes olhos castanhos.

– Por onde você andou? – pergunta Lucy.

– Morri – responde Liz em canino.

– Ah, certo, tentei não pensar muito nisso. Apenas fingi que você foi cedo para a universidade e não nos visitava muito. – Lucy balança a doce cabeça enrugada. – Sentimos muita falta de você, sabe. Alvy, Olivia, Arthur e eu.

– Também senti muita falta de vocês todos.

Liz ergue Lucy do chão e segura a pesada cachorrinha de estimação em seus braços.

– Você está gordinha – implica Liz.

– Apenas um ou dois quilos a mais – responde Lucy. – Pessoalmente, acho que fico com uma aparência melhor com um pouco mais de peso.

– *Multum in parvo* – brinca Liz.

Em latim isso significa "muito em pouco". É o lema do pug e uma piada favorita da família de Liz, por causa da tendência de Lucy para engordar.

– Liz – pergunta Lucy, apertando os olhos para o céu, lá no alto –, isto aqui é o *plano inferior*? Isto aqui é o... céu?

– Não sei – responde Liz.

– Mas não é o "lá embaixo", é?

– Sem a menor dúvida, não. – Liz ri.

A cachorra fareja gentilmente o ar.

– Bem, o cheiro se parece muito com o da Terra – ela conclui –, só que mais salgado.

"É bom você saber falar tão bem agora", sussurra Lucy no ouvido de Liz. "Tenho tanta coisa para lhe contar sobre tudo e todos."

Liz sorri.

– Mal posso esperar.

– Mas, primeiro, vamos conseguir alguma coisa para comer e depois dar um cochilo. Depois, mais alguma coisa para comer e talvez uma caminhada. E depois, sem a menor dúvida, mais alguma coisa para comer.

Liz coloca Lucy no chão e as duas caminham para casa, Lucy tagarelando sem parar.

Amadou

No mesmo dia em que Liz se aposenta do Setor de Animais Domésticos, um homem que ela conhece muito bem, mas que nunca encontrara, aparece em seu escritório. Em pessoa, o homem tem uma aparência diferente da que ela via através do binóculo. Seus olhos são mais suaves, mas as rugas entre suas sobrancelhas são mais marcadas.

– Sou Amadou Bonamy.

Ele fala meticulosamente, com um leve sotaque franco-haitiano.

Liz respira fundo, antes de responder:

– Sei quem você é.

Amadou nota os balões da festa de aposentadoria de Liz.

– Há uma comemoração aqui. Voltarei outro dia – ele diz.

– A festa é para celebrar minha aposentadoria. Se voltar, não me encontrará mais. Por favor, entre.

Amadou faz um sinal afirmativo com a cabeça.

– Morri recentemente de câncer – diz ele. – Foi câncer no pulmão. Eu não fumava, mas meus pais sim.

Liz acena com a cabeça.

– Há muitos anos não dirijo um táxi. Terminei a universidade à noite e me tornei professor.

Liz torna a acenar com a cabeça.

– Todos esses anos, senti um desespero como você não pode imaginar. Atropelei você com meu táxi e não parei.

– Você telefonou para o hospital, de um telefone público, certo? – pergunta Liz.

Amadou faz que sim com a cabeça. Baixa a vista para seus sapatos.

– Pensei sobre isso mais do que qualquer outra pessoa, eu acho. Pensei sobre isso, e parar, provavelmente, não teria feito nenhuma diferença, de qualquer jeito – diz Liz, colocando a mão num dos braços de Amadou.

Há lágrimas nos olhos de Amadou.

– Eu não parava de desejar ser apanhado.

– Não foi sua culpa – diz Liz. – Eu não olhei para os dois lados.

– Deve dizer-me honestamente. Sua vida tem sido muito ruim aqui?

Liz pensa sobre a pergunta de Amadou, antes de responder:

– Não. Minha vida, na verdade, tem sido boa.

– Mas você deve ter sentido falta de muita coisa, não?

— Da maneira como passei a ver as coisas, minha vida poderia, da mesma forma, ser aqui ou em outro lugar – responde Liz.

— Isso é uma piada? – pergunta Amadou.

— Se o diverte, sim. – Liz ri um pouco. – Então, Amadou, posso perguntar-lhe por que você não parou aquele dia? Eu sempre quis saber.

— Isto não é desculpa, mas meu filhinho estivera muito doente. As contas do tratamento eram assustadoras. Se eu perdesse o táxi, ou se seus pais exigissem dinheiro, não sei o que aconteceria comigo nem com minha família. Eu estava desesperado. Claro, isso não é desculpa. – Amadou balança a cabeça. – Será que algum dia você me perdoará?

— Já o perdoei há muito tempo – diz Liz.

— Mas você era tão jovem – diz Amadou. – Roubei de você muitos anos bons.

— Uma vida não é medida em horas e minutos. O que vale é a qualidade, não a extensão. Considerando tudo, tive mais sorte do que a maioria. Quase 16 anos bons na Terra, e já tive oito bons aqui. Espero ter quase oito mais, antes de tudo ser dito e feito. Quase 32 anos, no total, não é tão mau assim.

— Você tem sete anos agora? Parece muito madura.

— Bem, agora tenho sete-oito, o que é diferente de ter apenas sete. Eu teria 24 agora, sabe – diz Liz. – Alguns dias sinto mesmo que estou ficando mais jovem.

— Qual é a sensação? – pergunta Amadou.

Liz pensa durante um momento, antes de responder:

– É como dormir num minuto e acordar no seguinte. Algumas vezes, esqueço. Outras vezes, minha preocupação é com esquecer. – Liz ri. – Lembro o primeiro dia em que me senti verdadeiramente jovem. Foi quando meu irmão menor, Alvy, fez 12 anos. Eu tinha feito 11 naquele mesmo ano.

– Deve ser estranho – diz Amadou. – Isso de ficar mais jovem.

Liz dá de ombros.

– Ficar mais velho, ficar mais jovem, não tenho tanta certeza de que a diferença seja tão grande quanto eu pensava. Gostaria de levar um balão para seu filho?

– Obrigado – diz Amadou, escolhendo um vermelho, de um grande buquê de balões próximo da escrivaninha de Liz. – Como sabe que meu filho está aqui? – pergunta ele.

– Tenho observado você, vez por outra, há anos – admite Liz. – Sei que ele é um bom menino e sei que você é um bom homem.

Infância

Owen tem seis anos, e Liz, quatro.

Quando o tempo está bom, eles passam as tardes no jardim de Betty. Ele usa uma coroa de papel; ela, um saiote cor-de-rosa de bailarina.

No último de uma quinzena de dias bonitos, Liz coloca um velho exemplar de *Tuck Everlasting* no colo de Owen.

– Para que é isso? – pergunta Owen.

– História? – Liz sorri, revelando dentes de leite recém-nascidos.

– Não quero ler seu livro tolo para meninas – diz Owen. – Leia você mesma.

Liz decide seguir o conselho de Owen. Pega o livro e o segura à sua frente. E, então, acontece uma coisa estranhíssima. Ela descobre que não sabe ler. Talvez sejam meus olhos, pensa. Aperta os olhos para o livro, mas não faz nenhuma diferença.

– Owen – diz Liz –, há alguma coisa errada com este livro.

– Deixe-me ver – diz Owen. Abre o livro, examina-o e devolve-o a ela. – Não há nada errado com ele, Liz – declara.

Liz segura o livro tão perto dos olhos quanto pode e depois à distância de um braço esticado. Embora não saiba o motivo, ela ri. Entrega-o a Owen.

– Você lê – ordena.

– Ah, está bem – diz Owen. – Honestamente, Liz, você é tão chata.

Ele tira um marcador do livro e começa a ler *Tuck Everlasting* com uma evidente falta de sentimento: "– Papai acha que é alguma coisa que restou do... bem, de algum outro plano para a maneira como o mundo deveria ser – disse Jesse. – Algum plano que não funcionou lá muito bem. E então tudo foi mudado. A não ser pelo fato de que a primavera tinha passado, de uma forma ou de outra. Talvez ele tenha razão. *Eu* não sei. Mas você vê..."

Liz o interrompe.

– Owen.

Owen atira o livro para o lado, frustrado.

– O que é agora? Você não devia pedir a uma pessoa para ler e logo depois interromper.

– Owen – continua Liz –, você se lembra daquela brincadeira?

– Que brincadeira?

– Nós éramos grandes – diz Liz. – Eu era tãooooooo grande, maior a cada dia, e nossos rostos eram assim o tempo inteiro. – Liz franze a testa e junta as sobrancelhas, de uma maneira exagerada. – E havia uma casa e uma escola. E um carro, um emprego e uma cachorra! E eu era velha! Eu era mais velha do que você! E tudo era depressa, rápido e difícil, tão difícil! – Liz ri novamente, uma risada de troça que parece um pio de filhote de passarinho.

Depois de um momento, Owen responde:

– Eu me lembro.

– Gostaria de saber – diz Liz –, gostaria de saber o que era tão... difícil?

– Era apenas uma brincadeira idiota, Liz.

– Era uma brincadeira idiota – concorda Liz. – Não vamos mais brincar daquilo.

Owen faz um sinal afirmativo com a cabeça.

– Não vamos mais.

– Acho que eu estava... acho que eu estava... eu estava morta.

Liz começa a chorar.

Owen não aguenta ver Liz chorar. Pega a menina em seus braços. "Ela está tão pequena agora. Quando isso acontece?", pergunta a si mesmo.

– Não fique assustada, Liz – diz ele –, foi apenas uma brincadeira, lembre-se.

– Ah, está bem – diz ela. – Eu me esqueci.

– Posso continuar com nossa história agora? – pergunta Owen, pegando o livro.

Liz faz um aceno com a cabeça, concordando, e Owen recomeça a leitura:

– "Mas você vê, Winnie Foster, quando eu lhe disse antes que tenho 104 de idade, estava dizendo a verdade. Mas realmente tenho apenas 17. E, pelo que sei, continuarei com 17 até o fim do mundo." – Owen põe o livro de lado.

– É o fim do capítulo. Quer que eu leia outro?

– Por favor – diz Liz, colocando alegremente seu polegar dentro da boca.

Owen suspira e continua a ler:

– "Winnie não acreditava em contos de fadas. Ela jamais desejara uma varinha de condão nem esperava casar-se com um príncipe, e zombava – durante a maior parte do tempo – dos duendes de sua avó. Então, agora, ela estava ali sentada, com a boca aberta, os olhos arregalados, sem saber o que pensar daquela história extraordinária. Não podia – nem um pouquinho – ser verdade."

Liz fecha os olhos e, não demora muito, cai num sono doce e tranquilo.

Nascimento

Numa amena manhã de janeiro, pouco antes do amanhecer, Betty entrega Liz à enfermeira do lançamento.

– Você parece conhecida – diz Dolly, pegando gentilmente o bebê dos braços de Betty. – Será que conheço você de algum lugar?

Betty balança a cabeça.

– O bebê, ela também parece familiar. – A enfermeira levanta Liz, para ter uma visão melhor. – Aposto que ela se parecia com você.

– Sim – concorda Betty. – Sim.

Dolly faz cócegas em Liz debaixo do queixo.

– Que bebê bonito! – elogia ela.

A enfermeira coloca Liz em cima da mesa e começa a enfaixá-la.

– Por favor. – Betty põe a mão em cima da mão da enfermeira. – Não aperte muito.

– Não se preocupe – diz Dolly, gentilmente. – Já fiz isso muitas vezes.

Muito mais pessoas comparecem à segunda libertação de Liz do que à sua primeira.

Além de Betty, há Aldous Ghent, que ainda está bem parecido quando Liz o encontrou pela primeira vez. Mas agora ele tem mais cabelo.

E Shelly carrega Thandi numa cesta de vime. Logo Thandi estará fazendo sua própria viagem. Ela, claro, tem menos cabelo agora.

E Curtis usa um traje escuro, embora o costume seja usar branco em nascimentos.

E, claro, Owen está lá também. Ele está acompanhado por Emily Reilly (antigamente, Welles), que agora age como sua babá. Ela tenta fazer com que Owen se interesse pelos procedimentos, mas ele prefere brincar com seu barco de brinquedo numa poça d'água.

– Não saia correndo, O – Emily diz a ele, antes de se unir aos outros para observar a libertação.

Owen não vai espiar quando Liz é colocada no Rio, junto de todos os outros bebês que nascerão naquele dia. Tampouco espia quando a enfermeira do lançamento empurra Liz para longe da margem, para dentro da correnteza que conduz de volta à Terra. Para o observador despreparado, a impressão é de que a partida de Liz não tem efeito nenhum, absolutamente, em Owen.

Curtis Jest observa Owen, antes de decidir aproximar-se dele.

– Owen – pergunta Curtis –, lembra-se de quem era aquela?

Owen desvia o olhar da brincadeira com o barco. Parece achar a pergunta de Curtis muito difícil de responder.
– Lizzie?
– Sim – diz Curtis –, aquela era Lizzie. Ela era minha amiga. Ela era sua... sua amiga também.

Owen continua a brincar com o barco. Ele começa a pronunciar ritmadamente o nome de Liz, da maneira descontraída como as crianças, algumas vezes, cantarolam um nome.
– Lizzie, Lizzie, Lizzie – ele canta.

Owen para repentinamente de cantar e olha para Curtis. Uma expressão horrorizada passa por seu rosto.
– Ela... foi embora?
– Sim – diz Curtis.

Owen faz um sinal afirmativo com a cabeça.
– Emboraemboraemboraembora.

Owen começa a chorar loucamente, embora não tenha certeza quanto ao motivo para estar chorando. Curtis segura a mão de Owen e o tira da poça d'água.
– Sabe – diz Curtis –, você pode tornar a ver Liz algum dia.
– Ótimo – diz Owen e, com isso, para de chorar.

Do outro lado do estacionamento, Betty bate as mãos.
– Charutos e champanhe lá em casa!

Na casa de Curtis e Betty, um estandarte rosa e branco, com os dizeres "É menina!", está pendurado na porta. Curtis distribui charutos com fitas cor-de-rosa enroladas em torno deles. É servido um bolo em camadas, com as palavras "Feliz Aniversário, Liz", e também champanhe e ponche.

Aldous Ghent come uma garfada do bolo e começa a chorar.

— Bolo de aniversário sempre me deprime — diz ele, sem se dirigir a ninguém em particular.

Todos param de falar, quando Betty bate uma colher contra uma taça de champanhe.

— Se me permitem, gostaria de dizer algumas palavras sobre Liz — ela começa. — Liz era minha neta, claro. Mas, se não tivesse vindo para Outrolugar, eu jamais a conheceria. Morri antes de ela nascer.

Ela prossegue:

— Liz era minha neta, mas era também uma boa amiga. Era apenas uma menina quando chegou aqui, mas cresceu e se transformou numa ótima mulher. Gostava de rir e amava passar o tempo com seus cachorros e seus amigos. Eu nunca conheceria meu marido se Liz não tivesse entrado em minha vida.

Betty segura a mão de Curtis.

— Em Outrolugar, nós nos iludimos e pensamos que sabemos o que nos acontecerá, mas isso apenas porque sabemos quanto tempo nos resta. Disso sabemos, mas não, de fato, o que ocorrerá.

"Nunca sabemos o que acontecerá", diz Betty, "mas acredito que coisas boas acontecem todos os dias. Acredito que coisas boas acontecem mesmo quando coisas ruins acontecem. E acredito que, mesmo num dia feliz como hoje, ainda podemos sentir um pouco de tristeza. Assim é a vida, não é?" Betty ergue sua taça. "A Liz!"

O que Liz pensa

Era uma vida bastante agradável, pensa Liz. Embora não possa lembrar-se dos acontecimentos específicos, sente que algo maravilhoso aconteceu, certa vez. E se sente bem com relação às perspectivas para a próxima vez.

Olhando para os bebês atrás dela e à sua frente, à esquerda e à direita, ela nota que a maioria deles mantém os olhos fechados. Por que mantêm os olhos fechados?, ela pergunta a si mesma. Será que não sabem que há tanta coisa para ver?

Enquanto Liz viaja Rio abaixo, cada vez mais longe de seu lar, cada vez mais longe de Outrolugar, muitos pensamentos passam por sua mente. De fato, há muito tempo para ruminar quando se é um bebê no início de uma longa viagem.

Ela pensa que não há diferença de qualidade entre uma vida vivida para a frente e outra vida vivida para trás. Acabara amando essa vida para trás. Era, afinal, a única vida que tinha.

Além disso, não é triste ser um bebê. E como bem sabem as pessoas mais sábias, envelhecer não é uma coisa triste. Na Terra, é inútil a tentativa de permanecer jovem diante da maturidade. Também não é uma coisa triste tornar-se mais jovem. Houve um tempo em que Liz tinha medo de se esquecer das coisas, mas, quando verdadeiramente começou a se esquecer, esqueceu-se também de ter medo de esquecer. A vida é generosa, pensa o bebê.

As ondas embalam os bebês e os balança até dormirem. E, antes de muito tempo, este bebê também sucumbe.

Ela dorme; ela dorme.

E, dormindo, sonha.

E, quando sonha, é com uma menina que se perdeu no mar, mas encontrou a praia, um dia.

Epílogo: No início

O bebê, uma menina, nasceu de manhã, às 6:24.
Pesa três quilos e quatrocentos e cinquenta gramas.
A mãe pega o bebê nos braços e lhe pergunta:
– Quem é você, minha pequenininha?
E, em resposta, esse bebê, que ao mesmo tempo é Liz e não é Liz, sorri.

Agradecimentos

Um grande grupo de pessoas excepcionalmente decentes, generosas, maravilhosas é responsável pela obra que você tem nas mãos. Desejo agradecer à minha editora na FSG, Janine O'Malley, que tem sempre razão, não se cansa nunca e é engraçadíssima. Desejo agradecer a meus agentes: Jonathan Pecarsky, que não perde jamais a esperança e é sempre confiável, e Andy McNicol, que combate o bom combate. Desejo agradecer à minha editora na Bloomsbury, Reino Unido, Sarah Odedina, cujo entusiasmo e convicção foram o sol de *Em Outrolugar*. Desejo agradecer a Richard e AeRan Zevin – minha grande sorte é ter pais que são também excelentes leitores. Desejo agradecer à minha pug, sra. DeWinter (D-Dub), que tenta todos os dias me ensinar a linguagem dos cães – na verdade, sou uma aluna muito lenta. Desejo agradecer a meu companheiro durante os últimos dez anos, Hans Canosa, que leu todos os rascunhos do livro e sempre acreditou nele.

Também desejo agradecer a Kerry Barden, Anna DeRoy, Tracy Fisher, Eugenie Furniss, Stuart Gelwarg, Nancy Goldenberg, Shana Kelly, Mary Lawless, Brian Steinberg e a todo mundo na William Morris, Bloomsbury, e, especialmente, à Farrar, Straus e Giroux.

Este livro foi impresso na Editora JPA Ltda.,
Av. Brasil, 10.600 – Rio de Janeiro – RJ.